力群文集

力群 / 著
薛芃 / 主编

山西出版传媒集团
三晋出版社

力群先生像(1912—2012)

力群小传

力群于1912年12月25日生在山西省灵石县郝家掌村，原名郝丽春，参加革命后改名力群。他自幼与农民的孩子相处，对农村生活很熟悉，这对于他后来的木刻画创作和文学写作颇有影响。1931年，力群考入国立杭州艺术专科学校，1933年2月与同学曹白等人组织进步美术团体"木铃木刻研究会"，开始从事木刻画创作。同年9月加入中国左翼美术家联盟，10月10日因"木铃"事被捕入狱。1935年出狱后，继续从事木刻画创作，木刻《采叶》《鲁迅像》等通过曹白寄给鲁迅，受到先生的指导与好评。

1937年7月7日抗日战争全面爆发后，力群从事救亡宣传工作，边搞木刻画，边写散文、小说。1938年初，曾在郭沫若领导的军委政治部第三厅美术科任少校科员。1940年初，到延安任鲁迅艺术文学院美术系教员，1941年加入中国共产党。1942年5月，参加延安文艺座谈会。抗日战争胜利后，到晋绥边区工作，任《晋绥人民画报》主编，并开始写文学评论文章。

1949年在全国第一次文代大会上,被选为主席团成员,并任中国文联委员、中国美术工作者协会常务理事。到太原后,与高沐鸿同志创建了山西省文联,被选为文联副主任,山西省美协主席。1953年调北京工作,先后任人民美术出版社副总编辑,中国美术家协会常务理事、书记处书记,《美术》杂志副主编,《版画》杂志主编等职务。

20世纪50年代,出版有《木刻讲座》《力群木刻选》《力群美术论文选集》和《访问苏联画家》等书。80年代,出版有美术论文集《梅花香自苦寒来》和《力群版画选集》以及散文集《我的乐园》、力群文学作品选集《野姑娘的故事》。《我的乐园》于1984年在上海少年儿童出版社出版后,被上海评为优秀作品,获儿童文学园丁奖。其版画作品曾多次在世界各国展出,并为英、法、苏、南斯拉夫等国家的陈列馆、图书馆和博物馆所收藏。因为力群在版画事业上的贡献,"日中艺术交流中心"于1988年12月14日特向他颁发了"贡献金奖"。1991年中国美术家协会、中国版画家协会为其颁发了"中国新兴版画杰出贡献奖"。

力群于1985年10月21日被作家协会书记处批准加入中国作家协会成为会员。1992年5月,山西省委、省政府授予力群"人民艺术家"称号,2003年9月,中国文联、中国美协授予力群"金彩奖"成就奖。力群晚年任中国版画家协会名誉主席、山西省文职名誉主席。

2012年2月10日,力群去世。

目　录

力群诗选 ································· 001
灿烂多彩的诗情
　　——读《力群诗选》随想 ········· 马作楫 003

第一辑　怀念及其他 ······················· 009
　　宋庆龄颂 ································· 011
　　怀念延安 ································· 014
　　怀念诗圣艾青 ··························· 019
　　怀念我的伊甸园 ······················· 022
　　我像萤火虫 ····························· 024
　　我们将告诉世界 ······················· 026
　　像吃苦酒的诗 ··························· 029
　　回忆八年抗战 ··························· 031

第二辑　异国行旅·景物诗
　　平静的鸭绿江 ··························· 037
　　歌咏白桦树 ····························· 039

美丽的松花湖	041
车行江畔	043
江南行	044
在旅游车中	046
游千岛湖之一	047
游千岛湖之二	048
陶醉富春江	050
游莫干山之一	051
游莫干山之二	052
雨中莫干山	054
由安吉往莫干山途中	055
喜游剑池	056
游莫干山雨景	058
雨中庭园	059
颂江南	060
塞北风光	061
游管涔山中	062
车到湖南	063
夜归育林人	064
太原的春天	067
故乡行	068
在老年网球场上	070
可爱的童年	071
游青城山	073

冬枝颂	074
年终迎新春	076
人间喜事重	077
咏白菊花	079
从古交回太原途中	081
故乡情	082
重游西湖	083
我躺在床上	085
请绿色森林来卫护家园	086
春颂	088
大海的梦	090
车窗外	092
夜游爱情河	093
公园小景	094
游墨尔本植物园	095
海	097
赞音乐家	098
怀念	099
南澳风光	100
澳洲颂之一	101
忆同游莫干山	103
异国晨景	105
夜海景	106
游百年公园	107

赠莉莉卓娅 …………………………………… 108
喂海鸥 ………………………………………… 109
澳洲颂之二 …………………………………… 111
去堪培拉途中 ………………………………… 114
堪培拉秋景 …………………………………… 115
雪梨颂 ………………………………………… 116
雪梨的回忆 …………………………………… 117

第三辑　爱情诗及其他

浪涛中的爱情小舟 …………………………… 121
她去了 ………………………………………… 123
火车开了 ……………………………………… 128
第一次看到你 ………………………………… 130
思念 …………………………………………… 133
痴情人 ………………………………………… 136
等待春暖花开 ………………………………… 138
爱情的伟大 …………………………………… 140
想你 …………………………………………… 142
怀念失去的天堂 ……………………………… 143
难入梦 ………………………………………… 146
心上有个要命的她 …………………………… 147
异国之思 ……………………………………… 149
太原的春天 …………………………………… 151
爱的花种 ……………………………………… 153

从天涯寄来的芳笺 …………………………… 154
希望 …………………………………………… 156
等待长途电话 ………………………………… 159
等待 …………………………………………… 161
晚年的梦 ……………………………………… 163
致邮递员小姐 ………………………………… 165
致外孙女 ……………………………………… 167

后　记 …………………………………………… 169

余晖集 …………………………………………… 171
前言 …………………………………………… 173
永不熄灭的导航灯塔——纪念毛泽东同志《在延安
　文艺座谈会上的讲话》发表60周年 ……… 175
我的创作道路 ………………………………… 182
怀念曹白 ……………………………………… 191
作家曹白战时生活故事 ……………………… 196
马烽：一生写作为人民 ……………………… 209
纪念李桦同志诞辰百年——他是我最尊敬的一位
　版画家 ……………………………………… 225
别开生面　不同凡响——看了《石鲁书画展览》
　给作者的一封信 …………………………… 229
孔海珠作《痛别鲁迅》序 …………………… 234

《齐奉波藏名家版画集》序 …………………………… 240
《牛文版画集》序 …………………………………… 249
《刘旷艺术人生》序言 ……………………………… 255
《陈天然版画集》序 ………………………………… 259
《韩惠民版画集》序 ………………………………… 263
《袁庆禄版画集》序 ………………………………… 268
《人民艺术家石兵画集》序 ………………………… 270
《马杰生速写选》前言 ……………………………… 273
三进楼外楼 …………………………………………… 277
漫话女人 ……………………………………………… 281
繁荣时代的仁义古镇 ………………………………… 284
豹子的故事 …………………………………………… 288
灵东人民的灾难
　　——一个老汉的诉苦 …………………………… 290
怀念裴孟飞同志 ……………………………………… 295
漫笔为神韵 …………………………………………… 300
论今日中国的黑白木刻 ……………………………… 303
鲁迅先生怎样指导木刻创作 ………………………… 306
谈两幅和鲁迅有关的优秀木刻 ……………………… 309
从赵树理雕塑谈起 …………………………………… 314
给杨茂林的一封信 …………………………………… 318

附　录

一个后学的祝福 ………………………… 黄永玉　321

"力群美术馆"中的版画是怎么创作的3 ……………… 26

客居澳洲日记 …………………………………… 365
前　言 …………………………………… 367
客居澳洲日记369

附　录
愿友情长存 …………………………………… 454
鹦鹉的故事——阿黎来信 …………………… 456

力群诗选

灿烂多彩的诗情
——读《力群诗选》随想

马作楫

时值早春三月,我有缘先读了著名版画家、诗人力群先生结集出版的新诗集《力群诗选》。诗的感情真挚、诗的意境明丽、诗的语言简练、诗的韵律悠扬。这些感人心腑的诗篇,唤起我内心的感应和共鸣。有的诗像静静的湖面,有的诗像奔突的泉水,有的诗像潺潺的溪流,有的诗像汹涌的波涛……

力群先生的画中有诗,诗中也有画。

《力群诗选》编为三辑,共收诗88首。第一辑,诗人怀念并着力歌颂他崇敬的人。诗辑中还包括诗人的自勉和论理。例如《赞彭德怀将军》诗中,诗人倾吐着他真挚的歌颂:"你是党的栋梁/你是人民的忠臣。"这让人想到从未忘怀的将军的丰功伟绩。诗情展示中,诗人将积淀在他心中的历史感率然吐出:"可诅咒的时代呀/说真话的遭殃/说假话的受宠/但你讲了真话/虽败犹荣。""虽败犹荣"这饱含激情和敬重的正肃之声,动人以情,服人以理。诗句体现了诗人的个性。结尾诗人放声高唱:"我作为一个中国人／我作为一名共产党人／向你表示无限的尊敬。"诗的语言明白晓畅,准确生动,闪耀着诗人强烈的爱憎之情!

《怀念诗圣艾青》,诗人的哲理和艺术形象融在一起,情深意切地写道:"他走了／给我们留下全集五本／其中有难忘的——／《大堰河——我的保姆》／《黎明》和《解冻》／他没有带走——人民给他的桂冠和光荣／而深深地留存在人们的心中。"诗中既有思想意义,又有深厚情谊,两方面融为一体,感动着诗人自己,也感动着我们。没有带走的,诗人列举出的如彩霞一般的意象"桂冠和光荣",必将永远震撼着人们的心灵!诗人力群在忆及诗圣艾青身心所受过的摧残时,感慨地发问:"难道一位深深爱着劳动人民／憎恨旧时代的黑暗／热爱新时代的光明的诗人／就应该遭受不应有的不幸?"诗人问到此,情感如奇峰突起,挥动如椽大笔,为诗圣艾青展示他完美的形象:"是的／不应该颠倒了的／终于又颠倒过来／被污辱了的中国诗圣／终于又受到不寻常的尊敬。"

其他如《怀念延安》《怀念我的伊甸园》等诗,也都写得生动感人,充满思想感情,充满形象意境。

第二辑选入的诗,多是诗人涉足国内外的自然景观时,创作的写景和咏物诗。诗人的每一首诗都情有所寄,意有所托,绘声绘形,情景交融。例如《车到湖南》一诗,从诗题起笔,诗人就眼前景象提笔吟咏:《车到湖南》先说一个"到"字,然后点染景观:"雨雾蒙蒙远视难／如镜稻田片片／如花姑娘插秧忙／镜面绣绿锦／绣出碧云成行"。这是诗人在"到"湖南时,从远眺看到的明丽景象,诗句不言秧苗行行,而是以绿油油的"碧云"为意象,吸引读者也参与诗意的审美联想。诗至此,诗人的兴味未尽,喜心所感,又分几层笔墨绮丽地指点,深得抑扬之妙:"竹影掩新楼／雾纱朦胧"一层;再进一层见"可辨洗衣少女／倩影红装。"诗人欲呼未唤,情不自禁,结句大放一层:"无语楼前菜花黄。"此时无声胜有声。诗意含蓄,潇洒空灵。

其他诗如《江南行》《游管涔山中》《莫干山雨景》等,也都写得优美动人。诗人说"江南景色太销魂／家家都在画屏中",那么《塞北风光》中的"窑洞明窗／初熟红枣出院墙／祖国景点多娇／喜看塞北风光",不也是更有北国的情韵?句中炼一"出"字为诗句中眼,艺术技巧十分自然!

诗人的异国行旅中,也写出不少美丽的诗章。如《异国晨景》、《公园小景》、《异国之思》、《喂海鸥》和《忆同游莫干山》等。我尤其喜欢《大海的梦》一诗。这首诗的构思设色、诗意音波给人以动感。诗中的意象组合也是平中见奇,如第一节陈述"在我的童年／大海像一个神秘的梦",接着诗人展示带有颂扬口吻的梦幻场景:"因为我生长在／黄河拥抱的高原／只看到黄土起伏的波浪。"在这里诗人将"黄土起伏的波浪"通过相近的联想活动,使"大海"的意象变形为"神秘的梦"。它突破了生活的原型向更高的境界升腾。第二节诗中的意象更为生动:儿时"在画中看到了鱼／像在夜空观看不动的星星"。第三、四两行,诗人双行复唱,与第一节诗的韵律呼应唱和,情趣盎然。诗如:"因为我生长在／黄河拥抱的黄土高原／只看到活泼的小松鼠／在草间游动。"第三节忆及人和海并与第一节相照应,显得诗的结构快中有徐,曲折展意!结尾一节,诗人身临悉尼,看见大海也在笑,看到鱼像松鼠似的游动,白鸥也与诗人相亲。这许许多多的生动意象,经诗人组装后成为诗人"童年时的神秘的梦"的缩影,也表达了诗人对美好生活的憧憬。

第三辑编选了近年来诗人创作的抒情小品,其中有不少诗篇讴歌了纯真的爱情。这一辑诗创造意境的手段,诗人很少以缘境生情的手法构思篇章,而是以直抒胸臆的方式倾吐他积情心胸的独特感受。试读《她去了》一诗,诗分三章,在诗人的抒情诗中,此诗是较长的一篇,我就第一章谈谈感想。"她去了,给我留下／甜蜜的回忆／美丽的梦。／我回忆甜蜜的重逢,／陶醉在如雾的梦境中。"第一节诗人袒露了他的诗情和爱心,文词婉转,笔酣情浓。第二节诗是衬起并加强以下几节诗的抒怀吟咏。第三节诗追忆"在沉睡的白塔下／中秋圆月的光照中,／耳际私语,／旁若无人,／话如烟往事,／恨良辰去匆匆。"这是景语也是情语,情景交融,不着痕迹。第四节诗有第三节诗中的"耳际私语,旁若无人"的情景和气氛:"夜色朦胧,／黄月挂林梢,／荷池飘香,／水上舞场情浓。／轻步回旋,／两心如贴;／良宵苦短,／奈时光无情。"诗人那"轻步回旋,两心如贴",甜在一起,圆在一起的痴心,与上节交织,表达了诗人的离绪和想念意中人之情。本章的第五节诗尽情渲染甜蜜的回忆氛围,以"是梦非梦,是醉是醒"的低吟浅唱的缠绵,使诗情心怡神融,余味无穷。

另一首诗《想你》并不是诗人的偶然的触发,而是久久蕴蓄在心中的情,得到酣畅淋漓的倾吐:"想你想得我／诗不成句／想你想得我／心乱无绪／洁白的玉兰花开了／不能和你同赏／银色的月儿圆了／不能和你共观。"诗人正是把引起浓厚的离恨的具体意象与内心世界的活动特点如实描绘出来。诗的开头"想你想得我,诗不成句,心乱无绪"等等,出于天籁,本于爱心,琅琅上口,唱出情韵诗声。还有一些诗,如《爱的花种》、《晚年的梦》、《爱情的伟大》等诗,都是诗人心灵真实的记录。

我读过诗人的爱情诗后,想起谢榛在《四溟诗话》中讲:"赋诗要有英雄气象,人不敢道,我则道之;人不肯为,我则为之。"诗人力群先生年近九旬,精神矍铄,一树爱情果,象征着诗人永远拥有生命的春天。

力群先生在版画艺术创作和绘画理论等方面早已做出了卓越的贡献,享誉海内外。艺术同其源,力群先生也是广泛地吸取了中外古典诗歌和民间文学的艺术形式加以融汇改造,形成了他自己诗创作鲜明的民族特色和个人风格,值得我们研究学习。

他的诗内涵丰富,有关哲理、爱情、友谊、景物和行旅等,一切的一切都包括在内。诗人是怎样感动就怎样把这种感受具体地写出来。写景诗、咏物诗多用触景生情的手法表达诗人的情思。情隐藏景中,类似写意画,有言外之意,弦外之音,诗也体现了"诗中有画,画中有诗"的美学传统。爱情诗的表达则是充分唱出来的,诗人运用自由诗体,是为了少受拘束,诗人很注意诗行中的节奏和韵律。为此,在词与词之间,词与句之间,通过诗人对语言的精选、提炼、搭配,使诗产生了音乐性的美感,加强了内容的感染力。另方面,因为诗人借鉴了流传广泛的我国的乐府诗、词和曲的韵律,所以他的诗唱起来比默读更有吸引力。至于诗人的景物诗虽是自由诗的长短句排列组合,但也具有中国诗词和民歌的韵味和特色。诗的结构谨严,语言通俗流畅,特别是诗人反复运用了复唱、排比,诗行在疏放中更有声韵协调之感。

　　我的读诗随想,拉杂谈来,言不尽意。我真诚地希望得到著名版画家、诗人力群先生的批评、指正。

第一辑　怀念及其他

宋庆龄颂

你是一位伟大的女性
你是一位美丽的妇人
你是一位庄严的女圣
你是一位慈爱的母亲
你在我心中无比高大
为我尊敬
你在众女中如鹤立凤翔
光彩照人

在祖国风雨如磐的时代
你作为孙中山的好助手
随他干革命
在反动派猖狂的年月
南昌起义有你的身影

在巡捕特务横行的上海
为鲁迅先生送葬
你在我们含悲泪的长队前
壮行
在民怨沸腾要求抗日的
年份
七君子被捕了
你挺身主动投狱
作抗议表气愤
在抗日战争中
你想尽办法支援八路军

在政治的狂风巨浪中
有多少赫赫须眉随波逐流
而你却敢于逆风云
是是非非看得明
你对反右派运动
敢于上书党中央
提质问
你对十年浩劫
敢于为刘少奇
表同情鸣不平
你是中国女性的骄傲
你是祖国人民的光荣

说明:1981 年 5 月 29 日是我们敬爱的宋庆龄女士逝世之日,迄今 16 年了,作此诗为祭。发表于 1997 年 6 月 2 日《太原日报》"双塔"副刊。

怀念延安

一

最难忘
延河畔
清清河水畅游罢
躺在滚烫的沙滩上

二

男同志
女同志
为了抗日
来到这荒凉的山沟里
又唱歌

又演戏

老百姓都知道

我们的"家"

是"鲁艺"

三

延河流

夜星流

开口忘不了歌唱"信天游"

老乡唱

干部唱

"你妈妈打你……"

飘在满山上

四

学习很繁忙

开会开不完

礼拜六的晚会

最喜欢

毛主席、朱老总

乐曲声里共欢情

皮带系腰间

草鞋脚下动

华尔兹、狐步舞

汽灯光下溢美梦

五

离开延安 50 春

它使我常常怀念

像怀念生我之地的乡村

延河用革命的圣水

使我的灵魂受洗

党用马列的思想

把我装备

我富有自信地

走在人生的大道上

高举从延安带来的思想火炬

遇一切歪风邪气

坚持神圣的真理

六

延安是一首壮丽的诗

用多少革命的热情

用多少青春的壮志

用多少对祖国的爱
用多少对敌人的恨
　　　　——把你写成

延安是一首火红的诗
用多少鲜红的炎黄子孙的热血
用多少对祖国殷切的希望
用多少抗战的激情
　　　　——把你写成

延安是一首美丽的抒情诗
用多少延河的清流
用多少少女的歌声
用多少多情的舞步
　　　　——把你写成

这是旷古未有的诗
这是未曾发表的诗
却镌刻在每个延安人
的心怀里

　　　　　　　　1997年6月作

本诗第六节以《延安颂》发表于千禧年5月出版之《庆祝

建国五十周年华人画家、书法家、诗人作品联展大奖典藏集》中并获"成就奖"。

怀念诗圣艾青
——三年祭

他走了
给我们留下全集五本
其中有难忘的——
《大堰河——我的保姆》
《黎明》和《解冻》……
他没有带走——
人民给他的桂冠和光荣
而深深地留存在人们的心中

令人难忘——
时代给予他的凌辱和不幸
让我们诅咒那天空布满乌云的岁月
强加给人民的诗人以不公正

难道一位深深爱着劳动人民
憎恨旧时代的黑暗
热爱新时代的光明的诗人
就应该遭受不应有的不幸？
但他在冤屈的日子里
从来也没有心情败坏
他发誓：
"我们以雪亮的犁刀
犁开一个崭新的年代"
因为他坚信：
"最早被打倒的
最后得到改正
最受屈辱的
受到不寻常的尊敬
嘲弄历史的
受到历史的嘲弄
强硬的真理的手
扶起被推翻了的天平"

是的
不应颠倒了的
终于又颠倒过来
被污辱了的中国诗圣

终于又受到不寻常的尊敬
而诚心污辱了他的人
却被无情的时间
曝光了他们一颗不善的心

怀念我的伊甸园

故乡
故乡是我童年时代的伊甸园
也是我童年时代的摇篮
像做梦似的
我在这摇篮里成长
故乡培育了我
是我最初认识世界的课堂

我在童年的伊甸园里
尽情地贪玩
邻家的小夏娃给我扮新娘
我们一同采摘马兰花
我们一同歌唱月亮
但故乡的小花蛇并没有诱我

吃那智慧果
而无情的上帝却把我
逐出童年时代的乐园
在梦一般的已逝的童年
我听见蝈蝈在酸枣丛中欢叫
山鸡在大泉石上咯咯地笑
看见小松鼠在草地上跑
野丁香在峭壁上开放得骄傲
我怀念我的伊甸园里的串山林
我怀念我的伊甸园里的戴胜鸟
俱往矣
我只能在老年的梦里
回到故乡的童年怀抱

　　　　　　　　　　1997年冬月

我像萤火虫

我不敢狂妄
说自己像太阳
也没有不害羞的胆量
把自己比作月亮
我只能说
自己像萤火虫
在黑夜里发点微弱的光
最怕自己代表黑暗
最怕自己像臭虫和豺狼
也怕人们说自己是狐狸
更怕死后给社会
留下一件破衣裳
农民要离开这个世界了
他一生献出的是米粮

建筑工人要离开这个世界了
他一生用汗水盖了无数楼房
老战士要离开这个世界了
请看,他浑身是枪疤——
为了自己和祖国的解放
而我
也将要离开这个可爱的世界了
没有无贡献而去
总算给人民留下些版画和文章
愿它们没有人说是次品
也没有人说是秕糠
就这样瞑目吧
实在留的太少了
也不好请后代原谅

1995 年 11 月作
发表于 12 月 6 日《太原日报》《双塔》副刊

我们将告诉世界

香港
亲爱的骨肉
你终于回到娘怀里
让我尽情地吻你

当你
贩卖鸦片的海盗
用炮舰把你抢去
因为那时
我们的国家落后软弱
当政的
又是一个怕洋人的皇帝
中国人民经过了 156 年的
灾难和屈辱

而今你的回归

就意味着

民族耻辱的永逝

由于中华人民共和国

在共产党领导下

像一个巨人

在东方站起

我们不再怕洋人

但我们尊敬洋人马克思

是他指引我们

走向强大的社会主义

不管什么洋人

只要他和我们友好

我们就和他建立情谊

但今天

我们刚刚强大

就有洋人喊叫"中国威胁"

因为他们

总愿中国回到香港被抢的年月

好让他们再把中国人踩在脚底

我们将告诉世界

中国既不威胁别国

也不会再接受任何的屈辱

1997 年 7 月 20 日作

像吃苦酒的诗

我在痛苦地阅读
那些流行的
前言不搭后语的诗,
像在吃一杯苦酒
像在梦中被人欺。

上帝呵!
难道是我的智商太低?
还是那些怪诗
不过是一件
"皇帝的新衣"

请听——
"在心的地图那浸透的钟声里

敲响黎明。为了阳光、盐和乳房"①
天呵,这算什么诗章?

但我要咬紧牙关
下定决心
把它读下去
想知道
到底葫芦里装的什么鬼药
玩弄的什么把戏?

总算把苦酒吃完了,
除了失望
剩下的全是空虚
我呼吁编辑先生
为人民应节省点可贵的印纸

作于 1996 年 1 月 21 日

发表于 1996 年 4 月 8 日《太原日报》《双塔》副刊

---

① 引自 1995 年 10 月号《诗刊》名为《词说》的诗。

回忆八年抗战

一

那时每天在战火中熬煎
死神带着灾难到处在
中国人民的头上恐吓
日夜惊恐于敌人的
飞机炸弹下
既是逃难
也是流浪
茫茫然不知何处为家

二

那时每天盼望胜利的一天

演话剧《军民合作》
画敌人的狰狞兽相
唱怀乡的《松花江上》
每人泪湿流浪已久的衣裳
总想把老乡很快动员起来
总想让八路军多打胜仗

三

像乌鹊南飞
绕树三匝
终于找到了可信的延安为家
终于依靠了共产党不会受骗
又开荒又纺线
吃小米吃南瓜
为的是——
喜泪盈眶迎接最后的凯旋

四

今天胜利已成过去
那时的灾难也已淡化
愿今天的人能知道
我们怎样度过了

八年的难熬生活
愿今天的人能热爱
用血泪换来的
这个可贵的国家
愿今天的人不忘记
有多少烈士的鲜血
洒在这个多难的大地上
而今天
我们就在这个大地上建设
新生四十五年的祖国的家园。

　　　　1995年7月作于病院床上
　　9月1日发表于《太原日报》"双塔"副刊

第二辑　异国行旅·景物诗

平静的鸭绿江

你平静的鸭绿江呵!
在我的心中曾有多少风浪。
而今——
雨后江面,
碧山垂影,
彼岸是朝鲜的洗衣姑娘,
这边是中国的牧羊儿郎,
笑声相闻,
情意绵绵,
一衣带水
却只能隔岸遥望。

你平静的鸭绿江呵!
曾照过多少跨江英雄的身影

忆当年
战火风云
今犹不安。
中朝儿女的情谊，
血泪相凝，
只有你能作证
只有你永远不会忘记。

　　　　　　　作于 1980 年 10 月

歌咏白桦树

白桦呵！
在众树中你显得多么漂亮，
雪白的枝干，
修长的身影，
细枝下垂，
点点绿叶随风飘动，
你有多么美的风采，
你是多么的含情。

白桦呵！
在众树中你显得多么美丽
你是超凡的纯洁，
超凡的出众，
好比著白色舞衣的

窈窕少女,
站在深绿色的幕前。
不需要歌唱,
用不到起舞,
单凭那美的风姿,
就足够把人迷。

白桦呵!
在众树中你是多么动人。
碧绿的池水,
映出你玉立的倒影。
一群白天鹅游过,
和你媲美。
她用银线,
把绿波织成,
流云的图锦;
橡树在欢笑,
水曲柳在私语,
都在羡慕,
你和白天鹅的美丽。

于 1980 年 10 月作

美丽的松花湖①

森森郁郁的松花湖呵,
多么美丽。
你使我想起江南,
有如置身西子湖边。
这里虽无"接天莲叶无穷碧,
映日荷花别样红",
而你那湖水清清,
碧绿的山影,
镜面渔舟轻移
湖上白鸥惊飞,
就使我无比陶醉。

---

① 松花湖是由于在松花江上游建立了"小丰满发电站"而形成的。

你如画的东北湖山呵,
如今我来到你的身边
使我想起《在松花江上》
歌词中的
"森林煤矿
大豆高粱……"
也使我想起痛心的
"九·一八","九·一八"
而今你回到祖国怀抱,
已三十余年,
忆你多难的往昔
使我不禁挥泪。

       1980 年 10 月作

车行江畔

绿树丛中
望新安江景
烟雾朦胧
远山含羞
近水清清
多少江畔花簇
红白点点
微笑迎人
车绕江岸
处处是画境
竹林片片
新楼幢幢
江南新貌
爱煞人

1994 年 5 月 21 日作

江南行

钱塘江畔
富阳途中
北国游人观春景
情动神魂

窗外一片绿
碧山重重
到处新荷竹林
鱼塘如镜
江南景色太销魂
家家都在画屏中

农家新居
乡村与城市无异

不甘平庸

能工巧匠显手艺

花样竞新奇

1994 年 5 月 21 日作

在旅游车中

小河水绿

农田麦黄

纵目喜望富春江

薄雾似纱

江山如画

怎不令人爱恋

久居北国

常梦江南

如今浙江游

不是仙境

胜似仙境

何处风光不醉人

1994年5月21日作

游千岛湖之一

千岛湖上飞快艇
湖水清清
山雾濛濛
有似海上寻仙踪

左桂岛
右蛇岛
多少雾岛数不清

水色青
山色青
一片明镜水天难分
你江南秀丽湖山
有多少诗情？

1994年5月22日作于千岛湖上
发表于1995年《乡土文学》第一期

游千岛湖之二

千岛湖水碧如蓝
一片汪洋
快艇如梭
织成银波锦浪
蓝天白云
薄雾飘素纱
绿山重重似屏

新安电站
神工造平湖
意外收成
赛西子
比阳朔
美景引来多少游人

愿在此安家
湖上终生当渔民

1994 年 5 月 29 日

陶醉富春江

轻艇缓行富春江
两岸山色荫苍苍
松林碧
竹丛翠
点点白楼
如银星点缀夜空
江面宽似湖
偶遇渔舟
远山重重如黛
烟雾　情浓
多年梦
今实现
如此江南风光
北国游人陶醉

1994 年 5 月 26 日

游莫干山之一

莫干山景如月宫
翠竹清影
山雾浓
泉水清
凉意浸心
野花满山黄
杜鹃水色红
山径幽静耐人寻
赛过庐山风景
松林伴竹海
石阶仰梧桐
夜夜杜宇声入梦
更感山间醉人恬静

1994 年 6 月 9 日于莫干山

游莫干山之二

日日画中游
如美酒畅饮
夜夜杜鹃鸣
无限诗情
远离闹市
山中享幽静
幸福莫名

看雾山
观竹海
灵感何多
画意无穷
八旬老叟
六十载从艺

难得陶醉此山中

1994年6月8日作于莫干山
发表于1995年《乡土文学》第一期

雨中莫干山

夏雨洗青山
万里新绿
苍碧松杉换翠装
无限风光
看竹海迎风波浪
山景似暮霭
雨雾难分
石间泉涌
游客无踪
空留马路水泞泞

1994年6月9日于莫干山

由安吉往莫干山途中

竹山沐细雨
一片翠绿清新
远峰恋白云
似隐非隐
小小瀑布泻银影
装点如画山景
处处有新楼
白壁红顶
喜看小溪绕孤村
不见西施浣纱
但见耕牛忙田中
车在画中行
美景映不尽

1994 年 6 月 9 日作
发表于 1995 年《乡土文学》第一期

喜游剑池

雨后喜游莫干山
欲往剑池观赏
上上下下
走不尽的石阶
左左右右
看不完的竹浪
路旁清流绕乱石
潺潺声不断
观莫邪干将铸剑雕像
似闻锤声叮叮响
手高倾艺坛
雕刻神态不凡
剑池瀑布飞白泻银
瀑声贯耳

寒气袭人

银水下山谷

美景留人心

1994年6月11日于莫干山

莫干山雨景

雾色如乳浓
崖上黄花点点
似纱外繁星
梧桐叶湿寒
雨泪滴滴似心伤
奈何黄梅天
难得见太阳
此山非他山
诗情画意撩人醉
难分天上人间

1994 年 6 月 12 日于莫干山

雨中庭园

雨打广玉兰
淅淅沥沥
好不烦
银花含泪
似有多少心事感伤
庭草湿透如困倦
伏地不起似贪睡
为何阴天久不晴
江南梅雨正烦人

1994年6月16日于杭州

颂江南

乘车"沪杭"
窗外望江南
处处有绿田
时时现河溏
渔船往来不断
采菱姑娘纤手忙
新楼幢幢
当年茅屋一扫光
陌上骑摩托
芦苇丛中白鸭藏
池塘待现芙蓉红
丝瓜开花架上黄
当年多次经"沪杭"
未曾作诗颂江南

1994年6月21日离杭州乘沪杭车往上海

塞北风光

云白天蓝
不见雁阵惊寒
塬上葵花点点黄
似无数灯光
塬下一片红高粱
如赤海无边
已近中秋
单衣难耐早晚凉
山村人家
窑洞明窗
初熟红枣出院墙
祖国景点多娇
喜看塞北风光

1994 年 9 月 12 日

游管涔山中

坡地片片
粉绿莜麦
高处满山松林黛黑
蓝天无云
秋阳温意宜人
石间清流小唱曲
浣衣姑娘
一身桃红
几只白羊
悠然活动在
绿色草坪
管涔山中
有如世外桃源
恬静像无波平湖
令人销魂

1994 年 9 月 14 日

车到湖南

车到湖南
雨雾蒙蒙远视难
如镜稻田片片
如花姑娘插秧忙
镜面绣绿锦
绣出碧云成行
竹影掩新楼
雾纱朦胧
可辨洗衣少女
倩影红装
无语楼前菜花黄

1995年5月3日于广州至北京途中作

夜归育林人

夜朦朦
山月照归人
小溪无语
蟋蟀草际低吟
远离闹市
回乡造林①
求得心神平宁
信步走入夜色小径

一颗久经动乱的心
受尽了多少惊恐
喜得山间夜幽静
像枯焦干旱的苗

---

① "文革"中下放农村植树造林。

迎来春雨的浇淋

日日夜夜
朝朝暮暮
心在一片绿海中
绿给我安慰
绿给我欢欣
我和绿色幼林
似相依为命
身在绿林里
飞剪裁斜枝
喜作苗圃理发师
不怕日晒
不怕雨淋
其乐无穷

松鼠在林地觅食游动
山鸡在土岗上一片笑声
山野怜我汗淋淋
吹来飕飕凉风
整天忙在苗圃中
为了绿化祖国
同时也绿化了我的心

夜朦朦

山月照归人

小溪无语

蟋蟀草际低吟

离开心醉的绿海

信步走入归路小径

1996年1月作

1996年4月4日发表于《天津日报》文艺周刊

太原的春天

满街连翘花黄
春意阑珊
户外垂柳绿满窗
邻家丁香越墙香
奈何所爱在天涯
空思想
戴胜声声唱晚
日落西山
黄昏寂然孤身寒
新月一钩挂梢头
冷眼看人间

1996 年 4 月 27 日
1996 年 9 月 16 日发表于《太原日报》"双塔"副刊

故乡行

久别故乡行
喜见山区夏景
布谷声声
叫得农事步步紧
叫醒我沉睡已久的
童年梦

夏风吹山林
灌木蝉鸣
梯田麦黄待镰动
人人在做丰收梦

故乡无亲人似有亲人
一草一木都含情

更喜看

当年率领乡亲手植万树成林

如今风摆叶动

似向我招手表欢迎

1996 年 7 月 1 日

1996 年 8 月 12 日发表于《太原日报》"双塔"副刊

在老年网球场上

牵牛爬铁网
红花映球场
多少黄忠老将
战犹酣
不是门球地
而是网球场
不是青年人
而像青春壮年汉
当年在抗日战场
流血流汗
今日挥拍战伙伴
忘红霞年晚
犹似当年在太行山上

1996年8月于太原

可爱的童年

我家附近有个儿童学校
我拄着手杖上街闲逛
有时遇上放学
孩子们一群群一伙伙
引得我停步欣赏
我羡慕他们的蹦蹦跳跳
我喜欢他们的打打闹闹
我爱听他们的傻笑憨笑
他们有童年的欢心
他们有青春的骄傲
是祖国的花朵也好
是祖国的未来也好
我看到他们
就想把每个亲亲

就想把每个抱抱

不是儿孙

也似儿孙

人间像个大家庭

1996 年 8 月 12 日发表于《太原日报》《双塔》副刊

游青城山

青城山碧蓝

白云横断

农田片片染嫩绿

悦目赏心

车上山腰

绿树竹林迎路旁

白壁红楼隐林间

银瀑飞半山

巨石清流寒

登仙境

临云海

诗情画意写不完

1996年10月23日
于成都青城山

冬枝颂

冬天
有多少树木被无情的时令
扒去衣裳
裸露着枝干
在严寒的西北风里
拼命地抵抗
拼命地呼喊
多么顽强
也像少女的粉衣
在画室里脱光
露出美丽的裸体
供画家描绘欣赏

冬枝呵

我欣赏你在西风里
跳迪斯科的勇敢
我欣赏你在北风里
悲壮的歌唱

1996 年 12 月

年终迎新春

年终迎新春
元宵佳节月观灯
犹忆童年秧歌夜
雪映红灯通街明
歌舞真动人

1997 年 2 月

人间喜事重

桃花谢了春红
柳絮像雪花漫天飞舞
乱纷纷

春归去也太匆匆
不留情
槐花如雪迎夏临
燕子未来
戴胜声声
似对春去很伤心
但人间喜事重
不知春逝夏叩门
到处为香港回归祖国
沸腾

欢庆
像失去的女儿
又回到妈妈怀抱
怎能不喜泪盈盈

1997年5月作

咏白菊花

你不趋时争春

你不描眉

涂口红

你像雪球似的面貌

出现在我

冷清的园庭

让我想起

夜空圆月的银影

让我想起

天山顶的雪峰

让我想起

少女的娟娟姣容

让我想起

圣洁的灵魂

你不怕霜冻

你不怕寒风

敢于经受严酷的初冬

凤蝶不来

蜜蜂无踪

你不需要他们的奉承

我多么欣赏你呀

你以纯洁和骄傲

占有了我的心

1997 年 11 月 11 日作

从古交回太原途中

秋山怕羞
藏在黎明晨雾中
重重丘影
重重松林
远远近近
淡如纱窗观野景
朦如月下看美人
山鸟隐形
石泉暗鸣
白云沉睡谷底不醒
天地无语
向人间献出
多少可爱的幽静

1997年11月30日作

故乡情

看到风吹狗尾草
听到斑鸠咕咕叫
更那堪花衣戴胜树间鸣
崖上酸枣一片红
唤醒我多少童年梦
引起我多少儿时情

故乡又金秋
禾熟上场
梯田空
山野传来蝈蝈凄切声
天地更幽静
童心情更浓
喜看西天长庚星

1998 年作

重游西湖

湖上久雨初晴
一片新绿
春光明媚醉人
黛色旧颜葛岭
濛濛孤山有情
如久别故人重逢

漫步昔日校园
厅楼依旧
艺友无踪

荡舟湖上寻旧梦
多少如烟往事
随波浮沉

西泠桥旁觅故居
念同室青春画侣
忆及音容
感人事沧桑
叹岁月无情

1998 年 4 月 10 日于湖上作

我躺在床上

我躺在床上
享受生活的平静
回忆人生的沧桑
像一匹老马伏在草地上
享受秋风的抚慰
回忆往昔奔驰在南北战场
曾经历祖国的不幸和灾难
也看到睡狮醒来
雄视东方
死而瞑目
也不愧来到这人世一场

1998 年 9 月作

请绿色森林来卫护家园

请绿色森林来卫护家园
不要再让无情的洪水闯来
害得大家倾家荡产
搞得人们流泪含怨
从今后
乱砍树木者众口诅咒
植树造林者受到尊敬

请绿色森林来看管家园
不要再让无情的洪水闯来
惊动我们"最可爱的人"
从树上救下儿童
从屋顶抱下老人
请记取这惨痛的教训
再不要乱砍树木

要多多地造林

真能耐呀　你绿色的森林
能把旱天变得雨淋
也能把山洪变成细流常清
能叫长江不再猛涨
也能叫黄河变得泥沙无踪

请绿色森林来卫护家园吧
它会赐我们永世幸福
它会赐我们永世太平

1998 年 10 日 14 日作

春 颂

似雪非雪
漫天飞舞传春意
正是多情春风戏柳絮

似夏非夏
身上冬衣件件去
荷叶水上初露面
到处是新绿一片

燕子未来
戴胜声声惜春去
牡丹初放
似与人间红颜媲艳丽
少女戏蝶飞花下

猛抬头
残红落满面

1999 年 4 月 23 日作

大海的梦

在我的童年
大海像一个神秘的梦
因为我生长在
黄河拥抱的高原
只看到黄土起伏的波浪
只在图画中看到了鱼
像在夜空观看不动的星星

因为我生长在
黄河拥抱的黄土高原
只看到活泼的小松鼠
在草间游动

学生时在冰心女士的书中

读到了她给我描绘的大海
愈加感到
海是我心上的美丽憧憬

现在身临悉尼
每天看到碧蓝色的大海
向我微笑
看到海中的小鱼
像松鼠似的游动
可爱的白鸥在沙滩上
和我亲近
我好像进入了
童年时的神秘的梦

1995 年 2 月 24 日于澳洲悉尼作

车窗外

——从悉尼到墨尔本车中

万里无云蓝天

绿染森林

草原无涯

小丘起伏

红顶白墙人家

牛羊点点数不尽

碧水小河

无名野花

异国风光如画

1995 年 3 月 12 日作

夜游爱情河
——墨尔本抒怀

浓青涂天天无边

夜深沉

群楼比高

万灯与圆月争明

异国夜游

爱情河畔观彩影

懈逅妙龄女郎

微笑相迎

他乡作客

似梦非梦

1995 年 3 月 15 日于墨尔本爱情河畔作

公园小景

蓝天无云
两三只
灰色斑鸠
雪白海鸥
漫步在公园绿色草坪
一双金发黑裙少女
在长椅上
传来私语和笑声
太阳从树阴里洒下
一片恬静和丽明

1995年3月26日于澳洲黄金海岸作

游墨尔本植物园

草坪绿莹莹
高树参天
林间路幽静
万邦奇木异卉
如外来移民
更喜见
我神州竹林
斑鸠声声
传情
香花处处
笑迎
无惊野鸟漫步湖边
对人有多少信任
池畔黑绒天鹅

安祥自适

如处人间仙境

竟赢得

他乡游子

无限陶醉销魂

1995年3月15日于墨尔本旅次作

海

诗兴浓
画兴浓
暮年异国行

天也蓝
海也蓝
白云笑白帆

浪似雪
鸥似雪
浪鸥齐飞
不休息

1995年3日19日于墨尔本—悉尼车中作

赞音乐家

你伟大的音乐家呵!
仅用七条彩线,
竟编织成多么灿烂的云锦;
仅用几根琴弦,
弹奏出多少人间的悲欢。
像画家画出雄山瀑布,
海浪行云;
像诗人写出宏大诗篇,
动天地泣鬼神。
我拜倒于你,
你给予我多少艺术启示,
给予我多少心灵的撼动。

1995 年 3 月 19 日于墨尔本—悉尼车中作

怀 念

路茫茫

何处通贺兰

多少浓情厚念

全靠传心鸿雁

但总嫌它飞得慢

别时容易见时难

两心相隔

如断肠

遥闻卧病床

欲飞无翅想去看望

乘风难往

愿上帝保佑你

早赐健康

1995年3月19日于墨尔本—悉尼车中作

南澳风光

望不尽白云蓝天

看不完绿色草原

桉树森森片片林

如黛山影天边横

白马数匹

草上黑牛成群

明河望断

几间红楼隐林中

1995年3月19日于墨尔本—悉尼车中作

澳洲颂之一

到处芳草绿色
到处美女香花
彩楼幢幢
满街流水汽车
碧海蓝天
白鸥和人友善
黑发黄发
有多少移民
来此安家
从南到北
数不尽的牛羊
看不完的牧场
贫贫富富
都好似生活在

温暖的春天

人道是

当今世外桃源

1995 年 3 月 23 日于澳洲去布里斯本途中作

忆同游莫干山

同游莫干山
日夜相随
朝朝暮暮
形影总相连

竹影松林
小楼梧桐
烟雨远山濛濛

待晴天
黄花映日
游人出没林中
你我观瀑布
水池印双影

夜幕下
山灯星星点点明
杜鹃声声难入梦

同游莫干山
日夜相伴
往事虽如烟
情思总难断

1995年3月26日于澳洲黄金海岸作

异国晨景

窗外远山森林
晨雾濛濛
一夜车座倦困
似醒未醒
赏晓云藏日
爱草原平静
已是初秋天气
却仍旧一片绿色夏景
念故国正春风
游子难耐思乡情

1995年3月28日于黄金海岸至悉尼车中作

夜海景

碧海森森
雪浪白鸥齐飞
夕阳西沉晚霞红
滑浪健儿显身手
如鲸似龙
夜幕初降
万盏灯火满山星
高原来客
喜看异国海上夜景

1995年4月1日于悉尼作

游百年公园

草坪绿莹莹

月季朵朵红

湖畔垂柳舞秋风

又是游鱼戏水

又是白鸥成群

有多少欢乐的母亲和儿童

游人在草上躺卧

水鸟在天空飘动

说不尽的美丽秋光

说不尽的游兴闲情

1995年4月2日于悉尼百年公园作

赠莉莉卓娅

伊犁相别

雪梨重逢

少女变母亲

芙蓉两朵依旧红

往事如烟

今如梦

异国难久留

行色匆匆

祝红荷永艳

愿友情常存

1995年4月4日作于悉尼

喂海鸥

曼利海边喂海鸥
无限闲情
晚霞余辉照海明
灯光下
群鸥沙上飞来
应人招引
降落在我的脚下
边食边鸣
一块面包投天
凌空叼去
表演得技艺入神
不像野鸟
似家禽
与人有多少缘分

归来夜深沉

高楼顶上

一钩弯月照人

1995年4月4日于悉尼曼利作

以《异国之思》为题发表于《诗刊》1995年10月号

澳洲颂之二

我从严寒的北国
来到你炎夏的雪梨
像瞥见一个美丽的少女
使我一见就心迷

无处不见精致的楼房
像女郎穿着艳色的新装
无处不见绿林花丛
似美人秋波传情
无处不见碧海鳞波
有如向人间微笑的蓝天

世界上有多少都市
有的高楼林立

压得人喘不过气
有的尽是一片房舍
看不见草坪绿树
而你却像一个
善于美容的小姐
打扮得出众的美丽
夜幕降临
像面对银河繁星
你雪梨的夜街呀
一边是万点红星流动
一边是无穷黄灯飞行
加上商店的霓虹灯
好像是由明月指挥的
一首群灯的协奏曲
也像用彩光织出的
一幅灿烂的明锦

你是一个鸟的乐园
野鸟和家禽难分
华丽的鹦鹉
洁白的海鸥
还有企鹅和无名水禽
人对鸟有难言的感情
鸟对人有多少的信任

好像澳洲就是伊甸园
人人都对鸟有一颗爱心

我所走过的国家
还从没见过
像你这样多情的风光
使我如此留连难忘

　　　1995年4月13日作于雪梨

去堪培拉途中

黛色远山如海蓝

丛林茫茫

未曾降霜

却绿中染红黄

天高云淡

衰草平原见牛羊

湖水清碧

海鸥惊寒

车到堪培拉

喜观南国金秋风光

1995 年 4 月 18 日作于堪培拉

堪培拉秋景

山影青青
西风染黄绿林
金秋艳色映湖中
西天夕阳红
彩霞一片
白鸥起飞
水上鸣
湖畔绿茵草地
如海平
更醉人

1995 年 4 月 18 日作于堪培拉

雪梨颂

无山没有森林

无家没有花丛

处处有碧海

处处有草坪

绿色主宰雪梨城

不分春夏秋冬

天空清明

空气长年清新

这里是人间天堂

谁也想作澳洲人

1995 年 4 月 20 日作

雪梨的回忆

当我回忆起
雪梨的以往
真像是一个梦幻
湛蓝的海
雪白的帆
沌洁的沙上海鸥
陌生的邂逅女郎
都使我难忘
我爱曼利海岸上的白鸥
像爱雪梨的蓝海一样
它对我似有缘分又有信任
似乎总在我的蓝色的梦中飞动

1995年8月4日作于太原稷山痔瘘医院病床上

第三辑 爱情诗及其他

浪涛中的爱情小舟

自从你登上我的
爱情的小舟
遨游在幸福的海洋
不久就君临了
罪恶的骤风暴雨
我们的小舟
被无情的风浪倾覆了
你陷落在地狱般的
"浩劫"的浪涛中
像小羊落入狼群
受尽了恶鬼们的欺凌
一场噩梦醒来
彼此都像,小小的浮萍
飘流在为命运摆弄的

人生的河流中
靠上帝的怜悯
我们终于又寻到了
失去的爱情小舟
像彼此又回归了
失去的伊甸园
我在小舟的船板上
为你擦拭受惊的眼泪
庆幸你未曾在
"浩劫"的地狱里丧命
你终于又投入我的怀抱
我们重温昔日的美梦
我用眼泪来写我们的
悲欢的诗篇
我用欢笑来赞美我们
回归的天堂

1995年2月作于雪梨

她去了

一

她去了,给我留下
甜蜜的回忆,
美丽的梦。
我回忆甜蜜的重逢,
陶醉在如雾的梦境中。

我时常像牛,
反刍那如饴的朝朝暮暮,
重温那已逝的多情良辰。

在沉睡的白塔下,
中秋圆月的光照中,

耳际私语,
旁若无人,
话如烟往事,
恨良辰去匆匆。

夜色朦胧,
黄月挂林梢,
荷池飘香,
水上舞场情浓,
轻步回旋,
两心如贴,
良宵苦短,
奈时光无情。
分不清是梦非梦,
分不清是醉是醒,
我回忆甜蜜的重逢,
沉醉在幸福的回忆中。

二

她去了,给我留下
苦味的回忆,
痛苦的自省,
她诉说浩劫中的苦难,

多情的眼泪把我浸在噩梦中。

又是"风雨如磐闇故园",
可怜淑女遭忌受欺凌。
在地狱般的农场,
为我而加重了
对她无情的折磨,
重石压损了她的娇骨,
日夜遭受恶毒的污辱。
而她,不凡的姑娘
耐寒如松,
坚贞似铁。

分不清是内疚是同情,
分不清是童话是噩梦。

霜欺黄花,
雪凌红梅,
此恨绵绵无绝期。

她去了,给我留下,
多情而崇高的身影,
我回忆最后的别情,
美丽的风姿,

尊敬的人品。

三

她去了,给我留下的回忆,
使我伤情。
我回忆甜蜜与伤情的私语,
陶醉在她的酒窝与泪痕中。

争得解放,
重新生活。
离开冤家,
离开无情的人。
凤凰怎能与乌鸦同巢?
芝兰怎能与蒿草同盆!

知心慰怀,
喜泪盈眶,
但旧恨终难消;
面对所爱,
诉尽苦情,
欢心难除旧伤痕。

我回忆甜蜜与伤心的私语,

在我的心上刻下
她的欢容与泪痕。

别情满怀,
回忆往事更销魂。

作于1991年11月20日
发表于1993年2月9日《太原日报》"双塔"副刊

火车开了

火车开了
带走了你
也带走了我的心

火车开了
带走了你
给我留下的
是离别的眼泪
是等待我的空寂

打开电视
看《叶塞尼娅》
想忘掉你
反倒更想你

觉得叶塞尼娅就是你

有你
我就活得充实
毫不空虚
像花儿有水的滋润
有你
我就活得有滋有味

火车开了
带走了你
留给我的是
苦思苦念

1992 年 5 月于京华作

第一次看到你

第一次看到你,
马上被你迷醉,
像初放的红杜鹃,
你那纯洁的丽影
还带几分天真气。

你在舞场上回旋,
多少眼光把你缠,
多少美女把你妒忌。

你没有拒绝,
我的邀请,
使我受宠若惊。
然而我心跳慌乱

舞步老和你合不拢。

你不嫌弃,
琢磨我的步法,
终成舞场匹配。
两心初逢,
我尝到了你的情意。

迷人的酒窝,
银铃般的笑声。
要命的
你使我月夜难眠,
你使我白昼如醉,
不知何时坠入你的情网,
你的倩影老在我眼前晃现。

又是彩灯灿烂,
乐曲欢快动人,
"冤家"重逢。
合拍的舞步,
跳动的双心,
云云雾雾难分身。

散场了

你告我归路遥远,
我决意把你送。
在夜阑人静的途中
我拿出勇气轻声说:
"我真爱你!"
你回头竟把我拥抱
在明月的柔光中,
我初次吻了你。
爱情呵!
你从此将我们两人的心紧系。

        1992年9月10日作
发表于同年10月4日《太原日报》《双塔》副刊

思 念

要命的
你像我心上的一只
断了线的风筝
不知飘向何方?
飘在烟台的海滨?
还是飘在祖国的北京?

我的心像——
月明星稀的夜空
一只孤飞的夜莺
不知何处栖身?

我的心也像——
在茫茫的大海

寻觅一只
情思的小舟

我思念
第一次和你
动情的相会
我思念
分别时你多情的眼泪
不知是苦恋
还是苦念

要命的
你让我苦苦寻觅
你让我苦苦思念

想你
不知是晴是雨
想你
不知是春是夏

我怕看云中的月
我怕见河边的花
因为你就是我心中的月
你就是我心上的花

要命的
此刻你像我心上的一只
断了线的多情的风筝
不知飘在黄海的烟台？
还是飘在祖国的京华？

1993年7月写于青岛
发表于1993年7月23日《太原日报》"双塔"副刊

痴情人

很想去看你,
无奈河山难渡,
很想梦见你,
无奈梦魂无情。
海水冲刷着礁石,
寂寞荡涤着我的心,
人间为何要人想人?
滋味苦甜难分。

面对景山芳草如茵,
面对北海荷影香风,
双影依依,
两心切切,
有情人难舍难分。

恨幸福易逝，

恨美梦易醒，

多少芬芳往事，

空回首，

如烟如云。

又是海上银月照孤影

潮水声声

思绪无宁

魂飞千里寻所钟

走也不是

停也不是

明月笑我太痴情；

行也思你

停也想你

不知生了什么病

1993 年 8 月作于青岛
1996 年 4 月 4 日发表于《天津日报》"文艺周刊"

等待春暖花开

我面对
　窗玻璃上的冰花
等待
　春暖花开
像神话中的牛郎
等待
　七月七日佳期
像民歌中的情郎哥
等待
　要命的二妹妹
也像《西厢记》中的莺莺
"待月西厢下
　迎风户半开"
因为离别时

你曾告我

下次再会

 在春暖花开

诗人雪莱

在《西风颂》中说：

"如果冬天来了

 春天还会远吗？"

 就为此

我信心百倍地

等待着明媚的春天到来

      1994 年 2 月 20 日作

发表于当年 3 月 1 日《太原日报》"双塔"副刊

爱情的伟大

我像一个夜行人
行进在茫茫的大地中
而大地为严寒所蹂躏
冻得我浑身发冷
但一想到你
就感到温暖了全心

我像一只在长空久久飞翔的大雁
双翅感到扇动的艰难
但一想到你
就给我全身以力量

爱情多么伟大
她使我生活得怪有滋味

她使我像春花享受着阳光的恩惠
她使我吃苦菜也能感到美味

1994 年 3 月作

想 你

想你想得我

诗不成句

想你想得我

心乱无绪

洁白的玉兰花开了

不能和你同赏

银色的月儿又圆了

不能和你共观

春风吹得榆钱满天飘

吹不来你的片片芳笺

紫燕在树枝喃喃细语

听不见你的银铃声

在我的耳际

要命的你在哪里

1994年4月作

怀念失去的天堂

我回想
回想那幸福的初夏
上帝赐给我的天堂
千岛湖上
富春江畔
因为有你在我身旁
我像恢复了青春年华
像乘着幸福的小舟
遨游在碧波湖上

你用说不尽的柔情的手
给我织成了一个美丽的梦
像躺在妈妈的怀中
我的心荡漾在你的

平静的情海中
你用爱情的宝石给我
营造了一座迷人的天堂
我知道——
天上没有天堂
地上没有天堂
我的天堂
在你的含情脉脉的秋波间；
我知道——
天堂不在千岛湖上
天堂不在富春江畔
我的天堂
在你的甜蜜的微笑间；
我知道——
天堂不在幻梦里
天堂不在我心上
我的天堂
在你深情的怀抱间。

如今
天堂像一个可爱的美梦
从我身边走掉了
留给我的是——
深深的怀念

对天堂的苦苦思恋。

1994 年秋作于并州

发表于 1994 年 9 月 22 日《中国医药报》"陶然亭"副刊

难入梦

你在千山外
我在汾河滨
秋风不送相思情
过雁不传恋人信
孤寂难耐多愁闷

黄叶纷飞
河水凄清
月当空
夜深沉
辗转反侧难入梦
苦思苦想心上人

1994年9月10日作

心上有个要命的她

我盆里有朵雪白的百合花
我心上有个要命的她
百合花无语向我只是笑
众女中谁也没有你生得俏
云遮月亮月儿昏
我想要命的
想得发了疯

大雁飞过在天上鸣
不见你的倩影
也看不到你的信
弄得我像丢了魂

雨打荷花泪淋淋

听说你生了病
我又心焦又心疼
搞得我老是做噩梦

1995 年 11 月作

异国之思

——仿陕北民歌《信天游》

想你呀，
想你，
真想你，
隔着海洋看不见你。

想你呀，
想你，
真想你，
看见明月看不见你。

想你呀，
想你
真想你，

想搂在怀里探不住你。

想你呀,
想你,真想你,
梦见黄河梦不见你。

1995 年 1 月 4 日于香港飞悉尼飞机中作
发表于《诗刊》1995 年 10 月号

太原的春天

春姑娘穿着一身
黄尘飞扬的衣裙
由西风把她悄悄送来人间
而她只露了个面——
在迎春花举办的宴会上

她温情地
像呼唤自己的孩子般
向沉睡在冬被中的众草木说
快醒来吧
我给你们每人准备了一身
漂亮的绿衣裳
就急急忙忙向夏姑娘交班
她无情地不辞而别了

让爱她的人多么心寒

1996 年 3 月作

1996 年 9 月 16 日表于《太原日报》"双塔"副刊

爱的花种

我的一颗纯情的
爱的花种
像蒲公英———
一柄带伞的花魂
无意中被命运的风
吹向遥远的黄河之滨
竟降落在你多情的心中
正如丘比特的神箭射中
你的胸
从此在你的纯洁的心上
开出了一朵
爱情的芙蓉
狂飙吹打不低头
哪怕东西南北风

1996 年 1 月于并州作

从天涯寄来的芳笺

从收发室拿到了
你自天涯寄来的信
像上帝又赐给我
一个美丽的梦
按捺不住一颗
要蹦出胸膛的心

企盼——
信中装着你寄给我
一个含笑的月明
一片深情的温馨
一个销魂的面影

打开了你的信

像打开幸福的门
从里面飞出你赠给我的青春
从里面传出你银铃般的笑声
从里面跑来一个拥抱
从里面捧出一个甜吻

1996 年 3 月作

发表于 1996 年 6 月 6 日《天津日报》"文艺周刊"

希　望

一个个明星似的希望
引诱着我在人生的道路上欢奔
一个希望变成了现实
迎来了一场欢欣
但另一个希望又在心田里诞生
像一个新生的婴儿临盆

希望像一朵美丽的花
希望像一个迷人的梦
人生就是在希望中攀登

一个青年和一个美貌的姑娘相识
希望能和她发生甜蜜的爱情
诗人用心血写出了诗稿

希望报刊能给他刊登
画家在画架上全神地涂色
希望他在人民生活中受孕的创作成功
寒冬把天地变得无精打彩
希望阳春早日来临

费尽心机的商人
希望财源茂盛
为宝宝操劳终日的母亲
希望独生的儿子变虎成龙
满头大汗的考生来到校门
希望榜上有名
山区住窑洞的农民
希望在汗水中摆脱贫穷
满头银丝的老人
还希望回归青春

希望和失望是孪生
建筑在沙滩上的希望
必成泡影
矗立在磐石上的希望
像万年的皇宫
呵！人生有限希望无穷
希望是多样的

有的引导人成为精英
有的哄骗你进入鬼门

1996 年 3 月作

等待长途电话

我等待
等待从天外飞来
你银铃般的心声
像上帝赐给我醉人的温馨
万里山川
一片朦朦海影
如银河横在我心中
没有鹊桥
似有鹊桥
一条看不见的线把两心拴紧

我等待
等待从天外飞来
你的可爱的声音

有如看到你洛神般的倩影

感谢上帝

每周能和你心灵相逢

每周能陶醉在你的银铃声中

1996年4月3日作

等 待

等待
等待
我不在湖边等待
我不在月下等待
我在京华的孤寂中等待
等待我心上的一只
蝴蝶飞来

等待
等待
像等待春暖花开
等待她的到来
她带着盛情的温馨来了
慰藉我苦念的情怀

等待

等待

像乘客等待渡船

她划着多情的桨

载着满舱的爱

向我飘来

把我渡到美梦般的

幸福的情海

1996年12月24日圣诞节前夕于京华作

晚年的梦

我们用爱情的彩线编织着
晚年的梦
像日落西山时
满天瑰丽的霞云
像春天的花园
万紫千红
是美酒
让我们共同畅饮
是美梦
让我们共同销魂

我们用爱情的彩线编织着
晚年的梦
似梦非梦

是无言的诗
是幸福的人生
有多少重逢时的甜蜜
有多少离别时的眼泪
有数不清的欢乐
也有数不清的苦念

我们用爱情的彩线编织着
晚年的梦
思念那在西夏狐步舞中心跳的初恋
思念那在古城白塔下静夜共赏月华
思念那西子湖上度蜜月似的良辰
思念那富春江上赏景的欢乐
……

我们还在编织着晚年的梦
愿美梦永存
愿美梦勿醒

1997 年 1 月 29 日作

致邮递员小姐

辛勤的邮递员小姐
你既是鸿雁
又是红娘
你受到多少恋人的感激
你受到多少恋人的企盼
有多少张生
有多少莺莺
你为他们穿针引线
你把他们的两颗燃烧的心
传送给对方
他们经常等待着你
带给他们幸福和喜欢
然而你
从来看不见张生的委托

从来见不到莺莺的欢心
但如果万一不慎
遗失了他们传情的书信
就有如丢失了恋人们的生命
那就会使莺莺流泪
那就会使张生废寝
辛勤的邮递员小姐呀
你可知道
你那平凡的自行车
牵挂着
多少人间的欢乐
牵挂着
多少人间的哀悲

1997年5月作
1997年11月3日发于《太原日报》"双塔"副刊

致外孙女

我的宝贝
你多美丽
在你的脉管里
流着法兰西人①
和中国人的血
你的容貌
结合了东西方
少女的美
姥爷怎能不爱你

你生在南国的悉尼
不满六个春秋

---

① 其父为法兰西人。

就能说三国不同的话语

会游泳

会弹琴

功课的成绩

从来使妈妈爸爸

心欢喜

你够聪明

你够伶俐

姥爷怎能不爱你

千禧年5月作

后　记

　　我一生基本上是从事美术工作的,但对于文学也有特殊的爱好,曾写过小说、散文、儿童文学,因此参加了中国作家协会。对于新诗在延安时也试作过,但写得最多则在90年代,而这也和老友艾青对我的鼓励有关。一次我把一首情诗《她去了》寄给他。信上说:"我一时心血来潮写了一首情诗,今寄上求教,如觉可以就介绍给不论什么文艺刊物,如觉不行就丢在字纸篓里。"不料他让爱妻高瑛给我回信,信中说:"书收到了,您的诗写得太好了,您原应成为诗人。艾青说:'您的木刻是属于一流的,没想到诗也写得这么好。'这是一位老诗人对您的诗的评价。我准备把诗转交给一家刊物发表。"信的最后说:"艾青建议您多写诗。他说:'从您的诗看到您仍有诗的激情。'"

　　这过高的评价,真使我受宠若惊。在他的鼓励之下,不到十年我就写了一百多首。经诗人马作楫看后编辑成书,选了

88首,并写了序。他对我的支持,非常难得。我在这里特表谢意!

　　　　　　　　　　　力　群
　　　　　　　　　　千禧年 10 月 11 日

余 晖 集

前　言

这本《余晖集》是继《晚霞集》之后的最后一本文集了,因为我今年已96岁,不可能再有什么写作。

这里的文章一共有34篇,其中重要的一篇《永不熄灭的导航灯塔》详细叙述了"延安文艺座谈会"当时召开的情况,以及它的历史功绩和今天我们应有的正确地对待它的态度。《我的创作道路》是写我在现实主义道路上行进的实践体会和体验的。

我现在把自己的家室命名为"怀延斋",即怀念延安也。读了《怀念鲁艺》就懂得为什么名之为"怀延斋"了。

永不熄灭的导航灯塔

——纪念毛泽东同志《在延安文艺座谈会上的讲话》发表60周年

毛泽东同志《在延安文艺座谈会上的讲话》发表60年了。

60年来使中国的文学艺术产生了重大的变化,取得了辉煌的成绩。我们应该表示衷心的庆贺。

我曾经有幸参加了延安文艺座谈会。今天来纪念它,当时的情况还历历在目。

1942年5月2日,是我永远不会忘记的一个日子。这天我从延安的桥儿沟——鲁艺所在地,走十几里路和部分鲁艺同志们一起到杨家岭礼堂参加由中共中央宣传部召开的文艺座谈会,感到无比的紧张和高兴。

参加大会的有100多人,大都是延安文艺界的领导、知名作家和鲁艺的教员。当毛泽东同志和任弼时、洛甫、凯丰等中央首长进入会场时,响起了一阵热烈的掌声,之后毛泽东同志在秘书陪同下和参加大会的100多名文艺工作者一一握手,并询问姓名和工作单位。这样的场面在延安是少有的,我们深深感到一种亲切和温暖。

毛泽东同志和大家握手后,中宣部副部长凯丰同志就宣布开会。于是毛泽东同志就讲了话(即《在延安文艺座谈会上的讲话》的《引言》部分),之后就是让大家座谈,毛泽东同志用铅笔做笔记。

开饭时,我们和毛泽东同志一起在杨家岭礼堂吃饭,饭是很好的,不是小米干饭,而是白面馒头和肉菜。饭后继续座谈。当谈到立场问题时,李伯钊同志说:"有一篇小说,当时描写一个红军战士向从国民党统治区来延安的女同志求爱时,竟说是癞蛤蟆想吃天鹅肉,这还有什么正确的立场!"她的话60年来使我不忘。是的,毛泽东同志在《引言》中一针见血地提出了延安文艺界存在的立场问题、态度问题、工作对象问题,真值得我们深思。

到5月16日举行第二次座谈会时,毛泽东同志、朱德同志、林伯渠同志等中央领导同志认真听取了大家的发言。待5月23日由毛泽东同志作《结论》讲话时,听讲的人就扩大了,小礼堂坐不下,就在礼堂外的篮球场上,在汽灯下继续讲。当太阳还没有下山时,吴印咸同志抢拍了一张参加大会人员的照片,留下了最宝贵的纪念。

直到第二年,也就是1943年鲁迅先生逝世7周年的10月19日,毛泽东同志的《讲话》才正式在《解放日报》上发表。这期间他把《讲话》稿发给周扬等同志要他们提出修改意见,说明毛泽东同志对于《讲话》的发表持非常慎重的态度。我读了《解放日报》发表的《讲话》，感到和当日所听的在做比喻和某些口气上已有所不同。待全国解放后出版《毛选》时，毛泽东同志在字句上又做了大量修改。我曾和延安时的版本对照，发现修改了将近三分之一，但观点是没有变动的。

我们经过学习《讲话》，又经过整风运动，大大加强了文艺工作者的群众观点和劳动观点。重视了文艺的普及工作，纠正了过去脱离实际脱离群众关门提高等不正之风；认真实践了《讲话》的精神，掀起了向民间文艺学习的热潮，创作了一批反映陕北人民生活的为老百姓喜闻乐见的文学艺术作品。例如，这之前鲁艺戏剧部在延安演出的舞台剧不是苏联的《带枪的人》就是中国的《雷雨》、《日出》，学习了《讲话》之后就出现了广场秧歌剧《兄妹开荒》以及《白毛女》等歌剧。过去的演出是面对延安的干部的，而今的演出却是既面对干部又面对老百姓，达到军民同乐的新局面，这就是毛泽东同志的《讲话》之后在延安兴起的新气象。

在美术方面，延安鲁艺的美术活动主要是木刻画。《讲话》之前，延安的木刻家们虽然在作品的内容上也是歌颂陕甘宁边区的，但由于向西欧和苏联版画学习而具有欧化风，所以不为老百姓喜爱，他们不喜欢木刻画中人物的"阴阳脸"。学习了《讲话》之后，木刻家们开始向中国民间美术学习，向年画学习，从而使他们的木刻作品脱离了欧化风，具有了中国特色中国气派，赢得了延安老百姓的喜爱和欢迎。这从木刻家古元和力群的作品中可以得到证明，如古元的新

《离婚诉》，力群的套色木刻《丰衣足食图》，就都是具有中国作风的木刻画。

石鲁一心要把绘画提高到有秧歌剧似的群众性，因而和李梓盛等创作了"新洋片"，在陕北的土改运动中曾起了很好的宣传教育作用。而这也是以毛泽东同志的《讲话》为指导思想的。

日本投降后，我到晋绥边区工作。曾在孝义县和一个农村妇女石桂英合作了著名的剪纸《织布》，后来又和苏光、牛文全心全意地经营了作为普及美术工作的《晋绥人民画报》，还创作了新年画。这都是以毛泽东同志的《讲话》为指导思想的，因为他在《讲话》中说："轻视和忽视普及工作的态度是错误的。"

全国解放后，在美术方面继承了延安时代的年画工作，曾由文化部两次颁奖。此外还创作了新的小人书，如由刘继卣画的《鸡毛信》和《东郭先生》都是优秀的连环图画。这也是以毛泽东同志的《讲话》为指导思想的：

在版画方面由于我们遵照《讲话》的精神进一步向民间艺术学习，从而产生了著名水印套色木刻画《阿诗玛》插图和《蒲公英》，它们都是最富有中国特色的。因而当《蒲公英》于1959年8月参加了在德意志民主共和国的莱比锡举行的"国际版画比赛会"时荣获了金质奖章。

毛泽东同志在《讲话》中着重指出："中国的革命的文学家艺术家，有出息的文学家艺术家，必须到群众中去，必须长期地无条件地全心全意地到工农兵群众中去，到火热的斗争中去,到唯一的最广大最丰富的源泉中去。"

我作为一个版画家,深知创作源泉的重要性,当我在晋绥边区工作时,于1947年由党领导决定让我去山西崞县(今原平市)参加土地改革工作,我非常高兴。在崞县工作历时一年之久,回到兴县后创作了一幅群众场面的年画《选举图》,受到了农民的喜爱。全国解放后,我担任了《美术》杂志副主编,要脱离工作到群众中去,是很难被美协领导认可的,但我一有机会总要尽力争取。终于在大跃进之后党中央号召万人下放农村整风整社时,经过我的报名争取实现了下放农村的愿望,于1960年组织上分配我下放宁夏吴忠市,达到了我深入创作源泉的目的。事后,我创作了《春夜》《橹声响遍黄河岸》《春到宁夏》等木刻,竟有13幅之多,成为我一生中最难得的一次创作高潮。当1964年党中央决定在农村进行"四清工作"时,我又到山东曲阜县做四清工作。历一年之久后回到北京,创作了黑白木刻《抗旱浇麦》,经验说明,我每次到"火热的斗争中去",在版画创作上或多或少总会有收获的。

但在"文化大革命"之后美术界竟有人说毛泽东同志的"《讲话》过时了",是的,其中有些论说由于时代的变迁确实过时了。例如《讲话》中要求文艺"作为团结人民、教育人民、打击敌人、消灭敌人的有力的武器,帮助人民同心同德地和敌人作斗争",这就过时了,因为现在已不是战争年代,而是建设社会主义的和平年代。但说整个的《讲话》内容都过时了,那就是很不正确的观点。我认为关于为什么人服务和如何去服务的问题是永远不会过时的,难道我们的文艺能够不为人民服务吗？但如果说《讲话》还存在着缺点，也是事实，例如在《讲话》中没有中国的花鸟画和山水画应有的存在位置。因此，邓小平同志于1979年10月30日在中国文学艺术工作者第四次代表大会上致《祝词》时曾说："雄浑和细腻，严肃和诙谐，抒情和哲理，只要能够使人们得到教育和启发，得到娱乐和美的享受，都应当在我们的文艺园地里占有自己的位置。"这就给我们的山水画、花鸟画以及工艺美术一个存在和活动的位置。

但在"文革"之后有人提出《讲话》过时了，实际是向毛泽东文艺思想进行挑战，企图为"全盘西化"让西方资产阶级没落腐朽的现代派艺术在中国的美术界自由泛滥扫清道路的。

江泽民同志在中国文联第六次全国代表大会上的讲话中说："如果丧失自己的创造能力，盲目崇拜，照搬西方资本主义的价值观念，结果只能是亦步亦趋，变成人家的附庸。历史和现实都告诉我们，国家要独立，不仅政治上要独立，经济上要独立，思想文化上也要独立。植根中国社会主义现代化建设的实践，反映中国人民创造自己新生活的进程和中华民族自强不息的精神，是中国社会主义文艺的立身之本，只有首先赢得中国人民的喜爱，具有中国风格、中国气派，才能堂堂正正地走向世界和屹立于世界文化之林。"这一段话讲得非常精彩，也正是对那些主张"全盘西化"者的严正批评。

而事实上，目前中国的艺术领域已经被西方现代派艺术所侵入。那些玩弄线条和色彩的绘画冲击画坛，使毛泽东的文艺思想被排挤。在今天纪念《讲话》60周年之际，我们有责任对此进行斗争。

邓小平同志对改革开放的政策曾说过这样的话:我们打开窗户面向世界,为了吸取一些新鲜空气,但也难免飞进几个苍蝇来(大意)。在我看来,目前侵入中国艺术领域的西方现代派艺术就正是飞进来的苍蝇,它和毛泽东同志的《讲话》精神唱反调,对此,我们必须进行斗争和教育,以保卫我们的文学艺术能更好地为人民服务,为社会主义服务。

2002年5月23日发表于《中国文化报》美术副刊

我的创作道路

我从事木刻创作已有五十年的历史了。这五十年的道路和经历是对艺术方向和现实主义艺术创作规律的由不明确到明确、在作品形式风格探索上的由欧化到追求民族风味、在师造化方面的由机械的如实描写到强调主观能动性和创造性的过程。

艺术创作是一种极为复杂的精神劳动，涉及的方面非常广阔，其中包括作者的才华、马列主义知识、技巧、艺术修养等。但我作为一个革命的美术家，真正明确了艺术方向却是在延安文艺座谈会之后，作为一个现实主义的艺术家对这一创作方法的基本规律的认识，则是在总结了较长时期的创作经验之后而愈益明确的。今天看来，毛主席当年对革命的文艺家提出的为工农兵服务(今天谓之为人民服务，为社会主义服务)的文艺方向，是完全正确的。我过去遵循这一方向，今后也绝不动摇。

一

现实主义认为,作为观念形态的艺术作品,都是客观存在和一定的社会生活在人类头脑中的反映的产物,因此说人民的生活是艺术创作的唯一的源泉。是否熟悉作为描绘对象的人民生活,是否对描绘对象具有强烈的爱憎,是否对描绘的生活有最深的感受,是关系着现实主义艺术创作的成败的。因此,我认为描绘熟悉的生活和事物,描绘感兴趣的生活和事物,描绘感受最深的生活和事物,描绘对人民有益的、有意义的生活和事物,是现实主义艺术创作的基本规律。我五十年来的木刻创作经验并观察文学艺术的各个创作领域,深感遵循这一创作规律是创作出优秀作品的基本保证,同时也是更好地为人民服务的必由之路。在熟悉生活和感受方面的程度的不同,也影响着艺术作品质量的高低。但我讲这些重要因素时,绝不忽视艺术家的才华、技巧和修养等在创作中所起的积极作用。为此,近些年来我的创作坚持不渝地遵循着这一现实主义的艺术创作规律。

鲁迅于1935年给李桦的信中说:"现在有许多人,以为应该表现国民的艰苦,国民的战斗,这自然并不错的,但如自己并不在这样的漩涡中,实在无法表现,假使以意为之,那就绝不能真切、深刻,也就不成为艺术。所以我的意见,以为一个艺术家,只要表现他所经验的就好了,当然,书斋外面是应该走出去的,倘不在什么漩涡中,那么,只表现些所见的平常的社会状态也好。"

但我在三十年代出于政治热情,又由于对现实主义艺术创作规律的无知,也曾多次违反这一创作规律,例如1935年创作的《罢工》,就是"以意为之"的。我既不熟悉工人生活,又毫无工人生活的感受,也就是说"并不在这样的漩涡中",结果竟闹出了笑话。有位同志提出:"既然工人罢工了,而且到街上举行游行示威,为什么工厂里的烟囱还冒着浓烟呢?"这种指责是非常中肯的。这样的作品对生活的描绘既不真切、深刻,当然不能感染人了。

当我初步明确了这一创作规律之后,就竭力避免描绘不熟悉的、不感兴趣的和感受肤浅的生活。到延安文艺座谈会之后,就进一步明确了更为重要的是把不熟悉的工农兵生活变为熟悉的生活,把不感兴趣的劳动人民的事物变为感兴趣的事物,把对工农兵感受肤浅的生活变为感受最深的生活。我想,只有这样才有可能创作出富有时代精神的感人的艺术,只有这样才有可能使自己的版画成为歌颂人民的好作品。通过五十年来的实践,我深深感到毛主席《在延安文艺座谈会上的讲话》要求我们深入工农兵生活,和劳动人民打成一片,熟悉他们的面貌和思想感情是非常正确的,是文艺创作问题上的真理。

但熟悉的生活也不一定就感兴趣,或有深刻感受的。有时竟会是熟视无睹,觉得太平淡了,不值得描绘。我想这和画家的审美趣味有关,以及对事物的思想感情有关。为此我就非常注意在平凡的生活中发现不平凡的题材。

所谓感兴趣,就是对某种生活和事物发生了爱,所谓感受,那就既包涵着对生活的爱,也可能包涵着对生活的憎。鲁迅说:"能憎能爱才能文。"对作画也是如此。

熟悉的生活,感兴趣的生活,以及感受最深的生活,有时未必是有意义的。因此当具有这些条件选取题材时,还要考虑是否对人民有益,是否有意义。所谓有益、有意义就是具有教育意义或对人民有娱乐的和美的享受的价值。

是不是未曾经历过的生活和历史题材就绝对不可以作画呢?当然不是,但必须对当时的生活进行调查研究,以达到一定程度的熟悉和发生兴趣,同时还仍然要以类似的当代现实中的人物和生活作依据和参考,否则是不可能全凭空想创作的。但有直接的生活经历和没有这种经历创作出来的作品总是有质量上的差别的。例如苏联十月革命后产生的小说《毁灭》和《铁流》,虽然都是轰动世界文坛的名著,但鲁迅对《铁流》就讲过这样的话:"《铁流》之令人觉得有点空,我看是因为作者那时并未在场的缘故,虽然后来调查了一通,究竟和亲历不同……"而《毁灭》就不是这样,因为法捷耶夫曾亲身参加过远东的抗日游击队,对革命的战争生活有实感。这说明亲身经历过和没有亲身经历过产生的作品就是不同。文学如此,美术也毫不例外,现实主义艺术创作就是这样不能轻视。

在我的创作历程中,凡是受到好评的作品,无一不是符合以上所谈的艺术创作规律的。例如1962年创作的《春夜》很受群众喜爱。但它是怎样创作出来的呢？当1960年党中央万人下放农村进行整风整社时，我从北京下放到宁夏吴忠市担任红旗人民公社的党委副书记一年之久。一年来在公社办公室开夜会是春夏秋冬的经常工作，我对于这种生活是熟悉的，感兴趣的，也是感受最深的。待到1962年夏作为假期回到北京，偶尔翻阅江丰同志编的一本外国木刻选集时，其中有一幅英国套色木刻《夜店》给予我启发，于是一时灵感来临创作了《春夜》。我不画一个人，想使读者感到画中有很多干部热火朝天地在开会，这一富有生活意境的创作是用一年之久的深入生活的代价而换取来的。由于我熟悉了这种生活，熟悉了当地的自然环境、一草一木，熟悉了生活中的内在联系，因此我下笔如有神，既感到生活源泉的丰盛，也感到创作的自由，不论房子的设计、梨树的造型，以及春播的耧等，无一不是由于熟悉生活而集中概括的形象。在我的创作生涯中，这样的情况是不多的，只有1947年当我参加了一年之久的土改工作，回机关后进行创作时堪与此相比。这都说明熟悉的生活，感兴趣的生活，感受最深的生活对于现实主义的艺术创作具有多么大的意义。当然由于我的才华和艺术技巧的所限，有时虽然符合艺术创作规律，但也未能达到更高的艺术水平。

关于表现人民生活的艺术作品要遵循现实主义的艺术创作规律，那么表现风景、花卉、动物的艺术作品是不是也要遵循这一规律呢？我认为也是要遵循的。以我的近作《林间》为例，其中主要表现的是两只松鼠。我对于松鼠在儿童时代就非常喜欢,如果能捉到一只真是如获至宝,平时就喜欢观察它们的行动,研究它们的生活规律,觉得有趣。到老年我家里还经常养着松鼠。1978年去麦积山,看到松鼠在树间飞跃,给我印象很深。所以我对于松鼠真是够熟悉的了,够感兴趣的了,够感受之深了,因此我决心以它为题材。在刻法上力求向中国写意画学习,达到放刀直干,一气呵成。《林间》是近年作品中最受群众喜欢的一幅木刻。其所以能得到这种荣幸,难道能和我熟悉松鼠的生活以及对它的热爱分得开吗?

那么,别人出题目让自己作画是不是违反了现实主义艺术创作规律呢?这要具体问题做具体分析,如果题目出在熟悉的生活方面,就不但不违反创作规律,而且可能起促进和催生的作用。我于1945年创作的《帮助群众修理纺车》就属于出题目的创作。那时在延安举行"文教大会",有一位名陶端予的女文教英雄,大会分配我把她的故事画成连环画供展览会用,这套连环画画成后,后来我就把其中陶端予帮助群众修理纺车的一个场面刻成木刻。其所以能进行创作,主要就因为我非常熟悉这种生活,因为在大生产运动中我不但学会了纺线,而且也学会了修理纺车。这就是我创作这幅木刻的重要的生活基础,没有这种基础是刻不好这幅木刻的。所以这幅出题目创作的《帮助群众修理纺车》也并未违反现实主义的艺术创作规律。

经过五十年的艺术实践和总结,我对现实主义的艺术创作有以下的认识:生活是根本,形象是生命,主题是灵魂,感情是血肉,形式是仪表。它们彼此间的关系是互相联系的,但又都是以生活为基础的。生活首先提供艺术家以题材,而形象也是画家在生活中长期观察,有所爱好而选择的。关于主题正如高尔基所说"是生活暗示给作家的",他很好地说明了主题和生活的关系。艺术家对生活的爱憎感情也是由生活激发的,爱憎就是艺术家对生活所表示的态度,同样的生活,艺术家阶级立场的不同就可能有不同的态度,因此要求人民的艺术家具有广大劳动人民的思想感情是很合理的。先有艺术家对生活产生感情,而后才有创作的激情。艺术的形式虽然有一定的相对独立性,但在一定程度上也要受生活的制约,所谓内容决定形式,也就是这个意思。

二

生物的现象有遗传与变异,艺术的现象有继承与发展,这都是互相矛盾的,但又是彼此依存的。斯大林曾规定苏联的文学艺术是社会主义的内容,民族的形式,我认为这是正确的。继承什么艺术,就必然具有那种艺术的风貌,即使有所发展也难免与被继承者有一定的血缘关系。但当我1933年开始学习木刻时,还不懂得我们的木刻应有民族的形式这个道理,当时因为参考品都是欧洲的创作木刻,所以很自然地就形成了欧化风,这在当时是不奇怪的。直到1940年后我到了延安,才把创造个人风格加以重视,但还没有想到要创造民族形式。虽然毛主席已有"中国作风中国气派"的提法,可是并未引起我应有的注意。延安文艺座谈会之后,为了为劳动群众所接受,我的木刻创作多用阳线,加强了画面的明朗感,但还没有认真地研究和继承民族绘画的传统,直到全国解放后才开始把这一工作摆在议事日程上。过去我在艺术上确有崇洋的思想,因为在这方面看得多。现在我对民族美术遗产渐渐地发生了浓厚的兴趣,因此向它学习也就抱着积极的态度。我认为我国的传统艺术,不论民间美术和文人画都极丰富,是我们取之不尽用之不竭的继承对象,也是木刻发展和创新的极好借鉴。鲁迅说:"有地方色彩的倒容易成为世界的,即为别国所注意。"我现在还在继续研究民族美术,进一步地向它学习,以求我的木刻不断地创新,加强地方色彩。

三

我一开始学画就是学的西洋的素描、写生等,因而就误认为能掌握照相似的如实描写的写实本领是绘画的最高要求,从事木刻创作时还继承了这种思想。但由于后来艺术修养的不断加深,创作经验的不断丰富,以及对中国绘画的研究和对姊妹艺术——音乐和中国传统戏剧的观赏,于是觉悟到,艺术的真实绝不等于生活的真实(彼此既有联系又有区别),更不是对事物的如实描写。毛主席说:"文艺作品中反映出来的生活却可以而且应该比普通的实际生活更高、更强烈、更有集中性、更典型、更理想,因此就更带普遍性。"这给我以很大的启示。我想艺术与生活的不同,就在于艺术家加强主观能动性、加强创造性,使艺术比生活比客观事物更美、更高,更具有个人的风格。我在《论艺术加工》一文中说:"艺术加工的问题,也就是艺术家如何对待生活和自然的问题,是再现生活、再现自然,还是表现生活、表现自然?是如实描写,还是大胆创造?是把头脑这个加工工厂降低到一面镜子去机械地反映生活、反映自然,还是把头脑这个加工厂提高到应有的高度对生活原料和自然原料能动地进行大胆的加工?"

我从事版画创作已五十年了,单从技术上说,其创作经验就是和如实描写作斗争。套色木刻如此,黑白木刻更是如此。因为客观世界的复杂丰富的色彩,要用黑白两色如实描写是万万做不到的。我的套色木刻《山葡萄》敢于把绿色的叶子改为群青色,正是思想解放、不如实描写的结果。去年刻的《林间》则是进行了大胆的夸张变形以强调松鼠的形体特征的;《春到洞庭湖》中的柳树也是进行了改造,加强了夸张变形以求传神,加强了装饰趣味以求美化的。这些年来我在形式上追求的就是作品的美感和新的风格,这和对事物的熟悉和感兴趣是脉脉相关的。我感到如实描写其作品都是一样的,而不如实描写则各有各的创造性。但反对如实描写,也绝不应走到另一个极端,成为抽象派,脱离了事物形象的特征和神态。艺术的生命是无穷的,创新也是无止境的。我现在虽已年及古稀,但还不甘心停步不前,故步自封。"老骥伏枥,志在千里,烈士暮年,壮心不已。"愿以此自勉。

1982年8月发表于《版画艺术》第七期

怀念曹白

1

曾经和鲁迅先生书信往来，先生回信达15封之多的曹白，于今年4月13日2时20分因病与世长辞了，享年93（1914—2007）岁。他的死使我无比悲痛。

曹白与鲁迅先生通信，始于他刻出木刻《鲁迅像》于1935年3月寄给先生之时。先生收到后于回信中说："顷收到你的信并木刻一幅，以技术而论，自然是还没有成熟的。

"但我要保存这一幅画，一者是因为是遭过艰难的青年的作品，二是因为留着党老爷的蹄痕，三则由此也纪念一点现在的黑暗和挣扎。

"倘有机会，也想发表出来给他们看看。"

后来这幅木刻由先生在旁批注："曹白刻。一九三五年夏天，全国木刻展览会在上海开会，作品先由市党部审查，'老爷'就指着这张木刻说:'这不行!'剔去了。"

就是这张木刻,现在荣幸地载入《鲁迅全集》第六卷首页,而且也是中国木刻家唯一的能够以作品载入《鲁迅全集》的。

当鲁迅先生得知曹白因刻木刻而被捕入狱后,就要求曹白提供入狱的资料,于是曹白写了《坐牢略记》,从而使鲁迅先生于1936年写出著名的《写于深夜里》。

从此鲁迅先生和曹白的关系就更深了一层,曹白希望能见到鲁迅先生的心情真是难于言表。

正是天赐良机,1936年夏,当我们在上海法租界八仙桥青年会举行"第二回全国木刻流动展览会"时,没想到鲁迅先生竟带病来到会场,由曹白、新波、陈烟桥等人陪他参观,并由摄影家沙飞为他们拍了照片,留下了可贵的历史纪念品。而我却因为"世界语者协会"写标语不在场,因而未能和鲁迅先生会面,竟成为终生的遗憾,因为他11天后竟与世长辞了。

当鲁迅先生从展览会回到家里时,对许景宋先生说:"我今天在展览会上看到曹白了,是个小鬼!"在他想来,这个颇有世故的曹白不应是如此年轻(当时仅有22岁),这是后来景宋先生告诉我们的。

从年龄上说,曹白比我小两岁,但我始终把他作为我的老大哥,因为我之走上革命的道路,是由他的引导。

曹白曾介绍我阅读鲁迅的小说,那时两人都住在国民党的"反省院"里,从图书馆借到了《呐喊》和《彷徨》,他要我读其中的《故乡》。七十余年过去了,我还记得《故乡》中的名言:"其实地上本没有路,走的人多了,也便成了路。"

这时曹白和我的关系,既是同学、同志、挚友、引路人,又是内兄,因为出狱后他竟把年仅16岁的妹妹刘萍杜介绍给我,成为我的爱妻。

当1936年10月19日5时29分我们的伟大导师在上海大陆新村病逝后,曹白和鲁迅先生的友人池田幸子女士乘一辆白色的汽车来到沪西郊区季家库接我去为鲁迅先生画遗像。我和曹白一上楼就看到战斗了一生的中国精神界的主将和战士,现在是疲惫地长眠了,全屋笼罩着悲哀,萧军伏在桌上痛哭。在场的还有周建人、胡风、黄源以及鲁迅先生的日本朋友鹿地亘、内山完造。我含着眼泪用颤抖的手画了4幅鲁迅先生遗容的速写,曹白也在画。已经是午饭时分了,我和曹白在鲁迅先生的图书室吃了午饭,下午送先生的遗体到万国殡仪馆。此后我参加了守灵,曹白参加了抬棺的小组。

当鲁迅的遗体在万国公墓下葬时,曹白号啕大哭,无比伤心,显示了他对伟人导师的深厚感情。

2

曹白是非常聪明能干的,在当年他参加"木铃木刻研究会"时曾刻过一幅苏联文艺理论家《卢那察尔斯基像》,我认为是一幅很成功的作品,后来选入《鲁迅收藏中国现代木刻选集》中。

1937年抗日战争爆发后,他放下木刻刀又拿起钢笔,改

行从事文学工作了,曾由作家胡风为他出版了报告文学《呼吸》。胡风在《呼吸》的《序》文中写道:

"作者由难民收容所到游击队这条路上所接触的革命现象,就活生生地出现在我们的眼前。在这里,我们看到了中国的小民们在怎样地身受着历史的黑暗和敌人的残暴,在怎样地觉醒和奋起。我们也看到了作者以及和他同样的战斗者们的真诚的悲喜和献身的意志。"

当年抗日战争开始后,我和曹白从上海分手,他去了新四军,我和萍杜到了延安。全国解放后,当他任华东军政委员会办公室主任时,我于1953年任北京人民美术出版社的副总编辑。

一天曹白突然从上海来北京,住在我家。多年不见面的老朋友终于能相见自然是令我很高兴的。但经我观察,感到他的精神有异。而这时他的妻子孙铭鏄和党组织却认为他不请假就偷跑到北京,是一种无组织无纪律的行为。殊不知他之不请假偷跑来北京的这种行动本身就是一种病态,然而不论铭鏄不论他工作的机关却都未曾发现。

我连忙通知铭鏄让她派人把曹白接回去。从此一病就是二十余年,经医治也无效。他病在家里不见人,我有时去上海看他,他钻在厕所里不出来。但也有时像好人一样,和我谈艺术谈文学……

"文化大革命"后期,他总算基本上康复了,因此我和他商量一同去绍兴鲁迅纪念馆参观,因为我俩都没有到过绍兴。

这次绍兴之行,受到了纪念馆同志的热情接待,不但给我们安排了满意的住处,而且还举行了座谈会。座谈会上曹白应馆领导张能耿同志的要求,讲了关于他和鲁迅先生的交往。事后馆方就领我们参观了鲁迅故居、三味书屋、百草园等处,连他们平时不开放的处所也让我们参观了,使我们得到了满足。

第二天又由工宣队负责人胡天佑同志陪我们浏览了绍兴的东湖,也就是鉴湖,这里是绍兴的名胜,故清末秋瑾女士自号鉴湖女侠。湖水清澈见底,石壁矗立湖中,风景秀丽如画,曹白游得很高兴。

3

1994年曹白来太原到我家做客,这真是千载难逢的喜事。这时他的病体虽基本上康复了,却已不再拿木刻刀,也不再动笔了。但他作为新四军的干部在抗日战争和解放战争年代的那些非常宝贵的革命生活经历,难道就让他带走吗?太可惜了,因此我下决心要抢救,于是就趁机求他讲述,由我记录,最后写成了下面的这篇文章。

从这篇文章可以看到曹白在战争年代是怎样通过九死一生而活下来的,同时也通过这些惊险遭遇的故事,看出曹白作为一个共产党员对革命事业如何忠诚,对人民如何挚爱。

作家曹白战时生活故事

一、水上出版社

战时的江南阳澄湖依然那样美丽迷人,一望无际的湖面上,盛开着水红色的荷花,也滋生着绿色的菱盘,小船荡漾在湖上,农民撑着竹篙尾随着他豢养的成群欢快戏水的鸭子和白鹅,真是一派和平景象。

在阳澄湖的西北侧叉口,分出沙家浜、金家浜、张家浜等水域,人们很难发现在这些湖浜茂密的芦苇荡中隐藏着的五艘紧靠在一起的渔船。

奇怪的是船上既无渔人也无渔网,走近船边,就听到卡嚓卡嚓的铅印机的响声,进入船内则看到有不少农民打扮的人坐在船舱里伏在木板上审稿、改稿……忙得不亦乐乎。船上没有电灯,所以一到夜晚他们就都在蜡烛光照耀下工作。

这就是抗日战争年代于1939年诞生的"江南出版社"的

活动地。这个特异的机关,既是湖上出版社也是流动出版社。因为当敌人清乡扫荡时,这五艘渔船就迅速离开湖浜,摇到阳澄湖中去。其实小股的敌人下乡骚扰是颇为频繁的,因此水上出版社隔两三天就要向湖中转移。

"江南出版社"的社长就是作家曹白,他原是版画家,所刻《鲁迅像》刊于《鲁迅全集》第六集。1937年上海"八·一三"抗日战争爆发后,他曾和慈善家赵朴初在难民收容所工作,写出著名的报告文学《这里,生命也在呼吸》等动人的作品,发表于胡风主编的《七月》杂志上。

之后,他就把难民收容所的青壮年组织起来,并为了把他们一批一批地输送到新四军,费了很大的劲才算打通了路线。最后,他离开上海到了江南游击区,也成为新四军的一员。从此,他就较少写作,把精力全放在地方的抗日工作上,辗转于艰苦紧张而又动荡不定的游击生活中。他在当时写的《富曼河记》的序言中说:

"还有我们可敬的'文学家',他去参加战争,是为了搜集材料,并一味地为他将来的杰作'预备'和'打算'。我懂得自己只有这么两只平庸的手,这么一个抵不住小小的铅子的头脑,绝不敢做这样的'雄图'和'大略'是当然的了。在我,就只想在战争平定之际,仍旧能够存在和呼吸,那么,就已经是够我高兴的了。"

如果说有的作家参加战争有如京戏的"票友",那么,曹白之参加战争却真是"下海"了。

曹白是在上海难民收容所参加中国共产党的,到江南游击区后,党组织先后分配他担任江南自卫大队教导员、特委秘书等职务。现在,党组织又委任他为"江南出版社"的社长。

曹白待人和善可亲,精明能干,组织上很信任他。他曾刻过木刻,写过文章,但却从来没有搞过出版社工作,尤其是战时的水上出版社。他想:"干就干吧,天下的事没有难倒人的,只能在干中学、学中干。"

曹白接受这个任务后,很快就在困境中把出版社建起来,这比成立一支游击队要难得多,他没有辜负党对他的信任。既然是出版社,就不能没有出版物,"江南出版社"的出版物只有两种,其一是《大众日报》,其二是《江南》半月刊,都是开展抗日宣传和向群众进行革命思想教育的。

开始时《大众日报》是十六开一张的油印品。只有一艘船两个人,其中一名干事是只管刻蜡纸油印的。出版社在曹白的努力下不断发展,一个月后就由一艘船变成两艘船,又由两艘船变成三艘船。等到通过上海地下党买到一台四开脚踏印刷机、一副铅字时,就变成五艘船了。而报纸也由油印变成了铅印,由十六开扩大到对开,并增加了刊物《江南》。

此刻,其中一条渔船为出版社本部,像人的头脑,其他四条船为印刷厂。有四个编辑人员,有二十多个校对员和印刷工人,有两个报刊发行员。共三十来人,都是男的,真是"麻雀虽小而五脏俱全"。曹白没有让女同志参加水上出版社,因为在五条船上活动有很多不便。

出版社的稿件来自苏州、常熟和太仓各级党委机关的工作人员和普通的群众。他们把稿件送到报刊发行站(即指定的一个老乡家里),再由收发员取到船上,进行审稿、改稿、编辑。

报刊一印出来就由专人送到村里的发行站,再组织群众分发到江阴、无锡、苏州、太仓、常熟等地,从而流传到江南地区的各个角落,尤其是学校。因此这些报纸、杂志几乎家喻户晓,人们对这些宣传品倍感亲切,使江南各阶层广大群众看到了光明的未来,有了信心。他们都为了这美好的未来积极投入抗日工作,向我们的游击队靠拢。

由于《大众日报》和《江南》半月刊在读者中发生了重大影响,使他们得到了航灯,看到了希望,所以停泊在岸边的这五条渔船,连附近的群众,包括孩子们在内都知道是"江南出版社"所在地。

曹白和同志们不仅工作在船上,也生活在船中,真是以船为厂,以船为家。

他们用最大的一条渔船作为伙房和食堂,雇了三个做饭的炊事员。每餐吃的是米饭和一菜一汤。有时就仅有一汤,菜是青菜或咸菜,汤是咸菜汤。因为肉很贵,而经费极少,所以吃不到肉。但能经常吃到鱼,因为鱼很便宜。总之,生活是很清苦的,但为了抗日,大家都能体谅。

全船一共有八个党员,就靠他们带头坚持这块抗日的文化阵地。没有这块文化阵地是不行的,因为广大游击区的群众就靠它得到可贵的精神食粮。

曹白作为社长,除了在渔船上写稿、审稿、改稿外,还要主持开会,传达特委的工作指示,布置出版社的工作计划,向上级特委做书面工作情况汇报。除此之外，还得挤时间阅读毛主席的《论持久战》和《中国共产党在民族战争中的地位》等著作以及朱总司令的文章。他懂得不学习就会陷入事务主义中，而不能高瞻远瞩提高出版物的政治水平和战斗力。每当夜阑人静，他无睡意就在同志们的鼾声中，悄悄走出船舱，他抬头遥望夜空，当看到明亮的北极星时，就好像看到了北方的延安，看到了像北极星似的毛主席和党中央……内心里就感到好像得到了慰藉，全身都感到增加了力量。孔子把北极星叫做"北辰"，曾说："譬如北辰居其所而众星拱之。"今天，全国的共产党员对党中央，难道不是无比忠诚地"拱之"吗？

曹白深深地意识到，这五条渔船绝不能脱离群众，因此他们都经常上岸去老乡家了解情况，问长问短，打听消息，并为他们解决困难。报刊一出版就首先赠送给每家每户阅读，所以群众一旦发现敌情，就首先跑上船来报信，于是每条船上的船夫就立即将船摇向湖心，使水上出版社在战乱的困境中安然无恙。

曾有两名青年职工，为了在岸上送他们发行的报刊，在中途不幸被日本鬼子逮捕，但他们始终未透露"江南出版社"的情况，被关押三个月后无罪释放。难道他们的出色的表现能和《大众日报》对他们的教育无关吗？

水上出版社的艰苦而又光荣的工作持续达十个月之久，给江南游击区的人民留下了难忘的印象。曹白和他的同志们非常团结，大家都很爱护他，尊敬他，自愿听从他的领导，一直到敌人向常熟大举清乡时,出版社方被迫停业,全部人员转移到江阴城西,因为那里有"江南抗日救国军"。

二、水塘隐蔽

1940年夏,抗战进入相持阶段,曹白被上级党组织任命为苏州县委书记。苏州县委机关设在农村的沙浜。当时日本鬼子与"二鬼子"(伪军)实行"清乡"政策,到处抓新四军,并费尽心机侦察县委机关所在地。

八月间的一个清晨,近百名鬼子分东南西三路包围了沙浜,向我方突然袭击。当时县委机关有二十余人,有男有女。听到来自三方面的枪声,曹白就立即组织同志们携带文件向北面各自撤退,并让他的通讯员带上他的行李先走,约定在一个村庄相聚。因为当时县委毫无自卫力量,总共只有两支手枪,由两个通讯员带着,所以一发现敌情就只能逃避。

二三小时后曹白见同志们已安全转移,才离开驻地跑到戈家村隐蔽在老乡家。

在江南平原打游击,比北方困难得多,既无山沟可隐蔽,又无青纱帐可藏身。因此只能化装成老百姓,藏在群众家里。

第三天清晨,房东老头突然听见敌人放枪,立即慌张跑来告曹白:"鬼子来了!鬼子来了!"曹白闻声马上离开农家向北跑,拟往常熟县委所在地撤退,一路上听见鬼子不断放枪,感到情况紧急。他是党员,又身为县委书记,是绝不能成为敌人的俘虏的。此刻他纵目四望,一片绿色的稻田,毫无藏身之所,真是入地无门,欲飞无翅,他只好继续快步前行。

二三小时后,来到阳澄湖的长薄塘,看到塘面有百来米宽,他就立即连衣跳入塘中,塘水淹到颈部,他随手摘了一片大荷叶顶在头上隐蔽起来,好像藏身于北方的青纱帐中,心中觉得安稳了很多。

他竟在塘里忍饥忍渴孤身站了四个小时。在这难熬的时间里,经常有很大的蚊虫叮他的耳朵或叮他的嘴唇,他都毫不在意。他一心惦念着逃散的二十多个同志,尤其是其中的三个女同志使他特别关心,深怕她们有什么不幸的遭遇。

在敌人枪声的间歇中,他才看到蜻蜓在水上追逐,水蛇在他身旁游行,翠鸟在荷间飞翔……这些太平盛世的池塘情趣,在这样的处境中竟使他感到索然无味,无心欣赏。

曹白在池塘中苦熬了四个小时,虽然初秋的太阳晒的水很温暖,但长时间连衣站在水中也确实不好受。虽然童年时代也和放牛娃们跟水牛一起长时间泡在水里,但那时和现在相比,毕竟滋味大异。

后来听不见敌人的枪声了,就爬出水塘跑回村里。老乡告他:"鬼子跑了!"这才使他松了口气,一颗紧张的心安定了下来。于是连忙向老乡借来衣服,把一身湿淋淋的衬衫、鞋袜替换下来,在太阳中晒干……

三、拉黄包车

一天,敌人在"清乡"扫荡中占领了苏州县委所在地的小陆泾沙浜,作为县委书记的曹白,既和上级党委失掉了联系,也和县委机关的同志们失掉了联络,搞得无家可归,简直连生活都成了问题,孤身流落在常熟。所幸他对常熟城了如指掌,因为1938年他受上海地下党组织之托,曾到常熟围绕农民中的抗日分子组成"人民抗日自卫大队"(即新四军的前身),由他任教导员,所以认识了不少群众。现在,为了生活,也为了掩护自己,他让群众从伪政府里替他搞了一张居民身份证,于是在车行里租到一辆黄包车。

曹白从来没有拉过黄包车,为了革命,这时就只好体验这种新的生活了。当时常熟还没有柏油马路,他拉上客人就只能在凸凹不平的小石子路上奔跑。只是开始时生意很少,雇他车的人,有从城里到乡下看望亲戚的,也有做生意的商人。好在他熟悉道路,也懂得当地人的方言,所以他拉黄包车还很顺利,一天最多能赚三元法币。他用两元买饭吃,还可剩一元。夜里住在一个茶馆里,由于认识茶馆老板,所以住他的空房不花钱。有时黄包车没客人,他常和吃茶的农民聊天了解些当地的情况。不幸的是,他穿着薄底布鞋拉车跑路,右脚不慎踩在一块钉子朝天的小木板上,立刻鲜血淋漓,疼痛不已。就这样,他还得忍痛拉车行路,否则就要饿肚子了。他买了些碘酒将伤口消毒,经过半个月才算痊愈。可是一遇雨天就没有生意了,全靠平时积蓄的一点钱维持生活。闲得无聊,他就坐在茶馆里看《三国演义》,以此来消磨时间。因为下雨来茶馆吃茶的农民也没有了,所以也没个人和他说话。

现在他已拉了一个多月的黄包车了,这期间最使他烦恼的是接不上组织关系,总不能一直这样过下去吧!一个共产党员,尤其是一个县委书记,在游击环境中失掉党的关系,得不到指示,该是多么的痛苦,像一艘夜行的航船在海上看不到灯塔,也像一个盲人走在陌生的夜路上。

正在这时,组织上派人来找曹白,那人说,他们以为他已牺牲了。这时曹白有如走失的孩子找到了妈妈,多么的高兴。来人要他回上海,因为新四军的部队当时在江阴城西,要从常熟去城西,当中夹着国民党的部队,通不过,因此必须从上海绕道而行。

于是他立即写信给上海的爱人,求她寄来路费。他回到上海后终于和组织接上头。

四、海上历险

深夜,船在渤海中行进,海上风浪很大,船在剧烈地颠簸,很多人都因晕船而呕吐,但这货船却无床可睡,大家就只好坐在船板上昏昏沉沉地打盹,有如一群漂泊的难民。

而作为领队的曹白却既不晕船,也不瞌睡。他坐在舱里,回想起半年来战争形势的变化和革命美好的前景,使他愈想愈兴奋,毫无睡意。此刻,大海在怒吼,船身在无情地摇摆,而曹白却似乎不曾感觉。

突然一个青年水手慌慌张张地向他跑来,用山东口音大喊:

"同志,不好,船灌水了!"

曹白好像受到当头一击，忙问：

"怎么会灌的？"

于是他急忙站起身来，紧跟水手在昏暗的灯光中下到底舱，一看，舱里灌进的海水已有半尺多深，还在不停地灌，威胁着全船四十四人的生命。曹白深感肩膀上的责任有如千钧之重。

刻不容缓，他立即组织二名船员一起和他排水，其他人因晕船，像重病在身，动弹不得。他们四人依次将积水舀入脸盆里，再不停地传递到甲板上倒入黑暗笼罩下的大海，如此不断进行，而这时曹白所患的严重肺炎尚未痊愈。

我曾听说过，有一种水牢，深达脖颈，水不断流入，让犯人站在池里用盆排水，如停止动作，就有灭顶之祸，以此作为对懒汉的惩罚。现在曹白和全船人员的处境，也颇像进入了水牢，但经受考验的却只有他们四人。曹白是党员，在抗日战争中历尽艰险，但上帝不知道共产党人是不怕任何考验的。

这是发生在1948年三月里的事，当时在中国大地上正燃烧着解放战争的战火。

货船当晚于八九点钟从大连启航，驶向胶东半岛的俚岛。船上的人员并非难民，除水手外，都是新四军的财经干部和他们的家属。不料航行约四个多小时，船舱就在渤海里灌水了。

四十四人中有八九个妇女，两个一岁多的儿童和一个出世仅一个多月的幼婴。不幸这短命的幼婴在船灌水后不久，就在船的无情的颠簸中停止了呼吸。同志们听到父母亲的哭声,愈加感到心情的紧急。看到曹白在奋不顾身地排水,人家又怕他身体吃不消,肺炎加重。

为什么新四军的干部和家属竟从大连回到山东海岸的俚岛呢?说起来话长。

八年抗日战争结束后,国民党反动派不顾久经战争之苦的中国人民渴望和平之殷切,竟妄图消灭陇海线以南、津浦线以东之新四军(这时已改称"民主建国军"),遂于1947年秋向山东解放区发动了声势浩大的进攻,战火已逼近新四军的根据地——临沂。我党为了保存经济干部的实力,华东财委决定将财经干部分批撤往大连,当时大连已为苏联红军从日寇手中解放。曹白此刻正在新四军建设大学理论研究班任主任,现在又被任命为组织第三批人员撤退的领队,于是全队共三十人由胶东蓬莱乘海轮驶往大连。

由于战时航行要冒很大的风险,由蓬莱启航时新解放不久的轮船驾驶员竟向领队曹白索取贵重物品。为了顺利完成党的撤退任务,曹白以大局为重,忍痛将穿在身上的发亮的皮茄克(部队发的)和刻有"结婚纪念"字样的派克金笔给了驾驶员。

经历一夜的安全航行,全船三十人顺利抵达大连。

战争的形势在变化,不到半年,我军反攻到津浦线,敌人节节败退。于是这些撤往大连的干部和家属又由曹白带领重返胶东解放区,而且船上人员比去时增加了十多人。

船在中途灌水了,曹白在海上经受的艰险,虽然不能和鲁宾逊当年在海上经历的险难相比,但对一个毫无航海经验的知识分子来说,又何尝不是一次重大的考验。

曹白和三个船员在"水牢"中没完没了地排水,两臂酸痛了还得排,全身无力了也不能停,他们就这样和钻进底舱的海水搏斗,看谁战胜谁。

大约搏斗了三个多小时,方见舱底积水开始下降。他们的行动感动了全船同志,但大部分人员仍然昏昏沉沉,不时地呕吐,无法助他们一臂之力。其中有五六个晕船不厉害的青年人看到领队亲自带病排水,很为内疚,默默地加入了排水行列。

他们不停地排除底舱的积水,饿了就啃几口干粮。轮船于暗夜中在海上行进,海风戏弄着,浪花升落,使它一刻也不能平静,船上的人员也就不止地受着折磨……

轮船进入了渤海湾敌战区封锁线,探照灯恶意地向它扫视,全船人员心情更加紧张,轮船加快了速度。

在这危险关头,曹白为了防止驾驶员偷偷乘救生船跑掉,暗暗派了一个专人看守在驾驶室外。

历尽十六个小时艰难紧张的不平凡的航程,山东俚岛依稀在望。而这时海风已停止了狂吼,船也在平稳地前进,舱底的积水已排得所剩无几,曹白和他的战友们终于战胜了灌进船舱的海水。大家松了一口气,停止了战斗。

他们来到甲板上,看着海上的朝霞,看着海鸥得意地在天空飞翔,心情感到无比的宽慰,像经过无情的厮杀终于取得胜利的战士的心怀。然而由于过分的紧张、劳累,加以曹白又是带病操作,当俚岛清晰地展现在他们的眼前时,曹白和战斗了一夜的船员们却都瘫倒在甲板上了,像死了一般,然而他们一个个跳动着的心都充满了胜利的欢喜。

大家都含着热泪感激那些战斗了一夜的不眠者,由于他们的无私的搏斗,使载运着四十四条生命的货轮未曾沉没。

当看到全船的人员在海鸥的欢笑声中一个个迎着早春的海风安然上岸,曹白如释重负,他为这次艰难的航程所付出的精力和心血感到无比的自豪和欣慰。

曹白这次来太原,还去了五台山参观,又去了灵石县郝家掌村,在1974年病故的他妹妹刘萍杜墓地行了三鞠躬礼,为此我很感动。

今天,我的恩人曹白永远离开我们了,但他会永远活在我的心里,我会永远怀念他。

发表于2007年《鲁迅研究月刊》第6期

马烽：一生写作为人民

马烽作为我国著名的革命作家，在国际上也有影响。自从1946年我和他在《晋绥日报》社同一机关工作，经常谈笑取乐，算来已是50多年的老朋友了。但我读过的他的小说也只是有数的几篇，竟连他和西戎合写的、在全国颇有影响的《吕梁英雄传》也未曾读过，说起来也真够惭愧。

《马烽文集》八大卷出版后，他赠送我一套，我很感激，但在书架上又摆了近两年之久而未开卷，因此每次去看望马烽，总难免有一种内疚之感。

最近我下决心读他的文集，总算一口气把八卷都读完了，这既解除了我久藏心怀的内疚，而同时也对作为作家的马烽有了深刻的了解。

读完八大卷后，我就决定选其中有代表性的三篇作品进行评论。这三篇是《吕梁英雄传》《刘胡兰传》《咱们的退伍兵》。

《吕梁英雄传》，一部战斗的血泪史

我以很紧张的心情读完了《吕梁英雄传》，非常感动。作者马烽和西戎是学习了毛泽东《在延安文艺座谈会上的讲话》之后写成这本小说的，既有可贵的文艺指导思想引航，又集中概括了吕梁民兵英雄们很多对敌战斗的故事。作品充满了对人民的爱，对敌人的恨，所以能为广大人民群众所欢迎。

他们的这篇长篇小说反映了中国人民抗击日寇的一个血泪的历史时代，所描写的那些抗日战线上的英雄人物，无不给人以鼓舞和教育，他们完成了用爱国主义思想教育人民的任务。

《吕梁英雄传》从1945年春写起，到1949年写完。本书一开头就描写当敌人来到吕梁区一个名叫"康家寨"的村庄时，进行了残酷的奸淫烧杀，抢走了人和财物，把个好好的康家寨一下子就变成了人间地狱。接着就展开了康家寨是否成立维持会的斗争，以汉奸康顺风和恶霸地主桦林霸为一方，处心积虑要成立维持会，而以农会干事张勤孝代表的广大贫雇农为一方坚决反对成立维持会，但终于康顺风的阴谋诡计把张勤孝逼走了。于是他们就放手成立了维持会，结果就一天到晚向村民逼粮要款，使广大穷人没法为生。

这时康家寨尚存的四个共产党员以雷石柱为首，与党的领导马区长秘密商量组织暗民兵的事。事成后就展开了艰苦的对敌斗争，使康家寨的人民有了生活的一线希望。

但由于过大年,群众盲目欢乐,失去警惕,加以暗藏着的内奸桦林霸在破坏抗日工作,引狼入室。村民未曾发觉,因而导致敌人第二次对康家寨的大举烧杀。

这之后经党的区委会讨论,决定为了今后更好地开展工作、领导对敌斗争,就把汉家山、康家寨、望春崖、桃花庄四个自然村合建成一个行政村,由雷石柱担任行政村民兵中队长,武得民任指导员,由张勤孝任行政村秘书。

接着第一件大胜利就是未动一枪一弹竟把敌人在康家寨抢去的很多牲口,又从汉家山敌据点夺回来,共11条牛8头驴,从而解决了群众春耕播种的大问题。

但由于民兵们打了几次胜仗,竟骄傲自满起来,由孟二楞等人自作主张要上老虎山和敌人干,终于陷入桦林霸设下的陷阱,落了个全军惨败,有的跳崖身亡,有的被杀,有的被俘,真是一场更加惨重的经验教训。

当老虎山一役被俘的孟二楞、康明理、武二娃、康有富等4人受尽了敌人的严刑拷打,终于被我方中队长领上民兵把他们从敌方上交的途中救下来时,4人中的康有富一时良心觉醒,感到自己被桦林霸用美人计收买,破坏抗日工作,结果既害了众人,也害了自己,内心痛苦。经过很久的思想斗争和暗自痛哭流涕,终于拿出勇气把那些见不得人的罪恶行径向指导员老武全盘坦白了。于是桦林霸和康顺风立即被捕,当场伏法,并把他们的财产没收分给烈属和贫苦农民。而这时老武也向群众做了检讨,承认当初在宽大康顺风问题上犯了错误,现在向群众认罪。这场和汉奸的生死搏斗,总算胜利结束。

从此,就在康家寨大摆地雷阵,胜利保卫了秋收,有力打击了敌人,并在敌人据点组织了暗民兵。之后,民兵们从未停止对敌斗争,即使过大年也用地雷炸得汉家山的敌人不得安生。

由于敌人没完没了地摊派,穷凶极恶地勒索,汉家山的群众实在活不下去了。所以当党的领导为了长期的围困敌人,坚决挤掉汉家山据点的日伪军,动员全村人民往外搬家时,一呼百应,一下子就搬光了,这就使汉家山的敌伪军日子更不好过。人走光了,民兵们把吃水井也给填了,并把井里搅上大粪。敌人没有办法,只好下到河里去挑水。

人多智多点子多,有人竟想出打地道通到敌人碉堡身底下炸碉堡。这个想法终于实现了,把汉家山敌人的两个碉堡炸了一个,使敌人惊恐万分。又一个点子是把河水改道,让敌人无水可吃也实现了。这时碉堡上的敌人既无粮又无水,逼得竟杀洋马用洗澡池里的脏水煮马肉吃。

汉家山的敌人在民兵们的围困下终于被挤跑了,和敌人好几年的残酷斗争最后终于胜利了。

于是搬了家的群众又欢天喜地地返回了自己的家室。这时整个行政村的领导、民兵和广大村民,就在汉家山关帝庙举行了"庆祝胜利大会"。八十回的《吕梁英雄传》就此胜利闭幕。

虽然作者在"后记"里谦虚地说:"这本书只能说是一本连续故事,作为一本小说是很不够的。"但我感到它作为小说创作是很成功的。因为作品从思想性而言,真正做到了毛泽东在《讲话》中所要求的,"作为团结人民、教育人民、打击敌人、消灭敌人的有力的武器,帮助人民同心同德地和敌人作斗争"。同时也歌颂了共产党,如果没有党的领导,康家寨人民的对敌斗争,是绝不可能坚持到底,也不可能最后把敌人挤跑的。在斗争中作者既描写了成功,也描写了失败,而成功能给人以鼓舞,失败能给人以经验教训,这也是符合战争规律的。

当孟二楞、康明理、武二娃、康有富4个民兵被俘后,在敌人严刑拷打中也没有一个背叛人民向敌人投降的,虽然康有富表现的比较软弱,但也终于挺过来了。总的来说,他们都不愧为英雄好汉。

就作品的艺术性而言,既有紧张的故事情节,也写出了各个民兵的性格,如其中的孟二楞、雷石柱、康明理……都是性格突出、有血有肉的人物。我认为小说的语言也是决定作品成败的重要因素,而《吕梁英雄传》在人物语言的生动和净化方面都给我留下深刻印象。既不像当年有的作家无选择地采用方言,把"小"不用,而用陕北民间土话"猴",因而把小孩写成"猴孩",也不像有的作家采用农民的脏话,以显示其对农民的熟悉。而《吕梁英雄传》中的人物语言都能根据人物身份和思想性格的不同而各异,但都是生动有味的。由于有这些在艺术性方面的成功,所以具有令人一上手就放不下的魅力。

作者们写这部小说时,除了亲自搜集和晋绥边区武委会所提供的关于民兵的材料外,也曾深入过敌后战地,访问过民兵英雄。虽然他们没有当过民兵,但对民兵的生活是熟悉的,也有一定的感受,这就是他们创作《吕梁英雄传》的重要本钱。

《吕梁英雄传》不仅对当前中国人民有教育鼓舞、增长生活知识的作用,而且对我们的子孙后代也是一部可贵的历史读物,让他们知道8年抗战中的敌占区人民是怎样和敌人作斗争的,共产党是怎样领导人民和日本鬼子战斗的。

正因为《吕梁英雄传》的成功,现已被翻译成日、韩、俄、波兰、罗马尼亚、匈牙利、朝鲜等国的文字。我为它的走向世界而高兴。

《刘胡兰传》讲述英雄的成长史

在苏联卫国战争期间曾产生了著名的女英雄卓娅,在中国解放战争期间曾产生了伟大的女英雄刘胡兰。她们都是被敌人残酷杀害而壮烈就义的,成为世界广大人民群众所景仰的女英雄。

毛泽东同志给刘胡兰写了"生的伟大,死的光荣"的赞词。

我想,为刘胡兰写传既是社会对作家的要求,也是作家的光荣任务。但为一位仅仅活了16岁的姑娘写传,却实在不是一件容易的事。因为她在成长期间不可能做出轰轰烈烈的大事,只能从平凡的生活中看伟大。既不像写小说可以由作家任意虚构,又不可能百分之百地如生活本来面目的真实。这就只能根据大事件和主要生活情节而凭作家的想象来描写。

为了写《刘胡兰传》,马烽曾经到了文水县云周西村向有关人物进行采访调查,向有关部门索取资料。而他又是汾阳孝义一带的人,和文水县较近,很多生活习惯大同小异,所以能把刘胡兰的童年时代的家庭生活写得那么细致入微。尤其是把她奶奶写活了,这是一个封建迷信、一天到晚叨叨不完的老婆婆。刘胡兰的母亲死后,她领着这个小孙女求神拜佛,烧香磕头,刘胡兰都顺从着。

上学后刘胡兰很听老师的话,老师说:"世界上根本就没有神鬼,活人拜泥菩萨是最可笑的人,弄神弄鬼都是自欺欺人的把戏。"从此以后,刘胡兰每逢看见奶奶准备要烧香磕头,连忙就躲上走了,这使奶奶很生气。为此,她竟敢对奶奶说:"世上就没神,求神拜佛屁事也不顶!"又说:"奶奶你就是打死我,我也不会给泥胎烧香磕头!"

当时,小小的刘胡兰所处的时代,是个混乱的年头,马烽很重视时事对刘胡兰的政治教育,所以他先是写了红军东渡,阎锡山宣称"红军杀人如割草,无论贫富皆难逃",接着又写道:

"不久,传来了实讯:红军在开栅镇罚了大地主杜凝瑞八百石麦子,全部分给了村里的穷苦人,住了一夜就走了。什么'杀人如割草'全是造谣,那些亲眼见过红军的人,异口同声地说:从来都没见过这样好的队伍,不打人,不骂人,公买公卖,对人又和气,又有礼貌,不论当官的还是当兵的,和老百姓谈论起来都是一套一套,说得条条有理。他们说红军是工农的队伍,是为工农劳苦大众求解放,要打倒压迫人的土豪劣绅,叫穷人有地种,有饭吃……他们说这次到山西来,是要北上抗日。"

马烽接着写道:"阎锡山的欺骗宣传不攻自破,连胡兰奶奶都抱怨说:'官家人尽虚说,阎锡山就会哄人。'"

胡兰那时候根本还弄不明白这些事情,只是知道原说红军是坏人,如今又是好人了。她起先是怕红军到云周西村来,而现在又想红军能来云周西村多好。

接着是日本鬼子占领了太原又打到交城,阎锡山的溃军到处抢劫。终于溃军把奶奶正在织的布也从布机上剪走了,天下大乱了!

这之后云周西村就有共产党领导的八路军一二〇师第六支队驻扎下来,胡兰听到人们说八路军就是当年的红军,是毛主席领导的队伍。每谈起这些事来,她总是眉飞色舞。

当六支队和从文水城出来扰害人民的日本鬼子打了一个胜仗时,胡兰高兴得差点跳起来。回家后当她听到爷爷一迭连声地称赞道:"好队伍有本事,要多有这样的一些队伍,不愁把日本鬼子打败。"

这一胜仗之后,共产党八路军的威望一下子提高了。接着就在西山里成立了文水县抗日县政府。村政权改选后又成立了农民抗日救国会、妇女抗日救国会等群众组织。

可是没几天文水的情况又变坏了,敌人对文水平川展开了大规模的"扫荡",到处烧房杀人,云周西村的苦难日子开始了。

一天,刘胡兰到学校里去看看,偶然看到敌人正拷打村公所的公人石居山。开头石居山只是求告,一口一个"不知道",后来就大骂开了,骂日本鬼子,骂汉奸,还说:"老子就不告你们,把老子枪崩好啦!狗日的们,迟早不得好死,中国人非把你狗日的们打败不可……"

胡兰真没料到石居山是这么个硬汉子。他被打得昏过去,敌人用凉水把他浇活过来,始终也没有说出一句真话。后来听说敌人把他带上到了文水城,用尽了各种酷刑,石居山什么也没说,后来就被敌人活活打死。

石居山这条硬汉的表现,等于是给刘胡兰上了一课:作为一个有骨气的中国人就应该像石居山似的不投降!

刘胡兰一天天长大了,已经懂得关心敌我斗争的事情。一天,她偶然看见大汉奸刘子仁骑着自行车去了保贤村,就心急如火地主动报告了抗日干部陈照德,终于把刘子仁枪毙了。但她却没有向人们夸过自己的功。

这之后胡兰参加了妇救会,忙着为战士们做军鞋、做军袜,给游击队员们缝补衣服、拆洗被褥……这些事情竟被顽固的奶奶知道了,除了训骂,还要胡兰退出妇救会。但胡兰不听她的,还是照旧在妇救会做抗日工作,进行"抗粮斗争"的宣传。

日本终于投降了,刘胡兰和云周西村都沉浸在无比的欢乐中。

县妇联在贯家堡开办了一个妇女干部训练班,刘胡兰不敢告诉家里就去贯家堡参加了妇女训练班,这下可惹下祸了,奶奶知道后就寻到训练班要人,但胡兰藏起来始终不出来见奶奶,奶奶哭闹了半天,无可奈何,只好回去。从这里看出胡兰为了学习,为了求进步,勇于和奶奶作斗争的可贵精神。

胡兰在训练班学习了四十天,思想上有很大提高。回村后第三天,区抗联主任吕梅就分配她担任村里的妇联秘书,具体任务是把冬学办起来。但办冬学可不是一件容易的事,一开头只有少数妇女报名,但胡兰克服了各种困难后,冬学终于办起来了,到后来竟发展到50多人。

最使胡兰难忘的一天,就是那天晚上石世芳向她说:"你提出的入党申请,前几天党组织开会已经讨论过了……党组织批准你的入党申请。"他继续说:党组织考虑她不够入党年龄,因此只批准她做"候补党员",待年满18岁以后转正。

阎锡山当了多年的山西土皇帝,在抗日战争中不打日本侵略者,和八路军搞摩擦,日本投降后又在晋中平川一带垂死挣扎,他的七十二师的兵马来到文水、孝义一带,要向解放区大举进攻。同时在云周西村大搞"自白转生",屠杀人民。

当时组织上已决定让刘胡兰转移到西山上去,但没走成,竟被勾子军逼到本村观音庙刑场,因而出事了。

前一天夜里她和金香睡在一起,当金香问她:

"胡兰子,万一敌人把咱们抓去可怎么办?"

胡兰直截了当回答道:

"没有别的办法,只有两条路:一条是出卖革命,出卖同志,当叛徒;另一条就是坚持到底,豁出来光荣牺牲,要杀要剐由他好了!"又说:"要革命就要不怕流血,为革命而牺牲也是光荣的!"

从这些谈话中,可以看出,她的英勇就义,是早有思想准备的。

因此她在阎匪军特派员大胡子张全宝的花言巧语、威逼利诱下,竟毫不动摇,终于在铡刀下英勇就义了!和大胡子一起参加杀害刘胡兰的还有勾子军侯雨寅。

刘胡兰是继承了很多革命先烈的牺牲精神而壮烈就义的。她的光荣牺牲感动了千千万万的中国人民,有多少战士要为她报仇。

全国解放后,张全宝和侯雨寅终于落入人民法网。当1951年6月24日在云周西村公审张侯两犯时,我从太原到大会亲眼看到公审后枪毙两犯的场面,感到终于为刘胡兰报了血仇,无比高兴。

马烽写的《刘胡兰传》我一口气读完了,很感动。认为他写的很成功,细腻而动人。写出了刘胡兰这个英雄人物在抗日战争和解放战争中经受了先烈的壮烈牺牲和入党后受到党的教育的成长过程,因此她的英勇就义,就不会令人感到偶然,而是革命历史对刘胡兰无形培育的结果。

《咱们的退伍兵》,不向失败低头的英雄

共产党员方二虎,从部队退伍回到久别的家乡,由他的未婚妻任水仙骑着摩托车从长途汽车站把他接回乱石滩村。

不久,他就到村里看望了乡亲们。访问了几家贫下中农后,就发现史乡长为了提高专业户任建业的产量,决定要从各家承包的责任田里给任建业抽地,每亩责任田抽一分,一家就要抽二三分地。

方二虎对此的态度是:"不管怎么说,这么强制性的抽地,我认为是错的。"

为此,当群众提出要告状时,方二虎就主动担任了写状人。

最后告状成功了,柳铁旦说:"抽地的歪主意一风吹了。"

而方二虎的大哥,作为村主任和共产党员的方大虎对弟弟则很不满意,批评二虎是"狗扑耗子多管闲事"。

为什么方大虎不满意?就因为不敢得罪史乡长,他说:"不怕官,只怕管,史乡长是顶头上司,咱们运输专业户买汽车、揽生意,离开乡里支持行吗?"

而方二虎却坚持自己的所为不认错。

方二虎是非常关心乱石滩本村群众的生活的,为了给那些闲着的青壮劳动力找工作,他曾去俞家沟找过他的老战友俞成龙,想在他的煤窑里安排些矿工,但失败了。他想起在一个土法炼焦场曾经和一个老大爷谈话的往事,于是他便下定

了狠心:"炼焦!"

终于方二虎把乱石滩闲着的青壮劳力组织起来大炼起焦炭来。为此却既受到大哥的反对,也受到未婚妻任水仙的劝告,她认为他做的是傻事。

但方二虎却坚持自己的主意而不动摇。

为什么他这样固执呢?正如他对他妈说的:"我就是碰得头破血流也得为大家办点好事。"他也对任水仙说过:"人活着,总不能只为自己","图了叫大伙都富起来,只有这一条最好,于公于私都有利"。所以他"吃了秤砣,铁了心啦"!这是别人无法理解的。

然而,不幸的是天不作美,由于炼焦的技术不过硬,辛辛苦苦炼下的焦炭不合格,没人要,终于失败了。这对大家和方二虎是天大的打击。而这时任水仙由于感到眼下跟方二虎不能享福,也另嫁了一个有钱的阔佬。这真是祸不单行。

而这失败和打击也正是对一个真正英雄人物的考验!

方二虎向大哥借了300元,开了跟他炼焦的群众的工资后,就失踪了。

人们没想到方二虎不甘心失败,为了把炼焦的工作搞成功,走了很远的地方决心去投师学艺,给他认识的一个炼焦老师傅当徒弟,数月之后,终于学会了炼焦的真本领。

回到乱石滩后,方二虎不但在炼焦场重振旗鼓,而且要大干一场。

不久就出了新的焦炭,经唐泰拿到城里去化验,结果不但质量没问题,都是甲级焦,而且说"有多少要多少,一吨40

元"。真是有志者事竟成。

炼焦成功的消息传开了,这就引得史乡长带领一批干部来参观。其中也有方大虎,曾反对过炼焦的人。所以史乡长说:"可是在事实面前,方二虎把我们统统打败了……"

然而具有雄心壮志的方二虎并没有为这次炼焦成功而满足,由于他最近看了几本书,才知道土法炼焦不是方向,不仅浪费资源,而且污染空气。因此,他和一位女朋友俞亚男去参观一处炼焦厂,计划将来在乱石滩建立一座炼焦厂。

方二虎不仅是一个具有雄心壮志的人,他在人品上风格之高也给我留下深刻印象。一起是当任水仙结婚时,喜车陷在水坑窝住了,当新郎求大家帮忙时,人们都不动。结果方二虎和俞亚男奋力帮助,把车推出水坑。有人认为方二虎"没骨头",只有俞亚男认为"爱情不在人情在"。另一起是方二虎匆匆走进打谷场,这是一片相当大的打谷场,如今用谷草、玉茭秆分隔成了许多小场子。方二虎走进柳铁旦和秀嫂合用的场里,柳铁旦说他要专门炼焦。方二虎说:"你要专门炼焦,责任田谁种?"

柳铁旦说:"转包给邓老大……"

老大的老婆秀嫂说:"呀呀,铁旦,你也学会捉大头了!我们不呆不傻,我们也见钱眼热,我们那责任田明年也要退呀!"

邓老大道:"大家都退地,那地谁来种呀?"

方二虎:"我倒想出个好主儿来。"

柳铁旦说:"谁?"

方二虎说:"任建业。"

柳铁旦说:"呸!我那地宁可撂荒!我看你的心,让狗吃了……"

秀嫂说:"你忘了他家是怎么坑害你了!"

方二虎说:"事情已经过去了,何必老记着?他家劳力多,把式好,地又不够种,他多打下粮食还能对国家有害?"

而这些话都被"隔壁"场里的任建业听到了,他听到二虎的几句话,竟然流出了两滴老泪。

方二虎以上的行动和思想都是一般人难以做到的,我读到那些地方时很感动。

自从任水仙把方二虎甩掉,方二虎和俞亚男就逐渐好起来,作者时隐时现地描写了他俩爱情的发展。其实任水仙虽然长得漂亮,但灵魂是不美的,她曾和俞亚男说过:"我是女人,嫁汉嫁汉,为的是吃穿……"她没有事业心,没有理想,没有抱负,而俞亚男却是一个不平凡的姑娘,她早已看上方二虎了,看来她要和方二虎共建炼焦厂,所以他们情投意合终于在一起了。

这部剧本我非常喜欢,不仅写了一个富有雄心壮志、一心为群众不向困难和失败低头的英雄人物,而且还写了很多性格突出、说话很有风趣的农民,如柳铁旦、秀嫂……他们的言谈使作品增加了光彩,还有哑女,虽然不会说话,也是个可爱的人物,秀嫂骂起丈夫邓老大来也真够恶毒,但当她给丈夫端出一碗有荷包蛋的白面条吃时,就显得她多么心好。

我读完这部剧本,就想起斯大林所说的"人类灵魂的工程师",而马烽是当之无愧的。

2004年2月3日发表于《山西日报》黄河文化周刊

纪念李桦同志诞辰百年
——他是我最尊敬的一位版画家

李桦对我们中国的新兴版画事业是最有功劳的一位同志,我们的友谊有将近六十年的历史。我和他通信始于1936年,但那时彼此还未见面,我在太原,他在广州。只因他们出版了《现代版画》杂志,这就引起我给他去信。

我第一次看到中国新兴版画最早的水印套色木刻是李桦的《春郊小景——细雨》,此外还看到他的振奋人心的黑白木刻《怒吼吧中国》,所有这些都给我留下极为深刻的印象。

1937年抗日战争爆发后我和李桦就失掉了联系,直到1938年我和马达在武汉筹建"中华全国木刻界抗敌协会"时才算偶然和李桦见了面。他当时已参军,在五战区任文职军官,穿一身草绿色的军装,挂着武装带,像一个校官。我们在一起研究了如何建立"中华全国木刻界抗敌协会"的许多问题,听取了李桦的意见,还在一起照了像。之后李桦离开武汉回到部队。

直到1949年在北京举行全国第一届文代大会时,我和李桦才久别重逢,自然是彼此都很高兴。在这次大会上我和他都因为在木刻上的成就而被大会选入主席团,选为中国文联全国委员,选为中华全国美术工作者协会的全国委员和常务委员。

当我在中央美术学院举行的"全国艺术展览会"上看到李桦的木刻新作《粮丁去后》、《快把他扶进来》等作品时,使我感到十年来他在版画艺术上的辉煌成就。

1955年我到中国美术家协会担任书记处书记之职,和李桦接触就非常多了,先是美协领导让我和李桦、古元负责版画组的工作,接着于1956年《版画》杂志双月刊创刊,我们又共同担任《版画》的主编工作,经常在一起审稿、选稿。到60年代我俩还为鲁迅博物馆选编了《鲁迅收藏中国现代木刻选集》。在这些工作中我时常为我们之间的艺术思想的一致而感到高兴,这就是坚决以鲁迅和毛泽东的艺术理论为指导思想。而我们之间的友谊也就在这"一致"的基础上逐渐加深了。他的从不想到个人的大公无私和严肃认真的工作态度也引起我对他的尊敬。

1957年根据中苏文化协定,九月间我和李桦一同乘机访问苏联,我俩在列宁格勒展出了由我们带去的"中国现代版画展览会"的作品。展览地址在涅瓦河畔的埃尔米塔施博物馆,我们的版画展于我国10月1日国庆节能在这样高贵美好的展厅和观众见面,我和李桦都感到无比高兴。后来于伟大的十月社会主义革命四十周年纪念日之际,我们的"中国现代版画展览会"又在莫斯科的"东方文化博物馆"展出。此后我和李桦访问了不少苏联版画家和画家。

在莫斯科期间,李桦最愉快的事是看到了他心爱的女儿纪慈,当时纪慈正在莫斯科学建筑。这个姑娘命苦,一生下来妈妈就去世了,因此纪慈从来没见过母亲。李桦又当父亲又当母亲把她抚养到四岁。1937年抗日战争爆发,李桦才把她托付给岳母照看,就投军抗日去了。自从纪慈的妈妈离开人间,李桦就长期不结婚,历22年之久过着孤独的生活,把自己的身心完全投入中国新兴版画的事业上了,多么令人感动。

这次访问苏联,是我和李桦友谊史上的重要一页。因为在访苏的两个月中,我俩同吃同住同行动,这是非常难得的共同生活,也是一次愉快的相处,彼此有了进一步的了解,我们的友谊也有了进一步加深,深感和李桦在一起工作是件欢快的事。

全国解放后,李桦在中央美术学院担任版画系主任和教学工作,还经常带领学生去渔村、下农村体验生活,但他也没有少刻木刻。他对工作的严肃认真和创作上的勤奋,令人感动。

我非常欣赏他于1959年创作的《一楼盖成一楼又起》和《征服黄河》两幅木刻,我是钦佩得五体投地的。它们既说明李桦在创作上组织素材是高手,也显示了他更善于表现作品的主题思想。

由鲁迅先生苦心提倡培植起来的中国新兴木刻,没想到近些年来由于西方资产阶级的垃圾艺术在中国的流行,我们的很多木刻家竟深受其影响,因此背叛了鲁迅和毛泽东的教导,走向脱离现实脱离人民的错误道路。

李桦生前于1993年2月给我的来信说:"……从整体看,近年新兴版画逐渐走上邪路心实难过。一、脱离生活愈走愈远,已走入牛角尖里去。二、强调自我表现空虚怪诞。三、片面追求形式、肌理、技术。四、趣味低,情感弱、荒唐多。五、意志消沉,不探索艺术,精神空虚,追求小巧。六、名利心重。我这六点还概括不全。总之鲁迅精神已被抹煞了。……我的希望现在放在工业版画上面。那些业余版画家不脱离生活,故有前途。"

今年是李桦同志百年诞辰纪念。我以《他是我最尊敬的一位版画家》为题,表示我对他的怀念。

2007年10月17日

别开生面　不同凡响
——看了《石鲁书画展览》给作者的一封信

石鲁同志：

我从太原到上海参加《中国新兴版画五十年选集》编委会，往还都路经北京，所以有幸能在美术馆参观你的书画展览。我细看了两次，总的印象是"钦佩"二字。在我们这一代的画家中，你的成就是够大的，不论在国画和书法方面都是如此。可惜没有展出你的木刻，你在延安时期和50年代刻的木刻，虽然数量不多，但质量是颇高的，那些关于土改的(《打倒封建》《说理》等)，关于兰新铁路建设的(《工地之夜》)，都给我留下深刻印象。

看了你的书画展览，深深感到你从60年代初期开始变法，所达到的成果，真是别开生面，不同凡响啊！从那时起就逐渐减少了外国影响，创造了独特风格的石鲁书画。如果说我们这个时代中国画的名家们有的新意颇浓而传统不足，有的传统很多却新意较少,那么你是新意盎然而传统丰富的一个。我们的艺术传统不论绘画,不论雕塑,不论金石,可继承的东西真是取之不尽用之不竭,就看我们是怎样的继承怎样的推陈出新了。而你是能够把金石也运用到书画中的,真不简单,可谓难能可贵矣!我国的国画家有的是讲究用线之流畅的,如任伯年和林风眠……有的是讲究用线之古拙的,如吴昌硕、李可染……我觉得你是属于苍劲古拙这一派的。因为你在书画中糅进了金石味,造诣就更高。

近三十年来,对新派山水画有"野怪乱黑"之称,多半是含贬意的。其实这正是创新的一个过程,过早加贬是一种短见。山水画之所谓"黑"者,"透白"(或曰留虚)极为重要,既要自然,又要适当,无白则太闷,有白则有如一个房子开了窗孔。留的巧妙,则有如锦衣上之明珠,闪闪发光,其贵可知。你在山水画中的"透白"是很出色的,例如你的名作《南泥湾途中》除笔墨精彩、意境深邃外,在透白方面极妙,有如"美目盼兮"之工。

我是游过华山的,也看过张大千画的华山,看了你的《华岳松风》真有所感。我想让游华山的画家们考虑一下,石鲁是戴了一副什么有色眼镜画出与众不同的华山风景的。你的取景与张大千基本上相同,而笔味大异,你是用了特有的石鲁语言歌颂华山之雄伟的。

我看了你的画展,感到你的山水花卉有以下几个特点,不知是否说得对。

第一,你的画意不是拾取别人的牙慧,或单从"流"中照搬,而是从社会、自然中来,有所爱而作,因此就有生活基础。你是真正做到了"外师造化,中得心源"的画家,而我在有些人画的山水花卉中却时常有缺乏生活感受闭门造车之感。例如有人画葫芦可以画的无重量感,而是像纸做的一样,随风飘荡,他哪里知道长在架上的葫芦,如果不是刮大风就轻意不会动。而你画的金瓜,如《何须衬绿叶,且看舞龙蛇》也好,那幅像金锤的也好,都是下垂而很有重量的,这就令人感到真实,感到生命的力量。又如你画的《幽涧蔽荫》,虽然是水墨的,但令人感到那些杂乱的灌木丛似乎为已经落叶而红果尚存的酸枣林组成,因此我这个生长在北国山中的人就感到特别亲切,然而这样的富有乡土气息的山水风光,不论在石涛和黄宾虹画中,或当今的山水画家的作品中却很少看到。如果单有笔墨虽然也可成为所谓"神品",但总不及兼有生活实感的作品耐人寻味。艺术虽贵在创新,但绝不是信笔乱涂,而是必须以造化之精英为其魂魄的。又如把黄土高原的土山画入山水画中,恐怕自石鲁始,而你是最先发现了陕北土山之美的。我想这也是来源于革命感情吧。

你的那幅描绘初晴的《山居小景》是很有诗意的,画中有一小姑娘从半掩的门中向外观望,大概她在家里听不到雨声了,所以出来看天是否晴了。这也是从生活中来的。这个小情节在画中的位置虽小,但有如画龙点睛之妙。

第二,你的画和字大都是很有气势的,就是早年的那幅《变工队》也令人既感到劳动之紧张又感到是一气呵成的。你有很多山水画令人感到有如高屋之建瓴,江河之奔流。古人看画要求"远看势、近看质",但有些人的画却有质而无势,或有势而无质。画无势如人之仪表不美,画无质如人之眉目不秀,而你的画是兼而有之的。如你的那幅赶羊群下山的表现陕北风光的《高原放牧》以及那幅曾经遭到灾难的《转战陕北》都是远观有势近读有质之作。

第三,你晚期的不少作品真是精简到了恰到好处,宋玉谓东家女"增之一分则太长,减之一分则太短,著粉则太白,施朱则太赤",看了你晚期的花卉我真有如是感。如《梅花》一画,题词为"乱枝红粉别有天,华萼楼头一少年,借问诗家何所意,隔墙犹听读书怀"。此作不论构图及梅花之造型都不落俗,很有新意,可谓画中有诗。而只画窗不画壁,令人意味有墙,这种处理就精简到家了。另二幅是"四人帮"作为"黑画"批的作品,其中一幅题词是"寒江秋月了然身",边有一枝小梅,只开了一朵花。还有一幅题词是"荷雨不似一田春",这两幅都是小品,但却都是精品,字极苍劲而挺拔耐看,画很简洁而意味无穷。还有一幅《石榴》干与叶皆用焦墨,花用朱红,多大胆;旁有用淡墨画的石头,这块石头在此画中作用很大,有了它就顿感画面丰富而多彩。还有一幅《月下苏州》,这些画都是"增之一分则太长,减之一分则太短"而恰到好处的佳作。我认为艺术总应"以一当十",能用一句话道明他人十句话内容的才算高超的技巧,绝不应像饶舌的老太婆那样啰嗦不休。因此你的作品得到了我的赏识。

最后我要对你的图章发表点意见,你的图章变化无穷,布局不凡,虽未制成金石大有金石味,使某些金石家有愧。

老实说,我要向你学习,这不是故作谦虚。愿你早日恢复健康,在我们百花齐放的艺术园地大显身手。

在"四人帮"还猖狂时,你曾给我写了一副对联:"平生惯惹千夫气,两手勤浇万木春",其实也是写你自己的,愿看到你的更灿烂的"万木春"。

1980年2月1日发表于《陕西日报》第四版

孔海珠作《痛别鲁迅》序

鲁迅先生去世已经快七十个年头了，当年参加葬礼的情形还历历在目，这在我生命史上是很难以忘怀的大事。上海的孔海珠女士找到我，在电话那头说，她在编著有关鲁迅葬礼的书，寻找在1936年参加过鲁迅葬礼的人，尤其是当年抬鲁迅棺材的人。这些话引起我很多回忆。

岁月飞逝，如今的确已很难找到当年抬鲁迅棺材的人了。

木刻家曹白是当年最年轻的抬棺人，海珠女士去访问过他，曹白向她介绍我。她希望我能看一看书稿，回忆并补充当年参加葬礼的情景。我欣然同意。

她寄来的文稿和图片我很快读完了，重温了鲁迅先生逝世的前前后后。海珠女士的叙述相当详细而亲切，看得出她是花了不少功夫记录当年的历史场景，真是难能可贵。尤其是大量的图片介绍，真实而生动地再现了那场伟大的葬礼，非常珍贵。书稿把我带回到亲历鲁迅葬礼的那段悲哀的时日,也解答了我心中的不少谜团。

更可贵的是,书稿挖掘了重要的文件,如鲁迅先生病重时,我们尊敬的宋庆龄女士写给鲁迅的一封慰问信;鲁迅先生逝世后,中国共产党中央委员会和中华苏维埃中央政府于当年10月22日同时发出的三份电文,都是文献性的史料,它既是对鲁迅先生的悼念,也是对鲁迅先生的评价。

在《痛别鲁迅》中孔海珠也提到了我为鲁迅先生画遗像的事。1981年9月我曾在《人民日报》发表了一篇《我给鲁迅先生画遗像》的纪念文章,较详细地叙述了当时的情况:

1936年10月19日的早晨,当时我住在上海西郊真如季家库,刚起床,还没有穿袜子、刷牙,就看到一辆银灰色的汽车停在我们的门口,接着是一阵紧急的拍门声,同室的文敏生和车敏樵同志都受惊了,以为来逮捕人。门开后,才看到来的是曹白和池田幸子女士,他们带来了不祥的消息,说鲁迅先生在5点25分逝世,要我马上去画遗像。于是我就急急忙忙带上纸和木炭条跳上汽车,一直到了大陆新村鲁迅先生的家里。

一上楼就看到我们敬爱的导师静静地睡在铁床上,一床被子覆盖着他安详的遗体,过去从照片上看到的他那"横眉冷对千夫指"的锐利的目光,现在掩盖在深闭的眼幕之下,那熟悉的浓重的黑胡须增添了消瘦了的面容的慈祥感,在这慈祥的容貌里令人感到他那"俯首甘为孺子牛"的精神。战斗了一生的中国精神界的主将和战士,现在是疲惫地长眠了。全屋笼罩着悲哀,萧军伏在桌上痛哭。在场的还有周建人、胡风、黄源以及鲁迅先生的日本朋友鹿地亘、内山完造。景宋先生含着眼泪接待客人。窗台上放着内山送给鲁迅先生的一缸红色的金鱼,在悄悄地游动。墙上挂着一幅鲁迅先生喜欢的苏联木刻毕珂夫的《拜拜诺娃像》,她在静静地凝视着躺在床上的鲁迅先生。

我含着眼泪用颤抖的手画了四张鲁迅先生的遗容速写,曹白也在画。不久日本奥田杏花牙科医生来,用石膏浆涂在鲁迅先生的脸上,为之翻面模。这时已经是午饭时分了,我和曹白在鲁迅先生的图书室吃了午饭。下午送先生的遗体到万国殡仪馆。此后我参加了守灵,并和广大群众一起唱着"哀悼鲁迅先生……"的挽歌,把先生的遗体送到万国公墓。在送葬的行列前领先的有我们尊敬的宋庆龄、蔡元培、沈钧儒……等先生。到了万国公墓门口,由我搀扶着周建人先生到墓地。在追悼会上聆听了宋庆龄先生的演讲,当时的情景犹历历在目。

鲁迅先生去世那年曹白才22岁,是我最友好的同志。他是江苏武进人,和我在国立杭州艺专学画时是同班同学、好友,我们于1933年在鲁迅先生指引下组织了"木铃木刻研究会",开始从事表现人民生活和斗争的木刻画艺术,为此被国民党当局逮捕。1935年出狱后,曹白于当年创作了木刻《鲁迅像》,后寄给鲁迅先生,回信说:"收到你的信并木刻一幅,以技术而论,自然是还没有成熟的。但我要保存这幅画,一者因为是遭过艰难的青年的作品,二是因为留着党老爷的蹄痕,三则由此也纪念一点现在的黑暗和挣扎。"

并在木刻画旁边写了这样的话:"曹白刻,1935年夏天,全国木刻展览会在上海开会,作品先由市党部审查,'老爷'就指着这张木刻说:'这不行!'剔去了。"

曹白于1936年4月写了《坐牢略记》提供给鲁迅,先生依此写了《写于深夜里》一文,发表于当年上海《夜莺》月刊第一卷。同年10月8日,鲁迅先生带病到上海八仙桥青年会去参观"第二回全国木刻流动展览会",曹白有幸在展览会上和鲁迅先生会面,而我却因去"上海世界语者协会"为他们写标语,竟失此和先生会面的良机,成为终生的遗憾!

鲁迅先生从展览会回到家里时对许广平先生说:"我今天看到曹白了,是个小鬼!"(曹白当时仅22岁)这是后来许先生告诉我们的。

当鲁迅先生的灵柩在万国公墓的墓穴落葬时,有如一个孩子失去了母亲似的,曹白竟号啕大哭!因为他失去了最崇拜的导师。

共和国成立了,我们高兴地看到恢复了上海鲁迅故居,并建立了鲁迅纪念馆。在鲁迅先生逝世20周年之际,中共中央和国务院决定在上海为鲁迅先生营建新墓和纪念馆,举行隆重的鲁迅先生棺柩迁葬仪式。据作者记载,迁葬仪式上周扬出场扶棺。关于周扬,当年鲁迅先生病逝,他未曾到场执绋,我不知道因他是共产党员而像冯雪峰似的不便露面,还是因为鲁迅生前批评了"四条汉子"而不前来悼唁?但这次看到有他的照片,我很高兴。以前,当1940年我到延安鲁迅艺术文学院美术系任教员时，周扬是我们的副院长，他曾在公开的讲话中对他和鲁迅的关系作了自我批评，给我留下好印象。

我高兴地读到，鲁迅先生灵柩迁葬仪式在封墓后，上海市副市长金仲华，揭开了墓前由中央美术学院华东分院教授萧传玖创作的鲁迅坐在藤椅上的铜像幕布。我曾两次欣赏萧传玖的作品，第一次是1979年12月，为纪念鲁迅诞生一百周年而出版《中国新兴版画五十年选集》，我们作为选集的编委集体来到像前瞻仰并留影，其中有版画家力群、王琦、古元、江丰、吕蒙、李桦、李少言、李平凡、杨可扬、沈柔坚、张望、彦涵、黄新波、赖少其、曹白以及李树声。

第二次是2001年5月4日，当我参观上海鲁迅纪念馆时，由陪行的儿媳叶倩用轮椅把我送到鲁迅先生铜像前。关于鲁迅铜像的作者萧传玖，我还必须说几句话。他是湖南人，1931年在国立杭州艺专学画时，和我是同班同学、挚友，他也是"木铃木刻研究会"的成员，刻了木刻画《交涉》(载《鲁迅收藏中国现代木刻选集》)。当我和曹白、叶洛被捕后，他曾到监狱给我送衣物，后留学日本学雕塑。全国解放后，他同妻子来北京看过我，我去杭州也必定去看他。但在"文化大革命"中，他被本校的造反派整死了。这场"文化大革命"毁了多少有才能的人！

鲁迅先生去世已近七十年，研究鲁迅的著作很多，很丰富。而全面记录鲁迅先生葬礼的专题书，这是第一本，其意义不仅让我们又一次缅怀敬爱的鲁迅先生当年受到的巨大哀荣,更在于鲁迅在人们心目中的地位永远也不会淡化。他属于中国,也属于世界。

2004年3月27日于北京

《齐奉波藏名家版画集》序

中国的新兴版画,由鲁迅先生一手扶植,于1931年诞生以来,迄今已有七十余年的光荣历史了。七十余年来,它基本上坚持了一条为人民的现实主义的艺术道路,经历了黑暗的旧中国,表现了人民的穷困和苦难,反映了抗日战争、解放战争中人民的英勇战斗,迎来了全国的解放和社会主义建设的新时代。真实反映时代的可歌可泣的作品,大都为中外各种美术馆和博物馆所收藏,而以个人名义进行收藏并出版所藏版画集者,除了青年收藏家齐奉波我还没有看到第二位,这是令人非常高兴的事。

《齐奉波藏名家版画集》请我作序,我乐于从命。因为这是有利于扩大中国新兴版画的社会影响,促进它的繁荣的好事。

齐奉波历数年的辛劳,收藏了很多30年代、40年代和全国解放后中国版画名家的代表作,其中如力群的《饮》、《黎明》,彦涵的《当敌人搜山的时候》《豆选》,牛文的《欢乐的藏族儿童》《吉祥如意遍地锦》,王琦的《北海之春》《售余粮》,晁楣的《北方九月》《北陲屏障》,吴凡的《蒲公英》,张祯麒的《牧归》《皎皎江月》,张新予、朱琴葆合作的《绿遍江南》,朱琴葆的《山涧》,黄丕谟的《晴朗的海湾》《春风春雨江南》,杨明义的《姐妹们》《水镇细雨》,程勉的《夜诊》,董其中的《排演新节目》《山村秋景》,李焕民的《初踏黄金路》,姚天沐的《满院春光》《窑洞小学》,袁庆禄的《初升的太阳》《备冬草的牧羊女》,郑震的《在佛子岭人造湖上》《薄暮时分》,江碧波的《飞夺泸定桥》《白云深处》,徐匡、阿鸽合作的《主人》,徐匡的《高原阳光》,阿鸽的《三月》《鸽子》,刘旷的《找水源》《冬猎》等等。这些作品不仅是作者的代表作,而且也是社会公认的版画精品。遗憾的是仅仅收藏了古元的《练兵》《结婚登记》等作,而未收藏到他的《刘志丹和赤卫军》《祥林嫂》,仅仅收藏到李桦的《移山堵海》而未收藏到他的《征服黄河》《粮丁去后》,也未收藏到黄永玉的《阿诗玛》《森林小学》。虽然有这些不足,但他能收藏到那么多全国有名的版画精品应该说是实属不易。

关于力群的《饮》蔡若虹同志曾有如下的评论,他说:"木刻家力群创作的《饮》,是我曾经欣赏过的许多作品之一,特别令我倾倒。这是一幅描写陕北老乡日常生活的小品,它形象突出,是表现那种朴素的、勤劳的、满足于当前生活条件和满足于自己劳动创造的典型人物。你看那白头巾白背心里面露出黑里透红的粗壮的胳膊和脸,那捧着一瓦罐的凉水,仰着脖子将凉水灌进口里的劳动者的姿态。他没有瓷碗瓷杯,他没有清茶果汁,他不是坐在茶馆里一边品茶一边评头论足,他是在劳动的空隙里用一罐凉水对付炎热的天气和比天气还要炎热的劳动汗水。在我看来,他那仰着脖子的一饮而尽,等同于他把信仰和真理一饮而尽,单纯、痛快、逍遥……你看,这种生活怎么不是诗!

"这幅作品的形式我认为恰到好处,造型好、构图好,刀法的节奏与内容的明朗也非常和谐一致。还有作者把远山作为背景。山是延安典型的山,人是陕北典型的人,性格是劳动者的典型性格……典型环境中的典型性格,你看,这形象怎么不是诗呢?"

——摘自蔡若虹《赤脚天堂》54页。

彦涵在抗日战争时期曾深入太行山敌后,经历了非常艰苦的战斗生活,历数年之久,真是"九死一生"。回到延安后,他创作了《当敌人搜山的时候》等富于战斗性的木刻作品。这幅木刻表现战时八路军和人民的密切关系无以复加。汉代班超曾说过"不入虎穴,焉得虎子"。我感到《当敌人搜山的时候》正是作为革命艺术家的彦涵深入虎穴后所得到的可贵的"虎子"。

牛文的木刻《欢乐的藏族儿童》所表现的是解放后的藏族儿童在幼儿园里随着藏族女教师弹奏风琴的音乐声中手牵着手围着老师欢乐地跳集体舞。在农奴时代,孩子们是没有这种幸福的。我们看着那些可爱的孩子们欢乐的笑脸和可爱的动作,也为之高兴。这幅木刻的构图是牛文的可喜的创造,令人感到新颖不凡。

王琦的《北海之春》是一幅刻画北京北海公园春游胜景的黑白木刻画,是他的难得的佳作,整个画面的黑白处理非常好,树也刻得很美,在近处的树荫里令人感到一种阴凉感,而来往游人则组成了画面春游的热闹气氛。

晁楣是北大荒杰出的版画家,他的《北方九月》是一幅很美的套色木刻,描绘了成熟了的高粱的一片红海,很好地歌颂了国营农场的丰收景象和它的雄伟气势,真是中国新兴木刻画的精品。他最初刻的是大马车运送高粱,大概是有人批评他不应画落后的运输工具,于是他又重刻了一次,改成全部用拖拉机运输。但在上海《中国新兴版画五十年选集》的编选会上,大家还是选了最初刻的那幅有马车的《北方九月》。我和古元都认为有大马车的那幅富有艺术性。

张祯麒也是北大荒的著名版画家,他的套色木刻《牧归》不同于小户人家的放牧,而表现了国营农场放牧归来的牛群和两个骑马的牧人,多么有气派!这幅木刻同时也是一幅很美的风景画,像油画似的具有丰富的色彩和美的意境。那近处的白色野花和远处的一片黄色的麦海增强了画面的美感和作品的歌颂主题。

吴凡的《蒲公英》曾于1959年参加在当时的德意志民主共和国莱比锡举行的国际版画比赛会而荣获金质奖章。这次比赛会是由当时的"世界和平理事会"发动的,号召全世界的版画家以"给世界以和平"为题作画。花是代表和平的,吴凡画中的小姑娘把蒲公英的花种吹向世界,其构思是很巧妙而切题的，也由于其水印套色和作品的形式最富有中国特色，因而获金质奖是完全应该的。

张新予、朱琴葆合作的《绿遍江南》是江苏水印套色版画初期的精品，基本上只用了两个色版套出了江南水乡的美的风韵，它是中国版画界掀起向民族美术传统学习热潮中的产物，我把它叫做中国新兴版画的江苏学派。作者所刻的一片绿色的桑林和用黑色描绘的江南房舍及桑田，那黑用得非常巧妙。在一片桑林中的水面上一只小舟在漂荡，一个红衣妇女在船上忙碌，有"万绿丛中一点红"的意境。我对江苏学派的水印套色木刻曾有如下评语："不艳而有淡雅之风，不洋而有民族特色，操水墨金石与木味为一体，熔国画写意与版画刀笔为一炉，具有清新的风格与韵味。他们的作品所描绘的富有诗意的江南水乡，为我们的风景版画开拓了新的领域。"

黄丕谟的《晴朗的海湾》也是江苏学派杰出的水印套色版画，以层叠的岛屿如蚁的船只和岛上众多的房舍形成了海湾繁荣的景象。这是一幅令久居大陆的人感到新奇的风景画。

杨明义是苏州人，他的水印套色木刻《姐妹们》是一幅具有地方特色的画，画中七个女人的衣着都是当时苏州地方妇女的打扮，她们都富有女性的娇美、可爱。鲁迅好像说过这样的话，大意是只有地方的，才能成为世界的。我想这《姐妹们》一定会受到国际上的欢迎。江苏学派的水印版画大都是表现江南水乡风景的，唯独这幅《姐妹们》刻画的是人物，背景上衬了一幅江南风景，更增加了地方性。这七位妇女和两个儿童都站在河岸上,似乎在等待什么,耐人寻味。

程勉的黑白木刻《夜诊》歌颂了一位乡村女医生对人民的辛劳精神。看来这个乡村比较落后,还没有安上电灯,靠一盏煤油灯光给孩子看病,而她是在雨中用手电筒照明寻到这户人家的,说明她的辛苦和责任心。作者找到这样的题材是可贵的,显示了我们的艺术家关心人民的生活。作者在处理木刻的黑白关系上十分成功,整个地面和主妇用了黑色,女医生和她的药箱、雨伞用白色,使画面非常明快,并突出主题。我们有的画家下乡归来,两手空空,说是找不到创作题材,其原因之一是对农民生活不够深入,其二是对农民没有树立感情,其三是不善于发现题材。因此,这《夜诊》也是对我们画家寻找题材的一种示范。

董其中是江西人,正好像古元作为广东人对陕北人民生活产生了浓厚的兴趣似的,他对山西人民的生活也具有特殊的感情,这反映在他的木刻作品里就能看出有一种深厚的山西情调。他的代表作有《山村秋景》、《山村晨曲》、《排演新节目》等。《排演新节目》是作者从山西民间艺术吸取了可贵的营养而创作的,富有民间年画风味,是一幅很有趣味的木刻作品,以侧面描写的手法歌颂了新农村的欢乐景象。虽然没有画出演奏的锣鼓乐器和排演新节目的演员,但反而比画出来更丰富、更能引起人们的想象和联想。那些急于要一睹内情的儿童,画得天真可爱,耐人寻味。这样的构思绝不是对农村不熟悉和对儿童缺乏兴趣的画家所能为。

姚天沐于1980年创作了《满院春光》,这是他作为一个福建人在山西省平凡的人民生活中找到的一个不平凡的题材。这样平凡的环境,这样平凡的生活,作者却以不平凡的构图出现在版画作品中,令人感到新鲜感到美。在一个整洁的院落的照壁下,有三个勤奋的儿童在专心致志地完成他们的作业,一只白猫闲散地卧在门槛上,院里有阳光照耀下的正房和侧房,门口有白色的母鸡领着一群白色的小鸡觅食,富有农村味。整个院落,从照壁顶端到门口两侧和上方都为黄色的小花所装点,为瓜藤所缭绕,令人感到居处的安逸、空气的清新和生活的美好。从版画艺术来说,仅套了三个色版而形成了画面的美的意境,既有统一的主调,又有色彩的微妙变化,而白色又利用的如此适当,恰到好处。用在房壁上令人感到了后院的深远与明朗,用在儿童的上衣上,既是白色的分布,也使人物突出。尤其是把赭色作为光阴用在房檐下非常巧妙,这么一来就令人感到有阳光照在房壁上,产生了晚春院景的效果。因此我很喜欢这幅成功的版画作品。

袁庆禄以惊人的写实本领和细致的刀法创作了不少表现藏族少女的木刻精品,如《阿米苦呼山牧羊女》、《初升的太阳》、《备冬草的牧羊女》……都是异曲同工之作。《初升的太阳》中的藏族少女闭着双眼坐在草原上正尽情地享受着初升的太阳赐予她的抚慰和温暖,她的两只赤脚也显示了她的惬意感。作者只用了两色套版就表现了少女的肌肤和美貌以及衣服的色彩和花纹,这样的作品在我们版画界实不多见。由于他的作品获奖较多,故有"获奖大户"之称。

郑震的《在佛子岭人造湖上》是一幅歌颂社会主义水利

建设的黑白木刻画,而同时也是一幅优美的风景画。作者刻的树林和船只都很出色,圆口刀和三角刀并用而显示的湖水非常舒服,在黑白处理上能把佛子岭水库放在主要位置而又若隐若现也很自然。这幅木刻在当时发表后就给我留下深刻印象。

《飞夺泸定桥》是著名女版画家江碧波表现当年红军长征英勇战斗的一幅革命历史画,是应中国革命历史博物馆建馆纪念而创作的。为此她曾在其父江敉的带领下沿当年红军长征道路体验生活,追寻红军足迹。江碧波采取了红军在敌人炮火中夺取泸定桥的场面,她用了四个木刻套版套出了铁索泸定桥,也套出了波涛滚滚的金沙江,看了这幅惊险的画,能令我们对那些不顾生死夺桥的英雄人物肃然起敬。

阿鸽是一位杰出的彝族女版画家,她的《三月》刻的正是一位在行路中坐地休息的彝族妇女,她表现这位妇女的面部没有明暗,采用了中国民间年画的表现手法,因此画中显现出的人物很美丽,而作品也富有中国特色。这幅作品作者用水印套色,以黑色表现妇女的衣着使作品有稳重感。

刘旷的《找水源》是一幅出色的黑白木刻的山水画,那崖层,那流水,显然继承了中国山水画的传统,所以具有鲜明的中国特色,这大概是1958年大跃进时的农村干部有了什么水利计划新点子,所以忙于找水源。这幅木刻黑白处理得很好,在当时是一幅创新之作,受到版画界的好评。

齐奉波收藏的很多精彩版画,我就不一一评述了。

中国的新兴版画,自1931年诞生以来一直沿着革命现实主义的创作道路前进,产生了很多反映时代反映人民生活的佳作。但到80年代中期,中国美术园地上刮起了一股和毛泽东《在延安文艺座谈会上的讲话》唱反调的歪风——亦即西方现代派的垃圾美术在中国的流行。在这种不良艺术空气中,有的版画家盲目地赶"洋时髦",结果就脱离了中国新兴版画的革命传统,有的作品搞得令人百思不解,有的把人物刻画得丑陋不堪,令广大人民无法欣赏。作为收藏家的齐奉波就很不喜欢这种版画,所以在这本版画集中找不到它们的位置,从他的藏品中也找不到一幅此类作品。

愿《齐奉波藏名家版画集》的出版能受到广大人民群众的欢迎。

作于2004年7月上旬

《牛文版画集》序

版画家牛文同志于1922年诞生于山西省灵石县一个贫农的家庭里,他的童年时期,民间的剪纸、年画、门画以及箱柜上的描金装饰画等民间美术在他幼小的心灵中播下了艺术的种子。1931年"九·一八"事变,日寇占领了我东三省,民族危机严重,基于爱国热情,他于1937年4月就结伙投奔了共产党领导的军队,时年只有15岁。他参军后就做了宣传员,演戏、唱歌、画画什么都干,可以说是第一天学画,第一天就以画为革命事业服务,虽然他对于艺术道理还一无所知。现在看来,也许是不可思议的,但在当时却是出于革命的需要。然而这种在革命工作中学习、锻炼的途径也终于培养出一大批土生土长的革命的文学艺术家。自然,他们一旦有机会进入艺术学校,就会在艺术上迅速提高。

这样的机会终于到来了,1940年牛文同志有幸进入了延安鲁艺美术系,总算得到一个坐下来安心学习艺术的良机。

虽然这里学习条件还很不完善,课外活动也过多,但对牛文同志来说已经是求之难得的了。他在鲁艺学习了素描,接触了木刻画,得到了一些起码的艺术知识。还读了当时所能找到的马列主义哲学著作以及政治经济学和中外文学名著,尤其是毛泽东同志《在延安文艺座谈会上的讲话》对他的教育很深。所有这些为他后来从事革命艺术事业,都是必要的修养。

但牛文同志正式从事版画艺术,却是在解放战争时期的晋绥边区,当时我们正在全力以赴地经营《晋绥人民画报》,但为参加晋绥土改工作,画报停办了。当牛文从山西的崞县代县参加土地改革工作归来,有了较为丰富的火热的革命斗争生活体会时,于是以高度的热情创作了木刻《领回土地证来》,接着又创作了《丈地》,从前者到后者,可以看出牛文同志在木刻上的进步,不论作品的人物形象和木刻的刀法的运用,《丈地》比《领回土地证来》都有显著的提高。虽然还较嫩弱,但可贵的是它洋溢着革命的生活气息,反映了一个翻天覆地的中国农村的新时代。

牛文同志一生的创作活动分成了两个不同的世界,前一阶段以汉族人民的生活为歌颂对象,后一个阶段以藏族人民的生活为歌颂对象。而且在作品的形式风格上也有了天地之别,显示了艺术家在创新方面的巨大成就。

全国解放后,牛文同志从北国的晋绥边区调到南方的四川省工作,为使木刻作品有所开拓发展,他立志把藏族地区当做创作的新基地,以木刻作品反映藏族人民解放后的新生活新命运和新希望。这个想法固然很好,但因此也就给他提出一个把不熟悉的生活变成熟悉的生活、感兴趣的生活和感受最深的生活的任务。完成这个任务并不是一件容易的事,因为他对于藏族民情不熟,语言不通,加以在民主改革前的各种因素,使他不容易和群众接近。因此完成这一任务其困难之大,不亚于要熟悉一个外国地区的人民生活。

但牛文同志在这个艰巨的任务面前,没有知难而退,从50年代开始他和李焕民同志一道,十余次往还于藏族地区和四川的藏族自治区,每次半年,经历了数年时间终于熟悉了藏族劳动人民,熟悉了他们的生活习惯和思想感情。

但熟悉是一回事,要把生活感受转化为艺术作品,表现什么,如何表现,又是一回事。是用革命现实主义和革命浪漫主义相结合的方法来表现呢,还是用批判现实主义的方法来表现呢?当牛文同志和李焕民同志了解到西藏农奴制社会的黑暗及其无比残酷的大量事实后,使他们十分震惊,胸中充满了藏族人民的苦难和怨愤之情。在这时,牛文同志最初的创作理想,碰到了现实的无情巨壁,发生了矛盾。是揭露藏族地区的黑暗呢,还是歌颂藏族地区的光明呢?如果要揭露藏族地区的黑暗或描绘藏族人民的落后的生活,其题材简直俯拾即是,下笔即景;而要是歌颂,则有如沙里淘金,难度极大。但他们经过思考还是决定歌颂光明。他们觉得当时虽然农奴制尚未触动,但毕竟解放军已经来到了藏区,党的阳光已照射到了康藏高原,必然会使现实生活引起许多变化,创作颂扬光明的作品,有它的现实依据。在这种情况下,牛文同志创作了《北京大学的新生》、《康藏道旁》、《草原上的牧民》等歌颂光明的作品。

牛文同志在西藏民主改革后，看到人民在共产党领导下彻底翻身了，由农奴制社会一下子走向了社会主义社会，现实中的光明面扩大了，黑暗面在缩小，藏族人民不论在政治上不论在经济上都得到了解放。牛文同志目睹了这些变化，无比激动，随以满腔热情歌颂了藏族人民的新的生活、新的命运和新的希望，于是产生了他的非常成熟的作品《吉祥如意遍地锦》和《欢乐的藏族儿童》。这两幅木刻不论构思和描绘的新颖，人物形象的生动美好，不论刀法的流畅有力，黑白处理的舒服，以及套色的典雅简洁，都达到了很高的水平。这两幅作品虽然隔了很长时期也还是经得起推敲的，其所以如此，就因为不仅有思想性，也很有艺术性，有审美价值。

《吉祥如意遍地锦》是牛文同志在拉萨看到妇女在大地上洒白灰画图案祝愿来年丰收万事吉祥如意的古老风俗而有了形象感受的，之后又经过了长期的艺术构思和加工而完成的。作者在这幅图画中赋予了古老的风俗以崭新的含义，表现了藏族人民在民主改革后翻身的喜悦，表现了藏族人民在党的领导下以主人翁的身份开始创造美好生活的感情，它象征着解放了的人民要在这一穷二白的土地上画出最新最美的图画——社会主义的锦绣前景。

《欢乐的藏族儿童》是牛文同志在川西阿坝藏族自治区看了托儿所的孩子们唱歌跳舞后得到启发而加工创造的。牛文同志想阿坝的今天就是整个藏族地区的明天，他通过这一平凡的题材创造出大大超过了仅仅描绘托儿所生活内容的作品。他一头扎在我国民族民间艺术中,力求创新,终于创作出《草地新征》、《芳草地》、《朝阳》、《赛马图》等就是这种艺术思想的实践。

他的以上作品主要是在形式上探索试验,令人感到形式的新颖和线条的秀美,而黑白的处理也很别致。牛文同志创作的这几幅创新的作品,是向我国明清的徽派木刻学习的成果。徽派版画是一种复制版画,但其刻工之细腻圆润、隽秀婉丽,在中国版画史上享有盛名,牛文对此为之青睐。他研究了那些版画的黑白关系,也研究了唐代绘画的用线,他的理想是创造出明快、清新、秀丽、高雅之作。为此就必须抛弃形体的光暗感、立体感,在造型上进行改造,并做到一定程度的夸张变形。他去过西双版纳,那里的妇女的服装也使他感到兴趣,这些都是牛文同志在探索和试验时追求的意境,终于创作出了富有民族特色的新风格的木刻。这些木刻不但令人感到在中国新兴版画大花园中出现了奇葩,而且也说明我们不应"抱着金碗去讨饭",而应多从我国民族民间的艺术中取金。

牛文同志在艺术事业上是很勤奋的,而且兴趣也很广泛,例如他对中国戏剧中的人物颇感兴趣,从而创作了诸如《将相和》、《张飞》、《关羽》、《曹操》、《黄忠》、《项羽》、《萧何月下追韩信》、《为包公造像》等具有夸张性富于漫画情趣的戏剧人物木刻画,也是牛文的一种创造。

除此之外他还涉足连环画、漫画,到了晚年还画了不少中国水墨画,我就不加评论了。

1991年9月26日由中国美术家协会、中国版画家协会向牛义同志颁发了"新兴版画杰出贡献奖",这既是对牛文一生从事新兴版画艺术的成就和贡献的评价,也是给他的最高的荣誉。我为此表示庆贺。

2007年10月于京郊香堂村

《刘旷艺术人生》序言

刘旷今年八十六岁了,他作为一位版画家所经历的六十六年的艺术生涯,是不平凡的艺术人生。一九九一年中国美术家协会、中国版画家协会曾为他颁发了"中国新兴版画杰出贡献奖"。中国有句老话说"行行出状元",这杰出贡献奖就是中国版画的最高奖,也就是状元级的奖。获此殊荣者全国只有十七位版画家,古元和李桦也在其中。这既是对刘旷版画创作成就的评价,也是对他的艺术人生的评价。

中国从事艺术的人也不少,一生庸庸碌碌,未曾创作出一幅公认的代表作者有之,误走上现代派艺术歧途,跟上人家搞艺术垃圾而不自觉者也不少,而能像刘旷似的为人民创作出杰出的版画和国画者,并不多。

刘旷四川人,十八岁就离开家乡,投奔延安参加革命。他在抗大短期学习后就去了晋察冀抗日根据地。在战火纷飞的年代,他终于搞到了木刻刀,以木刻为武器,在宣传战线上开展对敌斗争。在创作活动中,考虑较多的是如何在群众中产生宣传效果,这样他就逐渐心中有了人民,对受苦受难的中国人民群众产生了爱,对无情烧杀中国人民的日本强盗产生了恨。鲁迅先生说:"能憎能爱才能文。"对一个画家来说,也就是能憎能爱才能画。刘旷这时就心怀着对人民的爱和对敌人的憎创作了最初的版画作品《送子参军》《游击队员》《埋地雷》《保卫秋收》等作,拓印后到根据地的村村庄庄张贴,与群众见面。

不幸的是在一九四三年反扫荡中,将拓印好的全部木刻作品和其他东西坚壁在较隐蔽的山洞里即匆匆转移了,从此竟过了黄河来到延安。坚壁在敌后山洞里的那些早期的木刻作品,就再也不知其下落了。

因此对于刘旷早期在战地创作的木刻,我就无缘欣赏了。当我和李桦于一九五九年编辑《十年来版画选集》时,选入了刘旷的《北京的声音》《上工》《找水源》三幅黑白木刻,这就是我最初看到的刘旷的木刻作品。而这三幅木刻已经是刘旷成熟的创作了,它们在整个选集中也属于佼佼的佳作。通过《上工》和《找水源》,可以看出刘旷对于峭壁崖层冬枝灌木有很精彩的描绘。《找水源》一画中的黑白处理也显示了一个木刻家的匠心。这样的景地又和社会主义建设者的活动相联系,在我们新兴木刻的领域还是很少见的。但这些作品却是来之不易的,在康文澄先生《论刘旷的版画艺术》一文中说:"这些作品的产生,是画家上秦岭、下四川、走甘肃、入青海,深入热火朝天的工地,爬上施工的崇山峻岭,与工人共同分享了劳动的艰辛与欢乐"而创作的。

当年刘旷从晋察冀抗日根据地回到延安后,曾在延安鲁艺进修,因而接触了以古元为首的中国新兴版画的延安学派的木刻作品。延安学派是最早在创作上实践了毛泽东《在延安文艺座谈会上的讲话》精神的,因此他们的作品已经脱离了"欧化风"而具有了为老百姓喜闻乐见的中国作风、中国气派。刘旷作为延安学派的一员,坚定地在革命现实主义的艺术道路上前进。因此我们从他的木刻《上工》《找水源》等作品中能看到鲜明的中国特色,这是非常可贵的。后来还看到他的版画《春晓》和《冬猎》,都是不同凡响之作。《春晓》表现了河中的冰块正在融化,大地有湿润之感,这是宜于农民春耕播种的。

听说近些年刘旷在刻木刻的同时还画中国山水画,但我未曾拜读,不知如何。近日刘旷给我寄来二张《名人艺术报》终于让我看到了他的山水画《黄山松云》《山峦莽莽》《山间云绕》《奔流》等作品,使我不胜惊异。我虽从事版画创作,但对中国山水画不论在画册中、不论在展览会上还总是喜欢浏览的,但有的黑糊糊的一片,有的过于草率,大都不喜欢。而今刘旷的这些山水画却真令我喜爱,我觉得他的这些中国画并不低于他的版画的水平,不论构图、不论笔墨以及山水的意境都是很有水平并具有感染力的。通过这些作品既看到刘旷在艺术上的很高修养,也看到刘旷出众的才华。虽然四幅山水画我都喜爱,但更喜欢其中的《黄山松云》,从构图说,它很符合李可染当年给我说的"占四边空当中"的画法。这种构图使画中有画，画外有画，画面有广阔之感，令人观之心怀舒畅而不闷塞。在山石的皴法上，作者既未死搬古人的画法而又不失传统精神。刘旷在处理画面的虚实方面使白云占到至为重要的地位。他没有画别的树，全是松树，安排得恰到好处，既符合黄山特色，而又使画面富有了无限生气。刘旷的版画是很有时代气息和个人风格的，他的中国山水画也很有功力和新意，我为他的不平凡的成就和不平凡的艺术人生深表庆幸。

2005年11月于京郊

《陈天然版画集》序

今年8月陈天然先生给我来信，信上说，准备"出一本较好的版画集，想求您写个序"，我自然同意，但因忙于到上海、杭州、太原等地出行，一拖就两个月过去了。现在我以遗憾的心情动笔作序，希望陈天然先生谅解。

2001年7月，我曾为张啸东先生编著的《陈天然艺术研究文集》写过一篇《富有泥土芬芳的艺术》，评论陈天然的美术创作。其中说：

"陈天然是全国解放后在新兴版画园地冒出来的一位不平凡的新手，在他早期的作品中，我特别喜欢《套耙》、《牛群》、《赶船》和《山地冬播》。《套耙》没有表现农民正在深秋耙地，而表现了行将耙地前的瞬间，这个取材，不是不熟悉农事的画家所能为。画中那个使劲牵牛的孩子，画得生动，有生活感，画面从构图到刀法、用色都令人感到稳妥老练，不像一个初学木刻者的手笔，有大家风度。《牛群》的画面有辽阔与清新之感,天空和休息的牛群的构思大胆而美,用色用刀都令人感到真乃不凡之手笔。《赶船》显示了画家在构图上的匠心,那树、那路、那赶船的人们都显示了刀法上的纯熟。《山地冬播》是作者的创新之作,全部用中国画的线来表现,这是中国新兴木刻更加中国化从而富有中国特色的作品,所以外文出版社把它选为法文版《中国现代木刻》的封面画了。作者只用了两个色版就套出了初冬山地农民在黄土高原出勤劳动的生活景象。

"以上这几幅木刻,经过四十多年再重新欣赏,仍不失为中国新兴木刻的佳作。看有关陈天然的资料,知道他并未进过中国艺术学府深造,纯属自学成才,而有此成就,这就更加难能可贵了。

"这之后陈天然在版画上创作的《抗旱保种》、《瑞雪》、《谈天》都是我很喜欢的优秀之作。总的说来,陈天然在人物造型上是准确生动的,形式多变而新颖,由于他熟悉农民生活,所以成为了黄河岸边农民劳动生活的抒情歌手。"

在《画外余音》一文中,陈天然曾这样写道:

"我曾疑惑,一头扎到故乡,是否路子太窄。然而当我走入乡土艺术领域,始知这条道路很宽。……故乡是诗的摇篮,画的宝库;每一条小溪,都畅通着汪洋大海,每一寸土地,都连接着祖国的心脏。"而以上所论述的那些闪烁着生活之光的版画佳作,则更可说明他一头扎到故乡扎对了。因为一个艺术家深入劳动人民生活的深浅,总是和他的艺术作品的感人之力的强弱成为正比例的,文学创作上如此,美术创作上也不例外。

陈天然是崇拜版画家古元的,他继承了中国新兴版画的革命优良传统,走上木刻的创作道路,而又"一头扎到故乡",这就有了一个创作取材的根据地,同时也会使作品具有生命力。

故乡,那是一个人从娘胎里一落地就开始熟悉的伊甸园,他和这个伊甸园,像对母亲似的,具有特殊的感情。应该说,世界上没有一个人不爱他的故乡,所以有"美不美,家乡水,亲不亲,故乡人"的俗话。作为一个艺术家,回头又"一头扎到故乡",那是必然会更深入了解故乡劳动人民及其生活,也会对故乡父老以及故乡的大自然更增加爱和情谊的。

陈天然本来就是劳动人民的儿子,他曾对一位朋友说:"回忆少年时与父兄去犁耙地时的情景,当时我的任务是牵牲口、扛耙和挖地边。于是我就把这些事物、环境、情调默画出来融到作品中去。"从这里我们就找到了在《套耙》中那个使劲牵牛的孩子的身影了。

陈天然还对那位朋友说:"每次大旱井枯,我和乡亲们就要下很长的陡坡走好几里路,连夜排队等水,挑一担水需要三四个小时。如有特大旱灾,就得走七八里路到黄河边,肩挑驴驮,运水回来吃用。"从这里我们就可以知道陈天然的套色木刻《抗旱保种》是怎样产生的。这些可贵资料都说明他和故乡人民的亲密关系。

有的资料还说陈天然曾和农民同耕一块地,同睡一张床,他曾和农民团结一致并肩为抗洪救灾而搏斗。他对故乡和农民具有深厚的爱是很自然的。鲁迅先生曾说:"能憎能爱才能文",而对于画家来说,应是能憎能爱才能画。这就是陈天然的版画作品富有魅惑力的来源。正因为如此,所以王琦同志认为"陈天然是大自然之子,他的画是大自然和劳动人民的热烈颂歌"。

一个人在事业上的成功,固然首先要道路选择的正确,但同时还必须有超人的勤奋。古语有"业精于勤"、"艺海无涯勤作舟",都是说明勤奋的重要性的。而陈天然在艺术学习上则是采取了儒家的治学之道,即"人一能之己百之,人十能之己千之"的刻苦精神。据说他为了创作搜集素材,经常深入豫西黄河沿岸的农村,遍走中州广袤的大地,去进行速写写生。因此陈天然在艺术上的成就并不是轻易取得的。

一个艺术家除了道路选得正确而又勤奋,在艺术上要有大的成就还必须具有才华。我们从陈天然的版画作品中是能看到作者横溢的艺术才华的。这是不能否认的,否则分析一位艺术家的成就时就不全面。但才华只有通过刻苦的勤奋才能发光,正像火石需要敲击才会发出火花一样。

我最后借用古元给陈天然版画的题辞"情融乡土,意满神州"作为序文的结束。

2004年11月9日

《韩惠民版画集》序

1961年当北京万人下放到全国各地农村进行整风整社时，我带着中国文联的十余人员来到宁夏，组织上让我担任吴忠市红旗人民公社党委副书记进行整风整社工作。一年后工作结束时，因为当时宁夏还没有人会刻木刻，宁夏文联就请我举办为期两月的版画训练班，参加学习的共有50余位学员，其中就有韩惠民。他当时是兰州西北师范学院艺术系美术专业的学生，因病回家休养期间就参加了学习班，没想到此后他竟成为我七十年来的艺术朋友当中未曾断过书信往来的一位美术家。

我在宁夏办版画训练班，明确要求一开始就以木刻表现社会生活，进行木刻创作，这是创举。韩惠民在结业时刻了《工间小歇》和《师徒之间》，刻得还算好，发表在当时的《天津画报》及《宁夏文艺》上。

韩惠民返校后，一边学习油画专业课程，一边在课余坚持木刻版画创作,1963年他的套色木刻《柿海深秋》入选了《第五届全国版画展》;次年与党伯民合作的《奔向河西走廊》入选了全国美展,当对外文委通过甘肃省美协征集30余幅版画到许多国家去展出时,其中就有《奔向河西走廊》。这一年他从美术系油画专业毕业,被分配到新疆伊犁哈萨克自治州展览馆工作。

在新的生活中,他创作了《奔腾的伊犁河》、《天山育林》、《酿造》等版画作品,还画了一大批油画写生,多是肖像和风景,还有他喜欢画的丁香花。

1978年由于他的从中斡旋,使伊犁州党委请我前去讲学,这真是我万万没有想到的事。在全国解放后我经常听到《我们新疆好地方》这首动听的歌曲,使我对新疆久有一种憧憬和向往之情。

我从太原乘飞机到达伊犁后,才知道他们举办了一个版画训练班,请我辅导。韩惠民是第二次做我的学生了,有他在我的工作就感到大有依靠,使我高兴。他在此期间创作了《五月草原》的套色木刻,与另外两幅版画后来同时入选《第六届全国版画展》。

版画学习班的十七名学员经过四十天的努力,结业时,一共创作了二十三幅版画作品。像在银川一样,举行了一个"汇报展览会",正遇上当时任文化部部长的黄镇同志来伊犁,他看了我们的"汇报展览"大加赞扬。

在学习班学员修改稿子期间,韩惠民陪我游历了金秋时节天山里的果子沟和美丽的赛里木湖,看着那映着雪山倒影的蓝缎般的湖水，令人陶醉。版画学习班结束后，宣传部的同志及韩惠民又陪我去了伊犁河、巩留的莫合及巩乃斯草原、那拉提等这些优美的风景胜地，还访问了昭苏县境内的松拜边防站。我在《我的艺术生涯》一书中曾有如下的一段记述：

"由于伊犁版画训练班的成功，由于韩惠民陪我在北疆各地的旅游，并为我经常设法举办舞会和参加维吾尔族家庭的'迈西来甫'，两个多月的新疆生活过的非常愉快。尤其是我俩在一起共同搞版画创作，互相帮助加工，情谊深浓。例如我的套色木刻稿《塞里木湖》和他的《胜似春光》等就是在一起画的，但他的已刻成发表了，而我的还未动刀。我们当时的创作生活至今忆及仍不胜依依。"

韩惠民的套色木刻《胜似春光》于1981年被选入上海人民美术出版社出版的《中国新兴版画50年选集》，我真为之高兴。它所描写的是在深秋的天山里哈萨克牧人赶上羊群、搬走帐篷正在转移途中，所以此画也名《转场》，它是我认为韩惠民最好的版画作品之一。

韩惠民除了《胜似春光》之外，还有《天山的红花》也是深得好评的版画作品，曾在第七届全国版画展中获优秀奖，入编人民美术出版社编选的《中国新文艺大系·美术卷》和《1979—1999中国优秀版画家作品选》。

由于韩惠民有美院学习的功底，使他得以发挥多方面的艺术才能。从艺四十年来，不仅创作了一百三十余幅版画，也画了许多油画肖像、风景、静物，还有水彩、水粉、丙烯、瓷版画，并且创作了200多平方米的壁画。他的油画肖像用色彩塑造着人物的性格特征,他的水彩《伊犁河上》、在波兰写生的《丁香花》、在莫斯科画的《红场雨后》以及丙烯画《天山行》等等,都用不同绘画品种给人传达了美的感受。我很欣赏他为宁夏西夏博物馆创作的巨幅壁画《西夏魂》,为此我在"文艺报"上写了"评壁画《西夏魂》"的文章。

近年来韩惠民在探索一种新的中国山水画,真是不同凡响。我很喜欢其中的《天山之晨》、《瑞雪》、《瑶池胜景》、《贺兰山魂》、《岑参诗意》、《雪山驼踪》等作品,还有别具一格的瓷版画《山里人家》、《北国风光》、《伊犁草原》等作品。这些富有意境的风景画,大都表现了新疆的美丽雪景和鲜为人知的贺兰山景色,它不是传统山水画的意味,而是一种新的创造,它能给人一种朦胧的绘画情趣和美感,充溢着对生活、对大自然的热爱之情。

韩惠民是中国美术协会会员、中国版画家协会理事、宁夏版画家协会主席、中国藏书票艺委会委员、银川市美术家协会名誉主席,多次参加全国美展及全国版展和国际画展,曾获《1979—1999中国优秀版画家》称号及中国鲁迅版画奖。从1993年至今曾先后四次应邀赴欧州国家参加国际版画艺术节活动,参展和举办个人画展,于此期间曾在俄罗斯、意大利、法国、比利时、荷兰、奥地利、德国、梵蒂冈、波兰等国著名美术馆及个别美术院校进行参观、考察,开阔了眼界,并建立了国际艺术交往。

我真为韩惠民的艺术成就而由衷的高兴。我以为一个艺术家的成就不但要有深厚的生活积累和艺术修养,也要有多方面的绘画技能。应博采众法之长,而为我所用,这样锲而不舍的坚持下去,为的是在艺术创作上走出一条自己的路。

我相信韩惠民只要今后能不懈地努力,不脱离人民生活,必然会创作出具有时代风采、面目一新的艺术作品来。这也是我的期待。

2004年11月8日于北京

《袁庆禄版画集》序

中国的新兴版画,从诞生到现在,七十余年来,像袁庆禄似的具有很高写实本领、刻画细致入微的版画家实不多见。我最初以为他一定住过美术院校,在素描上下过苦功,后来才知道他竟是一位"自学成才的先进典型"。

袁庆禄作为一个木刻家,虽未在刀味木味上有所追求,但他的作品毕竟是中国版画花园中的一朵花,而且是一朵耐人寻味的美丽的花、一朵很不平凡的花。这就不仅因为他的作品的功力惊人,而且更因为他在很多作品里刻画的藏族姑娘总是那么可爱迷人,富有诗意。尤其在目前,版画界有很多人盲目追求所谓"时髦",迷恋于"前卫画派",不是作品令人看不懂,就是把人物刻画的怪诞、丑陋,令人看了恶心。相比之下袁庆禄的木刻就显得更加难能可贵了。

我认为艺术家心中应有人民。因为艺术作品总是给多数"外行"看的,让他们有所感动,让他们得到美的享受,不是仅仅为了几个"内行"的欣赏,能够做到"雅俗共赏"为最佳。这里的所谓雅也就是指内行,所谓俗也就是指外行。而艺术家心中应有人民,也就是艺术家在创作时应当想到"外行"。而袁庆禄的艺术作品就达到了"雅俗共赏"。这只要看他的版画能前前后后获得那么多大奖、金奖、特奖,就是很好的说明。因为评奖的人里面绝不可能都是内行。而即使全是内行吧,好的评委也应代表人民,考虑外行的意见和外行的欣赏习惯,而不是仅以个人的爱好为评奖根据。

袁庆禄能获得现有的成就和殊荣,只能用"有志者事竟成"来说明最恰当,他曾说:"我告诫自己不要迷信天才,只有勤勤恳恳、扎扎实实去做某种事业,终究会有结果。"天才是客观存在的,但只有在勤奋的土壤里才能开出天才的花,结出天才的果。"天道酬勤"这就是袁庆禄成功的秘密。

袁庆禄要出版版画集了,求我写序。我以愉快的心情写了以上的话。愿早日看到《袁庆禄版画集》和读者见面,我相信广大美术爱好者会和我一样喜欢袁庆禄的版画作品。

《人民艺术家石兵画集》序

石兵同志去世已4年了,今年是他的80岁诞辰,他的夫人李祝青告诉我,山西人民出版社将出版一本画册,包括他一生的重要美术作品,请我为画册写序。我乐于从命,因为石兵生前是我的老友,此外,他的作品也因受到人们的赞赏而得以流传。

石兵,原名田作良,于1921年10月出生于山西省大同市一个贫苦农民的家庭。在抗日战争之前的1936年10月参加了山西的革命组织——牺牲救国同盟会,开始以画笔为武器做抗日救亡宣传工作。1937年4月1日入伍,在"教八团"受军训数月。"七七"事变后,首批参加山西青年抗敌决死一纵队,从事美术宣传工作。1944年7月加入中国共产党。

石兵于1997年8月21日因病逝世后,我于当年10月3日曾在《太原日报》上发表了《悼念石兵》一文,其中关于我和他的相识以及我对他的艺术成就的评价,都有所陈述。今摘录于下：

"我和田作良相识,始于1950年山西解放之初,那时我们创办了《山西画报》,田作良经常为画报作画,成为我在美术战线上的亲密战友。尤其是当1951年之际,山西省在共产党领导之下,掀起揭露一贯道反动活动及其罪行的运动时,田作良挺身而出,以战斗的姿态创作了《一贯道是害人道》等连环画,接着又以漫画的手法创作了《取缔反动组织"圣母军"》等连环画。这都是很有力的战斗性的美术作品,给我留下了难忘的印象,同时也深受山西省广大群众的欢迎,产生了很大的影响。为此,载在《一贯道是害人道》画册之中的连环画《从头看尾》于1952年获中共中央华北局文艺奖金。

"进入80年代,田作良以'石兵'为笔名创作了很多中国戏剧人物画,受到了社会各界的好评,而且由山西人民出版社出版了一本有关戏剧人物的《石兵画集》。我很喜欢其中的《戏叔》一幅,它较生动地表现了潘金莲之淫荡和武松之正直,而且作品的黑白关系也处理得好,这真是一幅传神之作。此外,我也喜欢《明镜高悬》中的秦香莲和包公,都画得好。石兵画人,善画眼,如潘金莲的富于淫味的迷人的双眼、秦香莲在痛苦中求情的注目,都是很动人的。总的说来,他的戏剧人物画是成功的,富有石兵的个性和作品的特殊风格。不知老友石兵在九泉之下对我的评论是否首肯?

"最后我要说,1992年5月,在纪念毛泽东同志《在延安文艺座谈会上的讲话》发表50周年之际,中共山西省委、山西省人民政府授予石兵'人民艺术家'光荣称号,也就是代表山西省人民对石兵一生艺术成就之很高评价。"

这本画集和石兵生前于1990年出版的同名画集之不同,就在于不仅有他晚年创作的中国戏剧人物画,而且有当年全国解放后创作的漫画和关于戏剧人物的速写。看了这些速写,就不难理解他后来创作的戏剧人物画之所以成功,绝不是偶然的。"冰冻三尺,非一日之寒",这些速写告诉我们,他观察研究戏剧人物,曾下过苦功,进行过长期的锻炼,打下了坚实的基础,终于使后来的戏剧人物通过中国画而达到生动传神之妙。通过这些速写已显示了作为自学成才的石兵,既善于从生活中捕捉人物的动势,也具有描绘事物之准确性的才华,这从当时画的山西人民歌舞剧团曲艺组演出快板书联唱《学雷锋》以及乌兰牧骑演出速写中就可为我以上的赞扬得到证明。石兵已离开我们了,但他的作品将在人们心中永生。

2001年4月下旬

《马杰生速写选》前言

前中国美术家协会副主席蔡若虹曾提倡画四写,作为画家基本功的修炼。其所说四写即速写、慢写、摹写、默写。慢写即素描,摹写即临摹。

据我所知,画家中进行速写者多而进行默写者少,其实默写是更为重要的,我们的古代画家画山水就全凭游山玩水,细细观察而后回家默写作画。其实我们今天的画家画速写也同时兼画默写。例如叶浅予画舞蹈,运笔多快也不可能赶上对象动作之速,因此就只能凭印象把一个舞蹈动态画出来。

画速写有两个目的。其一是有如初学歌唱者早上练嗓子,是一种进行观察和描绘事物的锻炼;其二是为了创作搜集素材,我想叶浅予的舞蹈速写和他创作的舞蹈人物作品是难于分开的。而我因创作人物画时,深感头部形象太贫乏,于是在土改中画了一百个人头速写,对我后来在创作《选举图》

的人物形象的多样化有很大的帮助。

到后来速写作为一种艺术品也进行展览和出画册,从而丰富了我们的画展和画册品种。但有的画家搞创作也有专靠照相机取材的,作为一种创作辅助未尝不可,但用照相机取材和画家画速写是绝然不同的。第一,画家画速写时必然有取舍,照相机却不分主次应有尽有全部摄取;第二,画家画速写由于美的感受,必然有所强调有所传神,从而使作品富有画家的个性,这照相机也难于做到,因此照相机是绝对不能代替速写的。我看叶浅予的速写除了感到传神,也为线条之生动流畅而有美感,这是一幅照片不可能比拟的。

我在小学学画是临摹法,老师照着画谱画在黑板上,或马或兔,我们在下面又照着画。1927年考入太原成成中学,图画老师是赵缵之,乃日本留学生,他开始教我们画速写,也谓之写生画。这样我也就买下速写本画起速写来,兴趣很大。赵老师既画速写也画水彩画,他的水彩曾使我爱慕不已。

马杰生作为一个美术家和图画老师,没有上过美术学校,而纯属"自学成才"。赵缵之虽没有给他上过图画课,但据他说,于1953年之际,曾"经常带上速写本请赵老师指点"。因此马杰生似乎也受赵老师的影响,既勤于画速写也画水彩画。他的水彩画有两幅曾被选入北京人民美术出版社出版的《水彩艺术》杂志内,其中一幅《初冬》画一个戴眼镜的女孩头像,堪称佳作。

这本《马杰生速写选》是他从事美术工作以来多少年积存下的成绩,这些速写既说明马杰生在美术工作上的勤奋,也说明他对这门艺术的热爱。鲁迅先生说："能憎能爱才能文"，而对于一个美术家来说，则是能憎能爱才能画。因为爱是从事任何事业的一种最可贵的动力，有爱才会有感情，而没有感情的画是不能感动读者的。

这些速写既有人物也有风景，而在人物速写中则既有闲适的阅读也有紧张的劳动，既有灯下的学习也有会场的人群，既有街道行人，也有舞台演员，说明画家见啥画啥，勤于动笔，这种精神是所有从事美术工作的青年应该学习的。但画怎样的人物动态、画什么树木山河，则应有所选择，因为客观造化事物，并非样样都可入画，而这种选择就有赖于平时对艺术的修养了，这修养又靠多读古今名画，提高鉴别水平。

在这些速写中，我特别喜欢其中的《何强》《跋涉》《胡金泉唢呐独奏》《炊事员》《邢子亨》《恒心》《取长补短》《我们都爱少年报》，它们有的描绘准确，有的生动传神，尤其是其中的《取长补短》和《恒心》属难得的佳作。

马杰生1935年出生于山西五台，后毕业于山西太原第一师范院校，现任山西国际文化交流画院高级画师兼副院长，山西省美术教育研究会副理事长，中国美术家协会山西分会会员，山西省文史研究馆馆员。

六十年代他的年画《好机器》《革新小闯将》入选全国美展在中国美术馆展出，国家对外文委收藏。八十年代木版水印木刻画《香菇》参加全国职工美术、书法、摄影展并获奖。1984年作《蘑菇》水彩插图十幅，由联邦德国出版，九十年代木版水印画《晨韵》入选中日建交20周年赴日展出并被收藏。

辞条收入《中国现代美术家人名录》、《中国美术家年鉴》、《中国现代书画精品润格》及1997香港回归祖国《北京国际艺术精品博览》特集。

三进楼外楼

"楼外楼"是西湖有名的酒楼,我未曾考查它建于何年,但知取名于南宋诗人林升《题临安邸》诗中的首句,诗曰:

山外青山楼外楼,

西湖歌舞几时休。

暖风熏得游人醉,

直把杭州作汴洲。

"楼外楼"坐落在西湖孤山之下,西泠桥附近。客人上楼,近可观西湖中的阮垛、湖心亭,远可观西湖中的三潭印月以及玉皇山,斜可观苏堤,可谓风景如画。

1931年我从山西到杭州,考入也在孤山下的国立杭州艺术专科学校,因是插班选科生,故不能住校,所以住在西泠桥侧的平房里。记得当时诗人艾青的在艺专学画的妹妹蒋希华也住在这里。

1932年暑假我到山东滕县夏镇去看望在那里经商的父

亲。从夏镇回到杭州西湖西泠桥侧的住处，正是午饭时分，附近没有小饭馆，我就大胆走上楼外楼，这是我一生中初进楼外楼。要了一菜一汤，吃的大米饭。汤是用西湖初春的嫩荷叶做的，非常别致可口，肉菜也炒得很香。吃完一问，堂倌要两块多白洋，等于我当时半个月的饭费，但我身上却只带了一块多钱，自己觉得已算带得不少了。怎么办？我对堂倌说："我带的钱不够，你跟我去取吧，我就住在西泠桥侧。"于是堂倌跟我到住处，我把钱付清。

后来我把这件丢人的事告诉了同室的同学房士圣，他说："你真胆大，楼外楼是咱们穷小子吃饭的地方吗！那是蒋介石来游西湖吃饭的地方呀！"从此我每天到校走过楼外楼就连看也不敢看了。

40年后的1975年春天，即"文化大革命"后期，我从下放插队的郝家掌村，带着"文革"给予我心灵上的创伤去上海看望我久别的老友曹白。见面后，我们一同去了绍兴参观鲁迅纪念馆，归来顺便到久违的杭州，去母校旧址凭吊，没想到当年的校园已变成了公园，不胜怅然。午饭时来到楼外楼，我对曹白说："我们在这里吃饭吧。"这是我一生中二进楼外楼。一面上楼一面自然回想起当年在楼外楼的那件丢脸的往事。但我今天已非昔日之穷小子了，心想我和曹白可要好好享受一番。待得上楼后，哪里晓得竟然连个西湖鱼也吃不上，真使我无比失望。当年的楼外楼，在门前的湖里就有鱼笼，客人随时可吃到新鲜的西湖鱼，而今已被造反派摧残得不成样子了，这真是"文化大革命"的伟大功劳！

不记得终于和曹白吃了些什么,只记得我们扫兴而归,至今引以为憾!我心想,这真是一个可诅咒的时代!

今年春天,我收到杭州中国美术学院美术馆的通知,说他们于9月28日在美术馆举行我的版画展览,希望我届时能参加开幕式。我虽然已92岁了,今年8月已去广州参加了广东美术馆举行的《土地与人民——力群版画艺术70年》版画展,但还想去杭州,作为我一生最后一次旧地重游,既可再次赏西湖风景,还可再看看母校。

2003年10月我赠母校美术馆63幅版画,就是这次展出的作品。

我于9月27日由儿媳叶倩相陪到了杭州,28日参加了命名为《激情与诗意——力群版画展》的开幕式。这天是中秋节,到处闻到桂花的香味,在我的住处——专家楼下就摆着多盆金桂和银桂,似乎在以香味来欢迎我们。

我的版画展开幕后的次日,美术馆的窦女士和她在部队的丈夫陪我们游西湖。窦女士是山东潍坊人,山东半岛的姑娘大都个儿高,生得漂亮,窦小姐也不例外。我们坐车去了孤山,在那里雇了一只有篷的小船在湖中飘荡,经过阮垛,又经过三潭印月,在朦胧的薄雾中远远看到新建的雷峰塔,令人神往。这天西湖的景色最富有诗意,因此这次游湖真是一种难得的享受。

待小船绕过湖心亭,停在楼外楼门前,船工把我扶上岸,这时我看到楼外楼已非昔比,而大大扩展了。于是窦女士把我和叶倩领进门内。未上楼,也不知楼上什么样子,就在楼下的大厅里找了个空桌，连她丈夫共四人就餐。这是我一生中第三次进楼外楼了，进的是21世纪的楼外楼。自然，也不由地想起上次和曹白来此的不愉快的往事。举目四望，大都是全国各地来西湖旅游的游客，其中也有八九个老外，这真是楼外楼的新貌，而以往是没有这个大厅的。

由窦女士和她的丈夫选菜，选了满满一桌，其中有两个楼外楼的名菜，一个是"叫化鸡"，一个叫"西湖醋鱼"。所谓"叫化鸡"，就是旧社会叫化子吃鸡时用泥包起来在火上烧熟吃的鸡。我看见服务员拿来的是一个用荷叶包着的全鸡，是不是也用泥包了烧熟的就不知道了，但很好吃。那两条醋鱼也很爽口，这就是这次在楼外楼吃的两个印象最深的名菜。

三进楼外楼，代表着中国历史上三个不同的时代，我经历了这三个不幸与幸的时代，而第三次进楼外楼却是祖国繁荣强盛、人民过着和平幸福生活的一个可爱的新时代。

从楼外楼出来，到了西泠桥侧，看到我们住过的和蒋希华住过的平房都为绿色的草坪所代替，而在一片草坪中竖立着秋瑾烈士的大理石像供人瞻仰。

发表于《山西文学》2004年第12期

漫话女人

不知道是什么人想出的，把女人称为"半边天"，意味着另一半的天是男人的，这也应该算是一种创造发明吧。我很欣赏。因为它不仅正确反映了我们的社会结构，似乎也有对女人的重视之意。但这"半边天"更伟大的功绩还在于自古以来，全世界的男男女女，没有一个不是女人所生。她们都经受分娩的疼痛，弄得不好，母子一起死亡。为此，我们没有任何理由对女人有贬词。

我一想到木兰从军，一想到宋代女词人李清照，想到现代的宋庆龄、许广平、谢冰心就对她们肃然起敬。自然女人当中也产生过一些坏蛋，正像男人里面曾有古代的秦桧、现代的希特勒，但我们不应以个别论全面。

然而历史上确有对女人的一些贬词，例如，孔子就说过："唯女子与小人难养也，近之则不逊，远之则怨。"译成普通话就是，"只有女人和奴隶最难相处，亲近了，他们就放肆无礼；

疏远了,他们就怨恨。"我们的女同志读了就很不高兴。

有人把女人污蔑为蛇,于是有一个好心的人就写了《白蛇传》,他想,你们说女人是蛇吗?我就写一条蛇给你们看看。于是产生了这个浪漫主义的关于蛇的佳作,流传了千秋万代,在中国妇孺皆知,产生了无法估计的社会影响。我看了《白蛇传》的戏剧之后,从头到尾同情这个美丽、善良的女人——白蛇,而无比憎恨法海。

我觉得故事中描写五月端午节白蛇喝了雄黄酒显了原形的情节也是煞费苦心的。这一情节固然把许仙吓了个半死,但也是非常必要的,否则怎能说明善良的美女竟是白蛇的化身?又怎能引出后来白蛇为了救许仙竟舍命去盗灵芝草,表现了她对许仙的无比忠贞的爱情呢?多么感人!

母爱是世界上最伟大最可贵的品质,这都是女人这"半边天"的天然美德。除孤儿外,我们每个人都享受过这种甜蜜的幸福。连狮子老虎所表现的母爱,都使我为之感动。想到这些,我们还有什么理由不尊重女人这半边天呢?

鲁迅对于妇女曾给予莫大的同情,在他写的小说里,不论对《祝福》里的祥林嫂,不论对《离婚》中的爱姑,以及对《伤逝》中的子君,都赋予深切的同情。

从古到今还没有第二个女人能像古希腊美女海伦似的,由于她的美貌动人,竟引起一场天翻地覆的社会战乱。

当美丽的斯巴达王后海伦被特洛伊王子帕里斯掳掠去后,为了海伦竟引起一场十年的残酷战争。这场战争为行吟诗人荷马所吟咏。海伦的丈夫墨涅拉俄斯称海伦是他"最神圣最贵重的财物"。

战争的结果是特洛伊城被彻底毁灭,海伦终于又回到墨涅拉俄斯的怀抱。这一故事既表明一个美女的不幸遭遇,也表明她的无比魅力。

我们中国没有产生像古希腊为了一个美女而兴兵打仗的事,却产生了人口失调的社会问题,形成了男女的不平衡。之所以产生男女的不平衡,其祸根还在人们重男轻女的思想。

70年前,在我的家庭里,当我让小妹妹去城里上学时,母亲说:"女孩子迟早是人家的人,花钱上学不值得。"但我没有听母亲的话,还是把妹妹送到城里上学了。然而从母亲的话里却透露了重男轻女的思想。

奇怪的是70年过去了,这种思想没过去,还活着。这种现象以农村最严重,许多夫妇盼望有个儿子,因为儿子能下地劳动,为父母养老,还能传宗接代。

文章写到这里,我想把山西作家韩石山在他写的《男人眼里的女人》一文中最后的一段话作为我的文章的结束:

"中国人最让人看不过眼的,就是不尊重妇女,不爱惜妇女。男人要敬重妇女,妇女也要敬重男人,体谅男人,男女互相敬重,互相帮扶,才能建设一个和谐的文明社会。喜爱女人吧,这会让你的生活丰富多彩。男人应有这个自信。"

繁荣时代的仁义古镇

古时灵石有四五个镇,如仁义镇、双池镇、两渡镇、高壁镇等。其中最繁华的要算仁义镇了,因为当时贯穿山西南北的唯一的交通大道只有一条"官道"。而仁义镇就是这条官道上南来北往的车轿和骆驼队必经之地,歇脚之所。

当年苏三离了洪洞县,解往太原时,是一定要走这条官道而经过仁义镇的。

我小时候,我们的院邻老太太曾对我说:"我还见过皇上娘娘呢。她从北来,路经仁义镇,人们要见她,大家跪了一地。我亲眼看见她走出轿门和我们见面。"我当时年幼,还不知道这皇上娘娘是何人,后来在高小读了历史才明白所谓"皇上娘娘"就是慈禧太后。当八国联军打进北京后,她急急忙忙逃往西安,曾路经仁义镇,因此有老太太讲的这个不平凡的故事。

我家原在离仁义镇有十里路的只有五六户人家的郝家

掌村居住,由于父亲在外经商,又出租土地,成为了村上唯一的"财主家"。我母亲怕坏人抢劫出事,所以当我七八岁时候就迁居仁义镇。在仁义镇我们家就算不了显眼的"财主家"了,因此我能亲眼看到繁荣时代的仁义镇。

仁义镇有一百多户人家,由东圪塔、西圪塔、窑湾里、堡子上、后门前等居处组成。大街上有粮店、糟房(做酒的铺子)、醋房、骡马大店、天合德锦货铺、锦昌隆杂货铺、德化堂药铺(有坐堂老医生)、肉铺、饭铺还有轿房(轿是供人们举办婚嫁喜事租用的)……真够热闹的了。

奇怪的是这不到二百户人家的仁义镇,竟有六七座大庙,大都有戏台能唱戏,如介神庙(为春秋时代的介子推盖的庙,有戏台)、财神庙(有戏台)、龙王庙(有戏台)、吕祖庙(没戏台)、老爷庙(有戏台,也住着和尚,当人家过丧事时就请他们去念经)、文昌阁(也是庙,没有戏台,但有一个小塔内有魁星点状元的泥塑像)。我看过戏的庙,有介神庙、财神庙、龙王庙,而在龙王庙举办过唱戏的次数最多,我都去看过。戏开了,男人们就在戏台下站着看,女人们坐在预先摆好的桌子上远处看。

附近村庄听到仁义镇唱戏了,就有很多人来看戏,于是仁义镇有很多人家要忙于接待来看戏的亲戚朋友。我家曾接待了郝家掌来看戏的客人。我的童年在仁义镇的广场上还看过马戏团的表演。观众真是人山人海,其表演的节目有"上刀山""耍狗熊",八九十年过去了,我还感到如在昨日。

当时北去的载货的大马车一到仁义镇就要上石板坡,然后上到最高巅的韩侯岭。他们原有拉车的骡马就爬不上石板坡了,而必须雇用做"攀坡"生意人的骡马帮助。有一种人养了三匹骡马专门做"攀坡"的生意。这种人大都是晋南的,而不是本地人。

我当时是儿童,最喜欢看大马车上石板坡的紧张场面了,那简直是一场战斗,车主人的鞭声、喊声和"攀坡"人的鞭声喊声掺合在一起响彻了山坡,真够惊天动地的。

我曾问过一个在官道上开饭铺的老人:"那北去的大马车上载的货物是些什么?"老人说:"多半是晋南的棉花和粮食,但也有晋南的柿饼,稷山的枣、核桃之类……"

仁义镇曾有一种规定:每隔五天就举行一次集会,届时附近村庄的农民就牵着牛马来"赶集"。于是在三官楼下就出现一个骡马大会,增加了仁义镇的繁荣气氛。

在历史上,在这条官道上担负着运输任务的,除了大马车就是骆驼。但骆驼不能和大马车白天在官道上同行,这对它们很不方便,因此它们要在夜里上路。所以骆驼白天就休息在仁义镇的骡马大店里,由附近的农民割草卖给驼主供骆驼食用,这样卖草的农民也还有点收入。

我的童年时代,在郝家掌村半夜醒来,能听到在对面山上郝家铺官道上往来的驼铃声,叮咚叮咚地响。等到"文化大革命"后期回乡插队,半夜醒来再听不到骆驼铃声了,只听到南关火车站远远传来的汽笛声。

自从山西南北交通要道上有了火车和汽车,那曾经担任过运输任务的官道就结束了它的历史使命了,因此靠官道繁荣的仁义镇也结束了它的黄金时代。

当"文化大革命"后期我回乡插队时,有机会再在当年苏三曾经走过的这条官道上行走,看到这条官道有的地方种了麦子,有的地方长了草。我也在仁义镇的街道上看了看,当年的店铺都不存在了,灰塌塌的。我真有无限的感慨。

发表于《灵石文史》2007年第二期

豹子的故事

灵石的大山里没有老虎却有豹子，它们经常活动在灵石介休交界的绵山、石膏山、尖杨山一带，但有时也下山到附近农村寻找吃食。一天夜里有一只豹子来到西村，在村里行动，它听到有小羊咩咩叫的声音，就寻声走到一个农家小房里，这小房里关住一只小羊，但门紧闭着而未上锁，于是豹子推门进房来把小羊吃掉了。

它进门后尾巴一甩就把门给闭上了。待天亮后主人来看小羊，发现小羊不见了，房里却有一只豹子。于是他就立即把本村打山的人请来，用枪把豹子打死。主人丢了一只小羊却获得一只死豹子，也并没有什么损失，反而满高兴的。村里人听说打死了一只豹子都来看新奇，这个故事就传开了，终于传到三四十里远的我的家乡郝家掌村让我也知道了。

另一个故事发生在灵石的桃纽村。

一天夜里，豹子来到桃纽村。它看到一只猫，于是就追，猫急了为了逃命就跳进井里,豹子也跟着跳进井里。天亮了村人来井上挑水,当时都用的是木桶。人们把木桶吊下井里可提起来的不是水而是几块木板,桶被破损了。奇怪,井里有了什么啦?于是吊下一个人去观察。那人惊叫:"不好!井底崖石上卧着一只豹子!"于是又赶紧把人吊上来。大家计议,请了个打山的,把他吊在半空里,他终于把豹子用枪打死在井底了。然后又吊下去一个村民一起把死豹从井底吊上来,这样桃纽全村人都吃上了豹子肉。

  我当时正在道美高小上学,同班的桃纽同学,把豹子肉从村里拿来分给我们吃,我总算有生(幸)吃到了一次豹子肉。

  注:以上的故事都发生在七八十年前。

灵东人民的灾难

——一个老汉的诉苦

前　　言

1945年冬天，日本投降之后，正是国共两党和平谈判之时，然而灵东①的仁义河一带却很不和平。驻扎在南关的阎匪军经常到解放区来抢粮，仁义河枪声不断。正在这时，我从晋绥边区回到了故乡。那时我们的县委机关驻在西许一带，我随区政委郝力章在一起打游击历时一月余。他是我的堂弟，他的祖父和我的祖父是亲兄弟。我们在战乱的故乡相逢自然非常高兴，那时我和他经常住在师家沟。他给我讲了很多日本人投降前后的有趣故事，我记录下来，用一个老汉诉苦的口气写成一篇文章，名《灵东人民的灾难》，但四十年来压在箱底一直没有发表过。现在刊载在灵石文联的报纸上，一面作为对我去世的堂弟郝力章的纪念，一面让新的一代灵石人

---

① 抗战时期灵石曾分为"灵东""灵西"两个县。

回顾这段苦难的历史。

一、日本人和蝗虫

同志,你问我们的光景吗?唉!真是"马尾提豆腐"不能提啦。阎锡山把我们撇下,交给日本人,八年光景,这条仁义河的人们是在铡刀上过活哩。现在是,死的死了,活的也穷干啦!

可是,说也奇怪,这号年月,竟闹起蝗虫来,真是祸不单行呀!咱活了六十的人啦,灵石地面还没有听说这东西呢!今年五月间,蝗虫来啦,嘿!好多的"兵马",从天空飞过,把太阳都给挡住啦,像一片乌云过来一样。一落到谁家地里,谁家就该倒霉。听吧,嚓嚓嚓嚓地,不到一顿饭时,绿油油的庄稼就成亩成亩地给吃光啦。

人们说,蝗虫是从南路坐火车上来的,分三蓬蓬,到了霍县下来一蓬蓬,到了南关下来一蓬蓬,还有一蓬蓬沿同蒲路坐火车北上啦。

人们说,蝗虫分三种:焦子腊黄的一种是"黄人"①,灰灰的一种是"大汉义军"②,灰不灰黄不黄的一种是保安队,总归蝗虫和"黄人"一样。黄人来了抢粮时是一家一家地刮干啦③,蝗虫来了是一段一段地吃光啦。反正老百姓难活,要在"黄人"和蝗虫之间求生哩。

---

① "黄人"即日军。因穿的黄军装,所以老百姓叫"黄人"。
② "大汉义军"即"护路军",是高桂芝的队伍,中条山垣曲县打了败仗后投降了日本人的伪军。
③ 这一带是八路军根据地的边缘地带,常有日本兵抢粮。

二、蒋来就有办法

特务们向老百姓说:"蒋来就有办法啦。"真的就有些昏心眼的人们等"蒋来"哩。

阴历七八月间,听说日本人投降了,人们说:"呀!盼了八年啦,好日子总算盼到了。"心上都像开花的一般,哪里晓得中央军倒悄悄地来了,一色穿的草绿色的衣服。初来时还弄不清,因为和日本人混搅在一起,所以一来老百姓就都跑光了。后来才弄清这就是中央军,说是送日本人回家哩。好吧,你就送日本人回家吧。

头一蓬蓬来了很好,公买公卖,要老百姓维持;第二蓬蓬来了就又抢又拉牲口,又"刨窑窑"①,又强奸妇女。见了男人说是男八路,见了女人说是女八路,小孩说是小八路,老人说是老八路,把老百姓的庄稼都成亩地割去喂牲口啦。郝家铺村六成家的九布袋玉米一夜光景给喂完啦。草桥村有一个人是一个旧势力派,当过伪村长,也是盼望"蒋来"的,对中央军比对八路军要孝敬得多,还远远地就出来迎接啦,请回家喝茶吃饭,结果把中央军的一个排长迎接到他家,排长一见他家有个好姑娘——是他儿媳妇,就要强奸。他出来喊道:"呀,咱中央军还干这些营生啦!"排长听到他在外面喊,就出来说:"这老王八蛋是个老八路!"说着就用刺刀把他捅死啦。看

---

① 老百姓把粮藏在村外的土窑窑里,封起来,蒋阎寻脚踪找到后就刨开抢走了,谓之"刨窑窑"。

吧,这真是"蒋来就有办法"哩。

这次中央军过后,好事的人们就给编了一个调调,现在连小孩们都会唱啦,人家编的倒句句是实情。我给你说说你听吧:"头一回好来,第二回坏,第三回老百姓受了害,抓民夫,脑(扛)铺盖,奸淫妇女是捎带。"

"刨窑窑,抢东西,家家的米面倒干净。捣门窗,烧锅盖,什么东西都捣坏。又捉鸡,又抢菜,什么物件他都爱。八路军的帽子给你戴,稍不如意命难在。"

听吧,这便是"蒋来"给咱们老百姓带来的好处。

三、"救你们来了"

老百姓的苦难真是重,八路军和民兵硬把日本人掇弄走,中央军来啦,中央军刚走,可是阎军又来啦。他娘的,八年来他们也不知道圪钻在什么石头缝里来,现在就都出世啦!

蒋军就够把人糟害的苦了,说起来,阎军比蒋军还厉害。你看,除了抢粮、刨窑窑外,现在是连我们的炕洞子也刨了,硬说是里头有粮食。逍遥村和郝家铺就刨了十几家,起先弄得人们是吃不成,现在是弄得你住不成啦。

前天顽军来了我们村里,把韩老四的红被子、火烟袋、毛综综,剩下的半瓶瓶麻油,二斤半葱,最后连他穿的一双半新不旧的鞋,还有小孩的袜袜,甚至女人家的鞋包包也一起都抢走了。一句话说不对就拿枪把子打你。我六十的人啦,前天来硬打的问我要白面吃,我到哪里去偷呢?真是不说理。

这几天下雪啦,天寒地冻的,人们不明五更就吃了早饭,一听见枪响就跑,雪纷纷的,藏在山圈里①,人家还是跟上脚印把你寻见啦,不知道遭的什么罪。同志,你说,叫老百姓怎么活哩!

可是老阎这不识羞的,还贴出传单,印上自家的像,对老百姓说:"我回来了,带回四十万精兵救你们来了……"逍遥村的老百姓一看到就骂着说:"哼!好把你老王八的,不是你害死我们,还说来救哩!"接着就你一口我一口向老阎的像唾了一脸,几下就唾的传单湿淋淋的。

现在很明白,咱八路军和老百姓,八年来辛辛苦苦,好不容易把日本人打走了,就好比做好一锅肉饭,蒋和阎来啦,不说二三下手就要吃,就是这么一同事,还说什么"救你们来了"!

现在人们都认清了。蒋来也不行,阎来也不行,蒋阎都比日本人和蝗虫还厉害。日本人是挑好的抢哩,蝗虫是抢嫩的吃哩,蒋阎来了是打扫剩下的底底哩。你看逍遥吴保清,被日本人和蝗虫吃剩下的几颗粮食,前几天也给阎军刨窑窑抢走啦。吴保清说:"好,你不叫我活了,咱就和你干吧!"第二天就把女人送到丈人家,他报名当了八路军。

现在的世道是很明白的呀!只有当了八路军和他们干,才能赶走这些王八蛋!

1946年于灵石

本文选自《天星》第11期

---

① 山圈是牧羊人在村外关羊的土窑洞,便于把羊粪就近送在田里。

怀念裴孟飞同志

裴孟飞同志原名裴鸿昌,他和我是1921年左右灵石县道美村第三高校的同学,他是第二班,我是第三班,但我们没有任何交往,像在我们之间有一道无形的墙。仅知道他是仁义河的河南村人,而我是仁义镇人。他毕业后考入太原成成中学。当时能够升学的人真不多,大都去当小学教员去了,有的到河南、安徽一带去经商当学徒,有的回家务农。我曾请他在太原买了一支自来水钢笔,我把这支钢笔卡在胸前感到无比神气。

当我于1927年也考入太原成成中学时,裴鸿昌却因家贫交不起学费而离开学校了,我们未曾见面。听说他到安徽经商去了。

1929年春裴鸿昌又回到成成中学,真巧,和我竟成为同班同学。由于我们既是灵石同乡,又是当年道美高校〔小〕的同学,彼此很快就成为好朋友。他比我大四岁,是我的老大哥。他很稳重,不大活动,每天埋头于复习功课之中。因为他多年离开成中,现在插班进来,需要加倍地努力才能赶上同班同学。

到当年暑假,我曾到河南村去看望他,认识了他父亲裴善老人。

他对我说:"夜猫子(猫头鹰)进院,有喜",果真当天鸿昌就从太原回家了。我还见到了鸿昌的前妻以及他的大哥大嫂。这次相见,我们就一同去了石膏山旅游,玩了一天,因为石膏山离河南村只有二十多里。在石膏山的崖洞里看到了所谓的石膏,也看到了和尚,还看到了高大的松杉树,给我留下难忘的印象。

当我们闲聊时鸿昌给我讲了他当年在安徽做学徒时曾在农村之所见,他说他在那里的农村曾看到一种蟒蛇叫菜蟒,不咬人,孩子们扛在肩上玩。需要时农民就把它杀的吃了,像杀一只鸡一样,这是在别的地方未曾见过的。

到1931年,我们都没有在成中毕业,就一同去了北平,住南池子骑河楼,其中还有李旭。我们三人到照相馆拍了一张像留念。他们都准备在北平投考学校,而我却动身南下到杭州投考国立艺术专科学校了。

后来得知裴鸿昌考入北平河北省十七中学。我和他就只有书信往来,难于见面了。

当年"九·一八"日寇侵华之后,我和裴鸿昌不约而同思想都进步了,成了共产党的忠实群众。据知他曾离开北平到张家口参加过冯玉祥领导的抗日同盟军,后来又回到北平考入北平大学法商学院。

1936年夏我从太原去上海,路经北平住在法商学院的学生宿舍里,因为当时我的好朋友裴鸿昌还在法商学院上学。他们正组织"六·一三"学生游行示威,要求国民党停止内战一致抗日。我帮他们写标语口号,也忙起来。裴鸿昌嘱我不要参加游行,说万一被捕,不好营救,因为我不是北平学校的学生。而我却坚决要参加,于是就紧跟着他共同参加了这次盛大的游行示威。"九·一八"之后我曾在杭州艺专参加过多次的游行示威,要求蒋介石收复失地。这次是脱离了学校生活之后第一次参加学生运动。被军警冲乱队伍后曾于一个木材铺的院里不意中会到不少成中时的同学,像在战场上会到故人。几次集合几次被冲散,当我和裴鸿昌逃至景山公园门前,要进去躲避军警的追捕时,守门人不让进去,于是鸿昌和他就厮打起来。但终于我们还是进去了,没被军警抓去。现在当我每去景山公园,总还想起当年和守门人的搏斗。这次的游行示威我和鸿昌总算安全回校而未被捕。事后听说有把被打伤的学生送进医院。

"六·一三"后我曾到北海公园去游园,看到日本兵在园内上房戏闹,有如北平已成为他们的国土,令我气愤。而且当时日本的殖民地——朝鲜人已在北平大开鸦片烟馆,我深感一种亡国气氛。

"七·七"芦沟桥事变后,我和裴鸿昌就失掉联系了。经过了彼此在战争年代的动乱生活和紧张的抗日工作,我们终于在抗日的革命圣地延安相会了。我当时在延安"鲁迅艺术文学院"任美术系的教员,而裴孟飞(这时他已由裴鸿昌改名为裴孟飞了)则是在山西当选为晋东南出席党的七大代表。经过半年才绕道到达延安,在中央高级党校学习和参加延安整风。

他打听到我在"鲁艺"工作,就让我去看他。他住在党校附近,老朋友多年不见,现在会面多么高兴。我们谈北平分别后抗日战争中彼此的情况和经历。谈到他现在的学习时,告我现在给他们讲课的都是张闻天等中央领导同志。也谈到家乡的情况,他听人说他大哥被人杀害了,但还不知具体情况……待后来他担任《解放日报》编委兼采访通讯部长时,我去看过他。这时他住在清凉山,离我们"鲁艺"很近了,顺便给他带去两只鸡,让他有所补养。

全国解放后,当我在中国美术家协会任《美术》杂志副主编时,他曾到苏州胡同我的住处来看我,第一次见到我爱人刘萍杜。他当时住在太平庄,任中央财政部副部长。不久他就离开北京,调任山东省委书记。1962年又调任甘肃省委常务书记,从此我们就再没有见面了。

"文化大革命"开始后,我在北京街头看到了甘肃省的造反派散发的关于裴孟飞的所谓罪状的传单。我感到他的处境不好了,有如一只羊落在凶残的狼群中。

后来就听说他在狱中身患重病未得及时治疗,于1972年2月24日含冤逝世,终年64岁。我对于祸国殃民的"文化大革命"恨透了!

1978年我从新疆办版画学习班归来,路经兰州,去拜望我的老友裴孟飞的爱人史毅同志时,她领我去兰州华林山烈士陵园参拜了孟飞同志的骨灰,我向老友的遗像三鞠躬致敬。后来史毅同志赠送我一张非常宝贵的相片,那是我和孟飞于1931年从太原成成中学到北平时在照相馆和同学李旭的合影。令人难过的是,后来史毅同志从甘肃调回她的故乡任河南省副省长不久,竟于1981年4月12日因脑溢血不幸于郑州逝世。听说后来孟飞的骨灰也迁至郑州与史毅合葬了。

尊敬的孟飞同志你安息吧!我总忘不了你。

2007年5月31日

漫笔为神韵

八年前,当王步超评美术职称请我做鉴定时,我曾写了以下的话:

"王步超是一位在艺术上有才华的画家。通过40年的艺术实践,他不仅在漫画创作方面,而且在中国画创作方面都取得了引人注目的成就。他的作品,在笔墨上有传统的技法,更具有自己的特色,追求洒脱、高雅。在中国人物画和漫画相结合方面,步超走出了一条新路,形成了独有的风格。"

近年间,当我参加某次山西美术展览会的评选工作时,发现步超的中国画新作《晨之歌》和《满山红》,使我感到大有"士别三日,当刮目相看"之感,我对于其中的《满山红》特别喜爱。步超在这幅画里画的是山西山野里见惯了的"酸溜溜",亦即"沙棘果"。这幅画处理得既有深度,又有意境。他把橘红的醋柳柳作为主体,点点红果显得特别耀眼。这种题材,在中国画中还实在少见。看惯了红梅、绿荷之类的作品,这沙棘果就显得既新颖而又耐人寻味。

我总觉得中国花鸟画之创新,不仅应在形式上做文章,而且也应在题材上开扩视野,画些新事物,不应老是梅兰菊竹。步超以山西的"醋柳柳"入画,确有创新之意。

最近又看了他的一些新作,其中既有中国名山大川的写意之笔,也有在日本访问时画的富有异国情调的风景。他画的《江南水乡》、《姬路城堡》、《九龙头》、《苏州虎丘》、《黄鹤楼》都是令人神往之作。这些画作,尤如林风眠似的,喜欢用方形作画。它不像中国画常用的条幅较受拘束,方块格式的好处是较自由,这也是步超中国画的一种特色。

步超虽以漫画出名,但他在中国画方面也曾下过苦功,绝不是一蹴而就的。他曾学习过古代诸家之长,青年时代临摹过北宋范宽的《溪山行旅图》、南宋梁楷的《寒山拾得图》、明代唐寅的《山路松声图》、清代黄慎的《抱琴图》等名家之作。但他不愿陷在古人的窠臼中而不能自拔,他要走自己的路,认为大自然才是真正的范本,是取之不尽的源泉。因此当他涉足于祖国的大好山河名胜古迹时,每到一处,都要把那美好感人的景色收入到自己的速写本里。

步超的山水画有的汲取了西洋画色调处理之所长,以及在空间感和空气感方面的强调,也吸纳了中国传统作品中追求意韵之特点,强化了作品的美感。这也和步超喜欢读书善于思考有关。他的山水画和人物画皆有笔墨苍润厚重的特色,在用墨上注重干湿,于焦墨、破墨、浓墨、泼墨中见功力,达到浑圆滋润之效果,并力求"出新意于法度之中,寄妙理于豪放之外"。

步超年方花甲,比起当年的齐白石和今日的朱屺瞻,尚属年轻,因此他在中国画方面还有远大的前途。

1995年9月于太原

论今日中国的黑白木刻

今年1月在重庆召开的"新世纪首届中国黑白木刻版画学术研讨会"我未曾参加,因年已九十四岁,行动不便。但在今年《再创黑白木刻的新辉煌》一文我是读了的。

我从1933年参加"木铃木刻研究会"开始从事现实主义的黑白木刻版画创作,直到1942年"延安文艺座谈会"之前都没有停止,但刻了数十幅木刻,到底是为什么人的?虽然当初在《木铃木刻集》的"写在刊前"中说我们的木刻要贡献给一般劳苦大众们,但从来也没有认真调查过劳苦大众是否喜欢我们的黑白木刻。直到毛主席在"讲话"中提出"我们的文艺是为什么人的"?我们才认真了解延安的老百姓是否喜欢我们的木刻作品,但得到的回答是不喜欢,说我们的木刻中刻的人物是"阴阳脸",所以不喜欢。这才使我们觉悟到在我们的黑白木刻中具有严重的"欧化风",为中国老百姓不能"喜闻乐见"。于是我们下决心向中国民间年画学习,抛弃了"欧化风",这才做到了群众对我们的黑白木刻的"喜闻乐见"。这对于我们是多么大的鼓舞!

由于我们和老百姓的接触,发现他们更喜欢有色彩的画,因此刻起了套色木刻,但并未因此而放弃了黑白木刻。

反观当今中国的黑白木刻版画现状,真令人难过,大多数木刻家竟然抛弃了中国新兴木刻反映现实歌颂人民的优良传统,走进了脱离现实、脱离人民的"象牙之塔"。有的丑化人民,有的孤芳自赏,有的看了不知所云,有如天书,违反了当年鲁迅先生对我们的教导——"必须令人能懂而又有益,也还是艺术"。上面说的这种不良现象可以从深圳出版的《中国版画》中得到证明。

李桦先生生前于1993年2月给我的来信中说:"十一届全国版展我已看过。不必看获奖作品,从整体看到近年新兴版画逐渐走上邪路,心实难过。一、脱离生活愈走愈远,已走入牛角尖里去。二、强调自我表现空虚怪诞。三、片面追求形式、肌理、技术。四、趣味低、情感弱、荒唐多。五、意志消沉,不探索艺术,精神空虚,追求小巧。六、名利心重。我这六点还概括不全,总之鲁迅精神已被抹煞了……我的希望现在放在工业版画上面,那些业余版面〔画〕家不脱离生活,故有前途。"

中国新兴木刻之走进邪路是和"前卫艺术""后现代主义艺术"这些西方资产阶级的垃圾艺术在中国之流行以及有人大喊"全盘西化"有着直接的关系,也和版画艺术家没有建立正确的艺术思想有着极为重要的关系。作为一个先进的中国艺术家,是应该心中有人民的,应该以人民的喜爱为出发点,不能盲目迎合西方的艺术垃圾。为此当年江泽民同志在中国文联第六次全国代表大会上的讲话中曾说:"如果丧失自己的创造能力,盲目崇拜,照搬西方资本主义的价值观念,结果只能是亦步亦趋,变成人家的附庸。历史和现实都告诉我们国家要独立,不仅政治上要独立,经济上要独立,思想文化上也要独立。植根中国社会主义现代化建设的实践,反映中国人民创造自己新生活的进程和中华民族自强不息的精神,是中国社会主义文艺的立身之本,只有首先赢得中国人民的喜爱,具有中国风格、中国气派,才能堂堂正正走向世界和屹立于世界文化之林。"这一段话讲得非常精彩,也正是对于那些主张"全盘西化"者的严正批评。

曾经为中外人士赞扬的中国三四十年代的具有辉煌评价的黑白版画,而今国家文化部搞了个"美术重大题材工程",各种画种都有所占比例,而唯独没有版画的份儿。这就因为中国的版画钻进了"象牙之塔",已经不为人们所重视了的缘故。这是值得我们认真思考的。

因此我希望今年年底在中国美术馆举办的"新世纪中国黑白木刻版画第一回展"的作品不再是在"象牙之塔"中创作的脱离现实脱离人民的作品,而是具有中国特色的"反映中国人民创造自己新生活的进程和中华民族自强不息的精神"的创作。

为了拥护这次黑白木刻在21世纪再次蓬勃发展的倡议,我也打算重新拿起木刻刀刻一幅新的黑白木刻。

鲁迅先生怎样指导木刻创作

鲁迅先生当年对于新兴木刻运动和青年木刻家创作的热情支持和教导，我们通过他有关这一方面的文章和书简可以有很好的了解。但可惜我们现在只能从书简中读到他对某人的木刻创作的称赞和批评，而却不能同时看到被称赞和批评的作品。因此我想，为了纪念鲁迅先生，把他曾经对木刻运动和木刻创作发表过的意见加以介绍、研究固然十分必要，但如果有人把他曾指导过的木刻作品和他对这些作品发表的意见收集在一起加以介绍、研究，也是很有意义的。这既有助于了解他的艺术思想和他的美术方面的修养，也能使我们更好地了解他怎样指导木刻创作，而且人们读起他的书简来也会感到更大兴趣。

当然要做这样的工作是十分困难的，因为当时的很多木刻作品都散失了。但这也并非完全不可能，例如鲁迅先生在书简中曾提到过的曹白的和我的木刻就还全在。现在我想把那些作品和鲁迅先生所提的意见加以发表,作为我对鲁迅先生的纪念,也作为我对这一工作的一种尝试。

我未曾和鲁迅先生直接通过信,我请他指导我的木刻创作都是通过我的朋友曹白给他的信中寄去的。

曹白于1936年三月第一次把他刻的《鲁迅像》寄给鲁迅,不久鲁迅先生给他的回信中说:

"顷收到你的信并木刻一幅,以技术而论,自然是还没有成熟的。

"但我要保存这一幅画,一者是因为遭过艰难的青年①的作品,二是因为留着党老爷的蹄痕,三则由此也纪念一点现在的黑暗和挣扎。

"倘有机会,也想发表出来给他们看看。"

1936年七月间曹白把他给鲁迅先生的《花边文学》刻的封面和我为当时集体写的《中国的一日》刻的《采叶》和另一幅《三个受难的青年》②等寄给鲁迅先生,他的回信说:"谢谢你刻的封面,构图是好的,但有一个缺点,是短刀的柄太短了。汉字我想也可以和木刻相配,不过要大大的练习。"③

"郝先生的三幅木刻,我以为《采叶》最好;我也见他投给《中国的一日》要印出来的④。三个……'初看很好,但有一避重就轻之处,是三个人的脸面都不明白。"

1936年七月我托曹白把我给鲁迅先生刻的像寄给他,在

---

① 意指因参加"木铃木刻社"而被捕入狱的。
② 为纪念"木铃木刻社"三社员的被捕入狱而作。
③ 这个封面木刻上的文字是当时正在提倡的拉丁化新文字。
④ 当时投给《中国的一日》的木刻很多,都是请鲁迅先生审稿的。

八月七日给曹白的回信中说：

"木刻开会,可惜我不能参观了。我对于现在中国木刻界的现状,颇不能乐观。李桦诸君,是能刻的,但自己们形成了一种型,陷在那里面。罗清桢细致,也颇自负,但我看他的构图有时出于拼凑,人物也很少生动的。郝君给我刻像,谢谢,他没有这些弊病,但他从展览会的作品上,我以为最好是不受影响。"

以上所提到的作品,只不过是鲁迅先生当年指导过的木刻创作的一斑,然而从他对这几幅作品所发表的意见中,也能看出他的意见是如何的中肯而正确,这里既没有不适当的赞扬,也没有不恳切的批评,使人感到他热情而负责,真诚而严肃,虽三言两语,也包含着现实主义的艺术观点和实事求是的精神。他既看重作品的内容(如曹白的《鲁迅像》)和人物形象的脸部刻画(如指《三个受难的青年》),也不轻视作品的构图等技巧。因此在当时,鲁迅先生就成了木刻青年的唯一的知音和导师。

《美术》1956年第10期

谈两幅和鲁迅有关的优秀木刻

今年是我国伟大作家鲁迅诞生的一百周年，又是鲁迅一手培育的中国新兴版画诞生的五十周年。这里想谈谈鲁迅如何苦心孤诣培育了中国新兴版画，并推荐两幅与鲁迅有关的优秀木刻供欣赏，作为纪念。

鲁迅生前，不但于1929年和1930年先后出版了《艺苑朝华》和《梅斐尔德木刻士敏土之图》，介绍了欧美近代木刻，让中国知识界和美术家知道世界上还有一种富有力之美的木刻艺术，而且于1931年还亲自举办了中国有史以来的第一个"木刻讲习会"，请内山嘉吉先生做指导，他自己做翻译。这样就产生了中国第一批新兴木刻家。

这之后他又相继向中国木刻青年介绍了欧洲著名木刻家麦绥莱勒的《一个人的受难》，苏联木刻《引玉集》，德国著名女版画家《凯绥·珂勒惠支版画选集》以及《苏联版画集》，让他们参考，让他们学习。除此之外还通过书信、谈话对他们的木刻创作进行指导。鲁迅是中国现代文学家中精通美术,最热爱美术事业的。他对新兴木刻艺术的关怀和爱护、培育和扶植真是无微不至,有如母亲之对待自己的亲生儿女。

五十年来,中国的新兴木刻家没有辜负鲁迅先生的培育之恩,在中国共产党的领导之下,不仅在抗日战争和解放战争中发挥了木刻为革命事业服务的积极作用,而且在社会主义建设中也为祖国做出了不小贡献。五十年来成长了一大批优秀的版画家,产生了很多优秀的版画作品,受到了国内外的好评。下面介绍的古元的套色木刻《祥林嫂》和俞启慧的黑白木刻《鲁迅与瞿秋白》就是其中的两幅。

古元是广东人,抗日战争时期在延安"鲁迅文艺学院"美术系学习,他天资聪明,勤于学业,毕业后不久就成为全国知名的木刻家。当时在重庆举行的木刻展览会上,古元的《运草》就曾得到大画家徐悲鸿的称赞。他在延安时期创作的《羊群》、《哥哥的假期》、《离婚诉》、《减租会》、《人民的刘志丹》等已成为中国美术界公认的优秀作品。全国解放后,古元的木刻更加成熟,更加豪放,他的《祥林嫂》就是其中极为出色的作品之一。

《祥林嫂》是为鲁迅的小说《祝福》作的插图。鲁迅在《祝福》中有这么一段描写:

"那是下午,我到镇的东头访过一个朋友,走出来,就在河边遇见她;而且见她瞪着的眼睛的视线,就知道明明是向我走来的。我这回在鲁镇所见的人们中,改变之大,可以说无过于她的了:五年前的花白的头发,即今已经全白,全不像四十上下的人,脸上瘦削不堪,黄中带黑,而且消尽了先前悲哀的神色,仿佛是木刻似的,只有那眼珠间或一轮,还可以表示她是一个活物。她一手提着竹篮,内中一个破碗,空的;一手拄着一支比她更长的竹竿,下端开了裂,她分明已经纯乎是一个乞丐了。"

古元的木刻所描绘的正是这么一个悲惨的祥林嫂。五十年来通过木刻艺术对于祥林嫂的形象进行再创造的已有不少,最早是曹白于1935年刻的《鲁迅遇见祥林嫂》,这幅木刻现在还可以见到,画面既有祥林嫂也有鲁迅,刻法是很大胆的,但较粗糙。这也难怪,那时还是中国新兴木刻的童年时期,作品的幼稚是在所难免的。可是近来也有人刻祥林嫂,但相比之下,还要算古元的这幅最好。古元没有刻人物的背景,也没有在画面出现鲁迅,以圆口刀用阴刻法大刀阔斧地塑了祥林嫂的可视形象,用刀经济而不苟,刀触有力而流畅,寥寥数刀即突出了祥林嫂"脸上瘦削不堪……消尽了先前悲哀的神色,仿佛是木刻似的,只有那眼珠间或一轮,还可以表示她是一个活物"的悲惨形影。古元在这幅木刻中对祥林嫂的眼睛的刻画,颇能表达她"一个人死了之后,究竟有没有魂灵的"那种内心的苦痛和疑惑,这幅木刻虽然套了个淡灰色,但基本上还是一幅黑白木刻画。那淡灰色的出现既丰富了画面,也很有助于增加主人公的灰暗命运的气氛。这幅木刻是中国新兴木刻已走到成熟期的产物。这样熟练而又深刻地刻画人物的作品绝不可能产生于三十年代。

俞启慧是一位年轻的木刻家,全国解放后才成长起来,他因创作了《鲁迅与瞿秋白》这幅黑白木刻,出展于1962年全国美展,又发表于当年《美术》杂志第四期后而出名。表现鲁迅与瞿秋白的美术作品,这之前也曾有过。

三十年代初,瞿秋白蛰居上海地下时,与鲁迅过往甚密,形成了感情至为深厚的战友,鲁迅曾有一幅对联送给瞿秋白,说:"人生得一知己足矣,斯世当以同怀视之。"即可说明一切。要通过一幅静止的画面表现他俩如此亲密的关系,却也不是一件容易的事。

俞启慧显然是花了一番心血研究了鲁迅与瞿秋白相交的历史资料的,所以他在作品中不但准确地刻画了两人的生动形象,而且较好地描绘了他俩作为亲密战友而愉快合作的情景。从画面上可以看到鲁迅来到瞿秋白的家里,桌面上摆着瞿秋白刚写好的《王道诗话》,鲁迅手拿香烟正和瞿秋白站在一起,面对他的这篇杂文表示很欣赏。此外桌面上还放着《申报》等当时的报刊。俞启慧用一片黑把鲁迅和瞿秋白以及靠椅的背和桌面连在一起,真是黑白木刻的一种大胆的处理,这一大片黑不仅突出了鲁迅两双〔只〕手的明确的刻画,而且避免了空虚。这一片黑把两人紧密地相连在一起,也更有助于感觉他们的亲密关系,从外形到内心的一体。这是黑白木刻特有的一种功能,而被俞启慧巧妙地应用到这幅作品中了,成为木刻的独特艺术手段成功地为主题思想服务的一个范例。俞启慧这幅木刻是谨严的,不曾浪费一刀,明快地表现了两个战友的愉悦心情和深厚友谊,应该说是一幅难得的木刻佳作。

古元的《祥林嫂》用刀的豪放泼辣,俞启慧的《鲁迅与瞿秋白》用刀的谨严和画面的简洁,使两人的作品具有鲜明的不同个性和风格。正是这种不同形成了中国新兴版画的多样性,使版画大花园里呈现出万紫千红百花齐放的繁荣局面。

从赵树理雕塑谈起

收到了从太原寄来的《山西文学》第九期,我翻了一下,除了以感激的心情读了主编韩石山写给我的信,看了在封三介绍胡正的赋诗和我的5本书画集的封面图外,紧接着我就读赵二湖写的《人家说他是我爹》,因为二湖是我的女婿。

二湖的文章说的是:当今在山西省省政府门口马路对面的小广场上立着一尊赵树理的石像,而作为赵树理的儿子的赵二湖事先"竟一无所知"。而当他有一日"只见一个面目陌生的石头人迎面直竖竖地立在解放路口,一手握笔一手拿本,像下一个大理石座,正面赫然刻着三个大字"赵树理"时竟使他"哭笑不得"!为什么"欲哭"呢?"因为这块本来就没有生命的石头和从未见过的面孔,只是因为刻了'赵树理'这三个字,我就必须认可,叫他声爹。"而我读了赵二湖的这篇文章后,除了感到事情的荒唐、不严肃、不负责外,也真有些"哭笑不得"。心想,对于一件歌颂伟大作家的艺术创作竟可如此马马虎虎的吗？事先竟连赵树理现在唯一活着的儿子也未访问过，以了解赵树理的生活情况，并研究应采取怎样的姿态，穿什么衣服，以及要求提供赵树理生前照片等事宜，说明作者太不认真了。

而塑像的初稿则更应征求赵二湖的意见。我认为初稿不应只有一个，而应有数个不同的变体泥塑稿，给赵二湖审阅时，便于从中选择。二湖看稿时自然要先看像他父亲不像，其次看是否表现了作家的神态、气质、性格，绝不能因为赵树理是作家就理所当然地站在那里一手拿笔一手拿本。这太荒唐可笑了，倒好像一个画家出门进行写生似的，一个雕塑家思想水平竟如此之幼稚，真令人"哭笑不得"！

我们知道，杰出的雕塑家罗丹当年接受了法国文学协会的委托创作《巴尔扎克纪念像》时，为了形神兼备地刻画大文豪的精神和风姿，查阅了很多巴尔扎克的著作，并且走遍巴尔扎克的故乡去探索其思想、性格的形式，同时做了许多图稿、草像，还寻找和研究了有关文献资料，仅各种变体稿就做了几十个，最后选择了作家在深夜习惯性地踱步构思的形态，这典型性地〔的〕形态有力地总括了伟大作家的一生。从这里我们看出伟大的雕塑家罗丹在创作时的严肃和辛劳，认真和负责。大家尚如此，一般雕塑家更可想而知了。

我最近去广州美术学院看到雕塑家为已去世的画家老友胡一川做的头像，不仅像而且很有神态，非常动人。

也曾在艾青家里看到女雕塑家张德蒂为诗人创作的雕像，也很好很传神。但赵二湖的文章插图中的府东街赵树理雕塑却感到实在不像赵树理。为名人塑像而不像,除了显示作为雕塑家的无能,它的存在就没有任何价值和意义了。这真是雕塑家的悲哀。

从此就联想到山西文水县刘胡兰纪念馆前的大理石刘胡兰雕像,那位雕塑家头脑里只有"女性"而无"英雄",所以竟把16岁的刘胡兰的乳房塑得如此隆起,俨然是个少妇,也是我印象中一件使人"哭笑不得"的作品。

赵树理生前并不知道我会成为他的亲家,当时二湖还没有和我女儿郝兰结婚。但我是非常崇拜赵树理的,不论作品或人品都是值得我学习的榜样。

初次见到赵树理,是在1949年北平召开的第一次全国文代大会上,在《我的艺术生涯》中有如下的记载:

"在一次小会上,一位陌生的同志主动过来和我握手,并自我介绍说'我是赵树理'。我真为见到他而高兴。虽然我们于1935年同在太原,但未曾相识。现在他主动来和我握手,使我感到意外。我想,也许是由于我在晋绥《人民时代》上写了《三谈<李有才板话>》而引起他对我的注意吧。而赵树理却是这次大会上的大红人,不久前郭沫若曾称赞他是文学上的一棵大树,而周扬也写长文评论他的小说。我对他是非常敬佩的,但他却如此谦逊,真是难得。从此他给我留下很好的印象。"

赵树理的小说《登记》发表后我曾刻了两幅木刻的插图,并到北京煤渣胡同他的家里征求他对插图的意见。

我于1966年春从北京调回太原时,当时赵树理也已调回山西了。文联的领导告我："有一处好院子是老画家柯璜住过的，但应先让赵树理。如果他不来，你就去住。"结果征求赵树理的意见，他不来，因为他已住进一处小院中了。于是我才住进去，我心里就很感激他。

算来中国的作家除了鲁迅的小说我全读过外，就只有赵树理的小说也是完全读过了。很多人误认为他的《小二黑结婚》和《李有才板话》是读了毛泽东《在延安文艺座谈会上的讲话》后写成的，其实不然，赵树理的这两篇精彩的通俗化的作品恰恰是于《讲话》在太行发表之前写的，但却完全符合《讲话》的精神。当时在太行曾有人非难这两篇小说，说它"庸俗"。待他读了《讲话》，曾高兴地说：毛主席批准了他的文学主张。这种不谋而合就真够不简单了，因此我说他是伟大的作家，对他无比崇拜。

我认为这个和赵树理毫不相干的强加给他的所谓塑像，不但不是对赵树理的尊敬，简直是对伟大作家的戏弄！

为了纪念伟大作家赵树理，把他的塑像摆在太原的公园里，让广大人民瞻仰是完全应该的，但那应该是一尊符合于赵树理精神面貌，能引起人们崇敬感的作品，而不是令人哭笑不得的现有塑像。

2004年10月19日发表于《山西日报》"黄河文化"周刊

给杨茂林的一封信

杨茂林同志：

我把《茂林文选》全看完了。我真佩服你，作为一个山西作家敢于写远在峨眉山的爱情故事。这篇《雾锁冷杉林》写得真够神奇曲折，又那么富有魅惑力，使人一上手就放不下来。不知你怎么获得其中的素材的。写小说全靠亲身体会，道听途说的事总难感人，而你写得竟那么有故事有感情。你没有把黄背夫写得低下，而写得人品高尚令人起敬。他是一位可敬的劳动人民。而山鹰也是个可爱的不凡人物。一句话，这篇富于传奇性的小说我是很喜欢的。

我也写小说，今次寄你一本，请指教。

我读了《人间烟火》，对那无法无天、祸国殃民的"文化大革命"真恨透了。它像毒蛇、像洪水、像猛兽，使中国人民遭受了惨重的伤痛。老舍、赵树理、田汉这些伟大作家都死于"文化大革命"的磨难，真没想到连五台山的和尚尼姑也难逃此劫,我真恨那些红卫兵造反派。不知道你怎么熟悉了这些情况的?我很同情苏淑琴和慧明。苏淑琴是个弱女,无法抗拒那些有权有势的武主任、唐卫东之流的污辱。你写得有憎有爱,无情地揭露了那些新恶霸们的罪行,让后人来诅咒他们吧。

"文化大革命"让农村的广大人民群众陷入了一种新的宗教式的愚昧生活中,他们像崇拜上帝似的崇拜心中的神,搞什么"早请示""晚汇报",吃饭前还要搞"三祝",而且像背诵《圣经》似的要人们时时刻刻在背诵经文,终于误了大事。小说《下乡奇遇》中所描写的正是妈妈忙于在饭前进行"三祝"时,没有注意,孩子竟掉在开水锅里了。可笑的是那个为新的上帝所愚弄的妇女这时还正在一心一意地二祝"永远健康",这真是莫大的悲剧,而同时也是莫大的讽刺!

《夜来香》和《挥手恨》我都读了,主题是明显的,但感觉故事情节好像都没有完就结束了。前者最后没有说明马有良的老婆到底找到了工作没有,后者也没有交待王名德终于是个什么结局。

你的有名的代表作《酒醉方醒》最后写道:

"连着喝了几杯急酒,明理身子有点摇晃,一下歪倒在王诚的腿上,看见了王诚那条难以复旧的断腿,他忍不住呜呜地哭起来……"

这是一种内疚的哭,忏悔的哭,因为当初明理厌烦了王诚"掏出血心"进行"忠言逆耳"的劝告就把他"照顾"到县办水库工地去劳动,结果在工地上竟被满载石头的重车把他的一条腿给砸断了。现在他看到王诚这条断腿,并感到王诚在他倒霉时还来看他,终于良心发现,觉得对不起王诚,所以痛哭流涕地悔过……从此就对过去的工作以及对人处事有所反省,有所醒悟,这是这篇小说最可贵之处。我读了几篇关于《酒醉方醒》的评价,他们都没有说明理的哭和王诚的断腿的关系,现在我这样写也不知作者是否首肯?

我把几篇读后感告你,算不了什么认真的评论。

我对于你所写的《清水芙蓉又一枝》很感兴趣。张新民的诗我真喜欢,你能否替我向诗人求一本寄来,让我拜读,我将以《力群诗选》作为交换。可以吗?

最后和你谈谈我对于目前山西短篇小说的意见。

鲁迅说:"能憎能爱才能文。"高尔基说:"文学作品应该是拥护和反对。"毛主席说文学艺术应该是歌颂和暴露。但我近期读的一些山西的短篇小说却既没有憎又没有爱,不痛不痒,同时也就是既不拥护什么,也不反对什么,是没有主题的自然主义的作品。举例来说,如今年第五期《山西文学》李燕蓉写的《蔓延》就属这类作品。你是文学家,我向你求教,你对这些作品的看法。

给你寄上除了小说《野姑娘的故事》,还有散文集《晚霞集》和《力群诗选》,真心求你指教。

祝夏安

候复函

力群

2005年5月17日

附　录：

一个后学的祝福

黄永玉

力群先生是我的木刻前辈。他狠狠地大我十二岁。他考进杭州艺术学院的一九三一年我才七岁，刚念小学三年级，懂得可怕的"九·一八"震惊可算已很早熟了。

他是中国进步木刻艺术第一代的老头子。

他见过鲁迅，为鲁老先生的遗容画过像。

他当过延安鲁艺的美术教员。不少大名家是他的学生。

他参加过响当当的"延安文艺座谈会"，毛老爷子在会上的那篇著名的讲话，足足忙了我们五十多年，他居然亲耳听过。

力群先生八十三岁了。

我小时，见到一位五十多岁的人心里就感觉不堪之至，是个极老极老的老东西的标本。眼前我都七十了,而他八十三仍然活蹦乱跳,直着嗓子抒情,要多高有多高。

这次他老人家从山西来,经香港要去女儿定居的澳洲游览,真是梦般美丽。

他从山西给我带来鸡蛋大的干枣。(新鲜时一定鸭蛋样大,这是我一辈子见识最巨型的干枣。孩子妈怕枣干长虫,叫罗丽雅用网袋盛起挂在透风地方,我说,哪用的着?来不及长虫我已吃完了。)

带来他写的书,小说集、散文集和文论集、童话集……天哪!这是一生的东西……还想起他曾经写过一本齐白石。

我们聊了整整一天。也一齐从后门山径步行上画室去看我进行的创作。我在前头带路,山径很陡,怕他跟不上,有时他却走在我的前头。递手杖给他,他手一甩说:"用不着!"

几十年前穿的老干部黑呢子制服,干部帽,布鞋,现在还是原汤原汁穿在身上。这种神气真是让我又佩服又惊喜。从大陆来香港的人千千万,还从未拜识这份行色。简直是不卑不亢,简直是"登泰山而小天下",简直是把香港生活方式毫不放在眼里,"卑之无甚高论"!

打扮得十足摩登、陪同他的女儿阿黎大声嚷着说:"我陪他在街上走,好多人都停下来欣赏,哪来的一位大陆老干部带着个摩登小老婆……"

我为我们的这个本色十分而从容之极的老头深受感动。真是珍贵,真是潇洒自然,心胸流畅;从山西走向世界,一定无往不利!

我接触过许多大陆来的朋友,大多力图摆脱自己大陆干部形象,用了许多打扮的苦心。既费钱且形神俱失,其实是不必要的。

来到山上画室,我知道力群老头一直是赞赏我的艺术劳动的。于是我们谈了许多话,恨时光之流逝。问他,如果送他一批我最近出的书,嫌不嫌重?他说再重也带走。吃过饭,两父女就走了。然后去澳大利亚,住几个月,然后回山西去……我多希望很快再见到他。

一九五三年至今四十二年了。

力群老头是中国美术家协会最早的版画组领导人之一,我们是他和李桦老头的"兵"。

"文化大革命"期间,他和我同关在一个"牛棚",所以我们又是"同窗"。有多久呢?一年?两年?三年?四年?……记不起了。反正我们的心情是一样的,企盼着开恩的自由。元旦望"五·一","五·一"望"八·一","八·一"望"十·一","十·一"再望元旦。吉庆之日可能会有"大赦"。

住"牛棚",他的夫人刘萍杜逝世了。逝世早也好,免却了这场断肠的灾难。

对于萍杜大嫂,朋友们都有深深的纪念。她不仅仅是位特大号胖大姐,而且表里如一,胸襟也是十分之坦荡诚恳。大动作,大嗓门,哈哈大笑,包饺子,擀面,做馒头,待朋友同志如亲骨肉,所以任何人面对这一对开朗的夫妻时,包括一向顽〔玩〕世不恭的我在内,无不融化在蜂房似的快乐大家庭中。

这个家跟蜂房毫无轩轾,他们生了男女老少一共八个孩子,所以人口总数是十人。

客人来到,一进门就是天安门规模般的热闹欢呼。

孩子继承了父母的赤忱,我和这批孩子的交往,一直到他们进了大学。他们叫我"黄叔叔"直到现在。天涯海角,孩子星散,联系可不容易了。

唉!那么多千丝万缕的往事,善的、恶的、蜜似的、狗矢似的;英勇的挽手,蛊毒的陷害……幸好世上有不少像姓郝的这类人家(力群姓郝),给人以信任和坦诚的温暖。

延安时期的木刻艺术,开辟了一个美的新观念。人们认识一个新世界或古今世界往往从艺术入手。二次世界大战期间,美国人多么惊喜地欣赏延安木刻家介绍延安战斗而朴素的生活,从而更深刻地理解延安。这里头有力群、沃渣、彦涵、古元、马达、焦星河……的作品。身为一个木刻青年,我感到这些作品与我的信仰如此血肉相连,如此接近。木刻的使命竟然如此隆重!

我藏有一幅力群老头的作品《饮》,延安农民劳动间歇双手戳在瓦罐上仰着脖子喝水的特写。那手,像西斯庭天顶上《创世纪》,那两只接应的手令人难忘。

还有在泉州安海镇史其敏照相馆看到的力群另一幅延安鲁艺学院的木刻风景(史是全国木刻运动的闽南联系点的负责人),那曾经是我心中的耶路萨冷。

快半个世纪了,这一切离开我们已颇为遥远。力群的木刻集将有一个香港版要我作序。写下的这些东西能算甚么序呢?往事如烟,夫复何言?敬祝力群老头长寿!

　　一九九五年二月四日于香港山之故居

　　注:黄永玉同志为我的版画集写的序文,大概由于"香港版系"未能实现,我的姑娘就压在箱底一直未给我,今趁《余晖集》的问世,我把它作为"附录",发表于此,并向黄老表示歉意。

　　　　　　　　　　　　　　　　　　　力群

"力群美术馆"中的版画是怎么创作的

首先让我向灵石县县委县政府和企业家张国兴先生给我在灵石静升镇王家大院崇宁堡建立了"力群美术馆"表示衷心的感谢!有了这个美术馆,就使我的美术作品能够和广大人民群众见面,让他们欣赏。

这里陈列的木刻画,是我从1933年开始,到2003年,于七十年当中创作出来的。这七十年来,因为刻木刻坐过国民党的监狱,因为刻木刻争取过下放农村,因为刻木刻熬日熬夜不辞辛苦,因为刻木刻要学习艺术理论,要研究各种艺术,包括戏剧和音乐。

七十年来,我能取得版画成绩应该感谢两个人,其一是伟大作家鲁迅先生,因为他提倡新兴木刻,并出版了不少外国版画画册,供学习者参考。所以1933年我们在国立杭州艺专成立了"木铃木刻研究会",开始走上现实主义的艺术道路。后来当我刻出一些木刻作品时,曾得到先生的的指导与鼓励。我现在在版画上成名了,饮水思源,吃水不忘掘井人,所以我应感谢鲁迅先生。

其二是毛泽东同志,他《在延安文艺座谈会上的讲话》,使我的木刻作品抛弃了"欧化风",从而有了中国作风中国气派,为工农兵喜闻乐见。

自从我从事新兴木刻艺术以来就是紧跟时代的,关心祖国、关心人民,痛恨日本帝国主义……这可以从我当时的木刻作品中看得出来。

这里陈列的木刻《病》是我1933年参加"木铃木刻研究会"后刻的最初的一幅木刻。想表现一个老工人病了,他的老伴看护他。但因没有这方面的生活,所以就全凭空想来刻画。在技法上是参考鲁迅先生于1930年出版的德国木刻家的作品《梅斐尔德木刻士敏土之图》而刻的。原作没有保存,但因当时我们手印的《木铃木展》和机印的《木铃木刻集》曾寄给鲁迅先生,这幅《病》就是从《鲁迅收藏中国现代木刻选集》中复制的。

1933年10月10日,因"木铃"事,国民党把曹白、叶洛和我逮捕,坐了一年多时间的监狱,于1935年出狱后,我在上海创作了木刻画《三个受难的青年》以纪念三人的被捕。这幅木刻是多少受些麦绥莱勒作品影响的。

1935年我从上海回到太原,在杜任之同志创办的"艺术通讯社"工作。经常在街上看到穷苦人家的孩子在拾垃圾,因而创作了木刻《拾垃圾的孩子们》,表示对他们的关怀与同情。

日寇于"九·一八"占领东北后,还继续向关内节节侵占,而国民党却步步退让。曾有吉鸿昌将军进行抵抗,却遭国民党的破坏失败了,我刻了木刻《抵抗》,既是对吉鸿昌将军的怀念,也是对未来的希望。

1936年,当世界文豪高尔基向全球作家号召写"世界的一日"时,中国作家茅盾响应他的号召。决定当年五月二十一日为"中国的一日",向全国征稿。我根据当日在太原郊外所见刻了木刻《采叶》应征。描绘春天到来,穷苦人家以树叶充饥,度过春荒。当我后来托曹白把《采叶》和其他两幅木刻寄给鲁迅先生时,回信说:"郝先生的三幅木刻,我以为《采叶》最好,我也见他投给《中国的一日》要印出来的……"我听到这好消息和赞扬非常高兴。

《鸟》是1936年为上海出版的《文学丛报》杂志刻的封面装饰木刻画。后来在延安艾青看到时说:"并不比法国木刻家的作品差。"

1936年暑假期间,太原"艺术通讯社"停办后,我再次到上海,住曹白当教员的新亚中学,在这里刻了木刻《鲁迅像》和《日寇武装走私》等木刻,由曹白把《鲁迅像》寄给先生。回信说:"我对于现在中国木刻界的现状,颇不能乐观,李桦诸君是能刻的。但自己们形成一种型,陷在那里面。罗清桢细致,也颇自负,但我看他的构图有时出于拼凑,人物也很少生动的。郝君给我刻像,谢谢,他没有这些弊病,但他从展览会的作品上,我以为最好不受影响。"这真是对我的莫大的鼓舞和关怀。之后《鲁迅像》便发表于上海著名的《作家》月刊上。

后来被日本人选入他们出版的《世界美术全集》内。

当我这次从太原到上海路经北平时友人金肇野同志把我从北平送到天津海口,在天津过桥时看到日本兵正扛着货物也在过桥。金肇野告我:"这就是武装走私"!是为了逃避中国海关检查、逃避关税的。我在新亚中学根据印象刻成《日寇武装走私》。

1936年秋,我当时住在上海西郊季家库,10月19日早晨,我刚起床,还没有穿袜子、刷牙,就看到一辆银灰色的汽车停在我们的门口,接着一阵紧急的拍门声,同室的同志都受惊了,以为来逮捕人。开门后,才看到来的是曹白和日本女士池田幸子,他们带来了不幸的消息,说鲁迅先生于5点25分逝世,要我马上去画遗像。我急忙带上纸和木炭条跳上汽车一直来到大陆新村鲁迅先生家里。一上楼就看到我们敬爱的导师静静地睡在床上,一床被子覆盖着他安详的遗体。战斗了一生的中国精神界的主将和战士,现在是疲惫地长眠了。全屋笼罩着悲哀,萧军伏在桌上痛哭。在场的还有周建人、胡风、黄源及鲁迅先生的日本朋友鹿地亘和内山完造。景宋先生含着眼泪接待客人。我含着眼泪用颤抖的手画了四幅鲁迅遗容的速写,曹白也在画。到午饭时分了,我和曹白在鲁迅先生的图书室吃了午饭,下午送先生的遗体到万国殡仪馆。此后我参加了守灵,并和广大群众一起唱着"哀悼鲁迅先生……"的挽歌送葬。在送葬的行列前领先的有我们尊敬的宋庆龄、蔡元培、沈钧儒等先生。

我画的《鲁迅遗容》多少年过去了,也不知保存在何处,直到1977年我儿子郝明才在香港偶然发现一本《鲁迅先生画集》，从中看到1936年我为先生画的遗容。他从香港把这幅画寄给我，现在陈列在这里的就是这张画的复制品。

《收获》是根据我在上海西郊季家库农村画的速写创作的，在构图上曾受苏联木刻家冈察罗夫《野民》插图的影响。

1937年，盼望了好久的抗战，终于在7月7日北平的卢沟桥和"八·一三"的上海爆发了，我多么高兴。因此在安庆刻了木刻《抗战》和《这也是战士的生活》，在武汉刻了《保卫祖国》。虽然这大都是参考照片刻的，但也显示了我当时的心情：拥护抗战。

之后在陕西的宜川县当我任"民族革命艺术院"美术系主任时，刻了《人民在暴风雨中》象征那个时代。

以上的木刻都是在当时的国民党统治区刻的。

1940年当山西发生"新旧军事变"时，我从宜川到了延安，任延安"鲁迅艺术文学院"美术系教员，开始创作歌颂边区人民生活的木刻作品。

最初刻了《听报告》是歌颂延安人的学习精神的，这现象在国民党统治区是永远也不会看到的。当1995年我在澳洲墨尔本举行"力群版画回顾展"时，此画为堪培拉"澳大利亚国立美术馆"所收藏。

我们延安的同志们大都是住在土窑洞里，它的好处是除了冬暖夏凉也不怕日本飞机来轰炸，因为窑顶很厚，炸不塌。我刻了木刻《打窑洞》，既是对那些打窑工人的歌颂，也把它作为一种永久的纪念。

帮助抗属锄草,在当时是一种政治任务。因为人家的儿子参加了八路军到前方打仗,家里就缺少了劳动力,我们帮助他家锄草,就是要使前方的战士安心抗日没有后虑。我也参加过这种劳动。画中戴草帽的老乡就是抗属。我刻了这幅《帮助抗属锄草》的木刻就是歌颂军民的团结。

之后又刻了《饮》,是赞美劳动人民的勤劳、朴素、健壮之美的。经过时间的考验,《饮》已成为我在延安时期的一幅木刻代表作。当蔡若虹同志在他写的《赤脚天堂》一书中评论我的木刻时说:"作品中的《饮》特别令我倾倒。"1999年4月16日《饮》为伦敦"英国博物馆"所收藏。

《伐木》是描写当时"鲁艺"的学生自己动手到劳山进行烧炭的生活的。我曾去劳山参观他们的劳动,并画了速写,那里的森林是另一个世界,给我留下难忘的印象。归来创作了《烧炭组画》。我自己很喜欢其中的《伐木》,因为这幅木刻生动地展示了同学们的战斗精神。

之后根据在桥儿沟画的速写创作了《休息》这幅木刻,是表现农民对小牛的爱的。又根据我家的小保姆刻了《陕北女孩像》,当它在"延安军人俱乐部"展出后,诗人艾青在《解放日报》上发表了名为《第一日》的评论文章,其中对《陕北女孩像》的评论说:"《女孩像》的手法及它所流露的素描的成功是可贵的,那北方女孩的正面脸颊、鼻子与眼睛、嘴都得到了最经济而又恰当的表现,只是衣服的部分好像有些不很调和的感觉。"

延安桥儿沟的教堂,原是西班牙天主教神父传教之地,当红军进入陕北时逃走了,所以就变成了"鲁迅艺术文学院"的校址。当时门口有站岗的卫兵,人们一看就能看出教堂已不是传教之所,而我在这里却经常听取马克思主义的文艺思想讲课。我把它刻成木刻《延安鲁艺校景》,因为它也真是延安的一景。原名《昨日的教堂》,当它在"延安军人俱乐部"展出时,诗人艾青在《解放日报》上评论说:"《昨日的教堂》是这些作品里面最值得赞许的一幅,作品的表现手法是最生动的,而这种生动恰好和在这作品里所流露的高原的树木与天空间晴朗的空气相协调,以致使我们不得不为这艺术家所再现了的景色所魅惑。"《延安鲁艺校景》于1999年4月16日为伦敦"英国博物馆"所收藏。

之后我又刻了《陕北老人像》《削萝卜》和《女像》等作品。《老人像》是根据我画的素描稿刻成木刻的,《削萝卜》是根据在田里画的速写刻的,《女像》刻的是我的贤妻刘萍杜。当艾青评论它时说:"《女像》的刀法对于作者是非常突然的变换,这或许是作者新的尝试,这作品的画面有一种像石刻似的均整与单纯的美。"

下面的三个外国文学艺术家的像,是当时"鲁艺"的副院长周扬同志要我给他刻的。

其一是车尔尼雪夫斯基,他是19世纪俄国革命民主主义者、哲学家、文学评论家、作家;其二是马雅可夫斯基,他是苏联的诗人,曾写长诗《列宁》歌颂革命领袖;其三是库尔贝,他是法国19世纪现实主义画家,巴黎公社时期曾参加革命活动。

1942年5月毛泽东同志《在延安文艺座谈会上的讲话》对我的木刻创作来说不啻是掀起一场革命。这之前,因为我向外国的版画学习,作品有"欧化风",延安老百姓说画的人物是"阴阳脸",所以不喜欢。我学习了《讲话》后,为了使作品为工农兵喜闻乐见,就下决心抛弃了"欧化风"。

当时,整个"鲁艺"掀起了向民间艺术学习的热潮,因而戏剧部和音乐部产生了《兄妹开荒》、《白毛女》等新秧歌和新歌剧,美术部掀起向民间艺术学习的结果产生了新年画。我的木刻《丰衣足食图》就是根据年画稿刻成的。我当时是想表现春节来临,陕北农民的家庭丰衣足食,充满了幸福欢乐的气氛,以区别于当时国民党地区民不聊生的景象,从而歌颂在共产党领导下边区是个好地方。

这之前,由于我对毛泽东同志的崇敬,刻了一幅《毛泽东同志像》,从而产生了一段故事:当时文学部的教员周立波和陈荒煤看到这幅像都说好,劝我把像送给毛主席。我就到杨家岭找毛主席,秘书说:"毛主席正午睡,他起来就要开会。"于是我就把木刻像交给他。他说:"请你放心,我一定把像交给毛主席。"我想毛主席这样忙,实在不敢为此而打扰他老人家。

一两个月过去了,我把这件事忘得一干二净。一天早上我在教员居住区看到戏剧家张庚同志,他说:"昨晚毛主席来礼堂看戏,问到你,我们怎么也找不到。"我说:"你胡说。""不骗你,毛主席坐下来,问我们:'你们这里有位力群同志吗?他送我一幅木刻像,谢谢他。'我们左右寻你,没寻到……"这我相信了。我当时不大爱看京戏,所以没有去,真遗憾。但毛主席问到我,却使我感到无比荣幸。这件事迄今难忘。

而现在的这幅毛泽东木刻像,却是我在文艺座谈会之后又重新改刻过的,因为我嫌原来那幅面部太黑,改刻后的作品就大为明快了。

1944年后,延安举行了劳模大会和文教大会,在大会期间并举行有关英雄人物生平和英雄事迹的连环画展览作为配合。一到这种大会筹备期间,就动员鲁艺的师生为大会作画,我曾两次参加这种工作。其中为文教英雄陶端予(杨家岭小学的女教员)画的连环画,事后曾选取其中的一幅刻成黑白木刻《为群众修理纺车》以歌颂她为人民服务的精神,并将给模范教师刘宝堂画的连环画也刻成了连环木刻画。我选了其中的两幅陈列在这里,作为对刘宝堂的纪念。

在鲁艺新秧歌剧创作和公演的影响下,鲁艺所在地桥儿沟的老乡们创作了新秧歌剧《小姑贤》,我曾观看了他们的演出,颇感兴趣。事后该剧出版单行本时,求我作插图。我给刻了五幅小木刻,也就是现在流传下来的《小姑贤》木刻插图。刻成后曾在桥儿沟街头张贴的《桥儿沟壁报》上发表,受到了群众的热烈欢迎。这是我从事木刻艺术以来难得看到的一次农民如此欢喜地欣赏我的木刻作品,感到了无比的幸福和鼓舞。自1933年"木铃木刻研究会"成立时就标榜我们的版画艺术要为劳苦大众服务,但从来还没有看到过劳苦大众真正欣赏我们的艺术,这算第一次,我怎能不高兴!

日本投降后，我从延安回到晋绥边区，于1946年到山西孝义县下乡，在东小井认识了剪纸能手石桂英，她当时有30来岁，已有三个儿女了。除了做一般家务外，还日夜抽空纺花织布。我和她熟了之后，就向她提出合作剪纸的问题——我画她剪。她同意后，我就照着她织布的样子画了一张小图，全是轮廓线。交给她后，等第二天看时，她已剪成了一个红色的窗花，真是一个非常美丽的窗花。石桂英给织布的妇女身上不但配上了花的图案，而且那图案多样而统一。例如裤上的"如意"，她是根据空间的不同而安排的，能使"如意"多变而完整。其次是布机腿上方两侧也加上了图案，既美化了布机又和妇女身上的花纹有了呼应，其结果是为整个剪纸增加了光彩。最使我惊异的是，我的原稿因透视之故，只画出妇女的一条腿，即两脚都踏在布机上。待她剪时竟剪成两条腿都显现在画面上了（即一脚踏布机，另一脚闲放在地上），这样一来，就使画面更美观了。我问她："用一只脚踏也可以织吗？"她说："可以的。"此外她还给妇女头上剪了个发卡，加得真好。我真钦佩她的审美趣味之高，赞赏她在剪纸艺术上的非凡才华。我得到这个新剪纸如获至宝。它既不失窗花的传统，有美的透光，有浓厚的装饰性，而又有新意，既是写实的而又有理想。这个剪纸真像是我和她共同"生"下的一个小宝贝。我们的合作是非常成功的，彼此都感到了创造的欢喜。难怪她的小姑开玩笑说："老郝和嫂嫂要是一对夫妻多好，一天到晚可以在一起剪花花了。""死丫头不要胡说！"嫂嫂笑着骂小姑，但我和她都会心地笑了。

全国解放后，不知怎的《织布》剪纸竟和中国的木刻一起载入东德出版的一本中国版画集中，至今恐怕石桂英还不知道她的作品已飞到国外去了。

我之所以重视这个合作的作品，一来因为它本身是美的，是我到新解放区的一个纪念；二来也因为这一合作实现了我在延安时候就已有过的设想；三来改变了我对农村妇女在艺术才华和修养上的低估。发现了一个作为文盲的家庭妇女，她的手艺竟比我预想的高出一筹，我多么高兴。

我从孝义县回到晋绥边区的兴县参加了公祭关向应同志的仪式。关向应同志是辽宁省大连市人，老红军，曾任八路军120师政委、中共中央晋绥分局书记，1946年在延安病逝后，晋绥边区人民公祭他，我根据参加公祭的印象刻了木刻《公祭关向应同志》作为纪念。

《送马》也是1948年创作的。当时贺龙司令员号召部队把编余马匹无偿赠送给贫苦军烈属，帮助他们解决生产中的困难。为此我创作了这幅木刻。在晋绥《人民画报》上发表后，苏光和牛文批评说："你那位军烈属画的太衰老了，送给他马，他也不能上地耕种了。"我感到他们批评的很对，因此于1948年参加土改工作归来后，又重刻了次，把军烈属的形象画的"老当益壮"，他们看了表示满意。这幅木刻已成为我在晋绥时代的代表作了。全国解放后，曾于1949年全国文代大会期间参加了第一届全国艺术展览会，后又被选入上海晨光出版公司的《新中国版画集》中。

1947年我参加了当时晋绥边区崞县的土改工作（即今原

平县),一年后回到兴县创作了年画《选举图》,其中的人物都是崞县土改中的群众。后来经过石印出版后发表于《天津日报》副刊,就听到当时中央美术学院的女画家邓澍对此画的赞扬,认为生活气息很浓。当年腊月我曾带了一部分年画《选举图》在家乡街头摆摊销售,目的是要看群众是否喜欢我的作品,结果所带的年画都卖完了。我总算亲眼看到了农民对我的《选举图》的赞美,多么的高兴。

全国解放后,我在太原工作时刻了木刻《向李顺达应战订生产计划》,发表于《人民日报》,编者写了按语给予表扬。这是我从老区进太原后刻的第一幅木刻。李顺达当时是全国农业劳动模范,曾在《人民日报》上发表谈话,向全国农民挑战。我的木刻是紧密配合了李顺达的生产号召的。这幅画是我根据我在灵石富家滩西山顶上于一位劳模家画的开会时的速写而创作的。

1951年夏当我在太原工作时,参加了由杨秀峰同志领导的"太行山老根据地访问团",访问团还带了一个"杂技团",访问了武乡、左权、麻田等地。当时参加访问团的还有《山西日报》社社长史纪言同志。开大会时杨秀峰代表毛主席向群众讲话表示慰问,有时也要史纪言代表毛主席慰问,有时也要我出场,这是我一生中唯一的一次代表毛主席讲话慰问太行山老区人民。事后我创作了年画《毛主席的代表访问太行山老根据地人民》。画中描绘了一位首长在慰问大会上正给一位烈属带纪念章。当我把画稿拿给宣传部长陶鲁笳同志看时,他说:"你画的那位首长气派不够,只像个科长,应该画成省委书记那样的大干部。"我认为他提的意见很好。后来经过观察琢磨,又进行了修改,最后给他看时,他说:"这就像个大首长了。"但我自己最满意的还是画中的烈属老农民。他令人感到忠厚、善良、淳朴。这幅年画在北京人民美术出版社出版后曾荣获文化部于1952年第二次颁发的新年画创作奖。

自从1953年我被调到北京人民美术出版社任副总编辑,1955年又调到中国美术家协会任《美术》杂志副主编以来,整日坐办公室,难于离开编辑工作下乡深入群众生活从而创作有关农民的木刻画了。但我又不甘心放弃木刻创作,于是就到花店里买了几盆我所喜爱的花,于1954年刻了《百合花》,1955年刻了《瓜叶菊》,人们竟认为这是我这一时期的代表作。后来得知《瓜叶菊》陈列在南斯拉夫博物馆。当晁楣同志评《百合花》时说:"体现了纯洁高尚的情操。"我很满意。虽然当时已有"百花齐放、推陈出新"的文艺新方针,但还是有人在报上批评:"作为一个共产党员画家,不表现工农兵而刻些花花草草。"可见当时刻几幅静物木刻画也是有风险的。

1954年秋,经我再三要求,得到了"人美"副社长邵宇的开恩,给予我一次下乡的机会。我就同陪我一同去的"人美"的两个画家到了山西太行山去写生。我们从河北的邯郸经过涉县来到山西的左权。我在涉县的清漳河岸为美丽的金秋景色所陶醉,于是画了一幅富有秋色的水墨彩绘速写。后来回到北京刻成套色木刻《太行山风景》,于1957年被选入《中国现代版画展览会》,在苏联的列宁格勒和莫斯科展出。

在左权我画了一株枝干有如龙蛇的老柿树,树叶尽落而红柿点点耀目。回北京后于1957年创作成套色木刻《黎明》，只用了三个色板，在柿树的背景上加上了黎明时分的下弦月和黎明时分的朦胧的远山和河流等远景。在前景上画了一个骑毛驴的早起劳动的农民，他手搭凉棚锜瞭望东方曙光。两个驴背上都有笼筐，要上地收庄稼的。叫驴突然吼叫起来，意味着它发现了前面的草驴。我能画出这些情景全靠童年对农村生活的熟悉。黎明从黑夜向我们走来，像一年的春天，像人生的童年，它给我们以朝气，给我们以希望，给我们以鼓舞，这就是我要表现的主题。1957年《黎明》参加在苏联列宁格勒和莫斯科举行的《中国现代版画展览会》时被苏联印成明信片发行。后于1958年又参加在莫斯科举行的《社会主义国家造型艺术展览会》，现在《黎明》为英国陈列馆所收藏。

1957年春，当我在《美术》杂志编辑部工作时，一个落雪天我去上班，上楼后在办公室的窗外看到很美的雪景，于是就立即用水墨写生下来。画成后看到雪景的顶端太平了，于是把附近的一个小亭移过来，又加了一个推自行车的人和扫雪的小孩，构成了我的木刻画《北京雪景》。当1958年举行"莫斯科——北京版画家作品展览会"时，我以《北京雪景》等木刻参加了展览会。在苏联的莫斯科展出时，苏联著名艺术家H·茹可夫在《真理报》上发表了《良好的开端》一文。文中评论《北京雪景》时说："艺术家力群在木刻中所表现的中国和暖的冬天，迷人地、童话般地印在人们的记忆中。在这种好像是非常平凡的风景画中，作者善于表达对自己国家的生活和祖国的城市的深深的爱，这样的风景，我们认为是美好的艺术作品,它永远使我们看了感到快乐。"《北京雪景》于1958年又参加了在莫斯科举行的《社会主义国家造型艺术展览会》。

1957年我除了创作《黎明》和《北京雪景》,还刻了赵树理小说《登记》插图和《饮马》以及《生地花》等木刻。

《登记》插图的内容是:小飞蛾回来见闺女睡在自己的床上,就轻轻推了一把说:"艾艾!醒醒!"艾艾没有醒,只翻了一个身,有一个明晃晃的小东西从她衣裳口袋里溜出来,丁零一声掉在地下,小飞蛾端过灯来一看说:"这闺女!几时把我的罗汉钱偷到手?"这个插图曾给赵树理看过。他说:"小飞蛾的裤脚管应该扎起来,才像他们那地方的妇女。"但我觉得那太土气了,不好看。至今这个问题我也没有想通。

《饮马》表现在战争年代首长来开会,警卫员趁机牵上马去池边饮马的场面,从侧面描写共产党的领导人物为祖国的解放事业而辛劳的情景。有的木刻家认为《饮马》表明我在黑白木刻上已形成自己成熟的风格。

《生地花》是药材,但它又是我们家乡的野花,我童年时很喜欢采它玩,我把它刻成木刻就因为这个原因。

1958年刻了《学习》,1959年相继刻了《春游》《煤矿区风景》《帘外歌声》《石竹花》《丰收》《红旗歌谣》插图——《新媳妇走娘家》。

《春游》是为1959年第3期《版画》杂志刻的封面画。

《煤矿区风景》是我根据1954年从左权到阳泉煤矿区画的速写而刻成的木刻。这算我一生中刻的唯一的一幅关于工人劳动的木刻作品。

1959年世界和平理事会发了一个文告,号召全世界的版画家以"给世界以和平"为题作画,并说将在东德举行一个国际版画比赛会。我决定应召,开始酝酿表现中国人民和平生活的一幅木刻画。为此,就到北海公园画了初放嫩叶的垂柳,之后又和萍杜及孩子们到颐和园昆明湖划船画了速写,最后受中国花鸟画构图的启示,创作了黑白木刻《帘外歌声》。这幅木刻就参加了于1959年8月1日在东德莱比锡举行的国际版画比赛会。虽然没有在比赛中获奖,但被选入在东德德累斯顿出版的一本《给世界以和平》的版画集中。版画集中还有法国大画家毕加索画的伟大的和平战士《约里奥·居里像》以及比利时著名版画家麦绥莱勒的木刻《罗曼·罗兰像》。我的作品居然能和毕加索的绘画在同一画册中出现,这是我万万没有想到的。《帘外歌声》在德国一发表,不久就被苏联艺术杂志《NCKYCCTBO》所转载。后来在中国报刊上看到有人写文章专谈美术作品的标题时,夸奖我的木刻《帘外歌声》标题好。《帘外歌声》还参加了当年在北京举行的"第四届全国版画展",受到观众的喜爱。

1959年还刻了一幅《石竹花》,它是一种野花,开得时间长而多样,我很喜欢它,所以刻成了套色木刻。

木刻《丰收》为《版画》杂志1959年第五期封面画,是根据1959年在汾阳杨家庄画的果实累累的果树速写创作的。

《新媳妇走娘家》是我为郭沫若和周扬在大跃进期间合编的《红旗歌谣》作的插图。其内容如下:

桃花开,

一片霞,
新娶的媳妇走娘家。
穿啥哩?
月白裤子花夹袄。
戴啥哩?
鬓角插朵白梨花。
谁送她?
哥送她。
谁见啦?
我见啦。
我还听见体己话。
哥问她:
"走娘家啥时才回家?"
新媳妇,头低下,
脸蛋红的像桃花。
你呀你,别牵挂,
今去明就回来啦!
一不耽误社里活,
二不误俺学文化。

插图是一种根据文学作品的艺术再创造,我创作时,因为是黑白木刻,所以没有必要忠实地描绘新媳妇身上的穿戴,而是重点描绘她由于怕羞"头低下"。因为是走娘家所以我在描绘时增加一个花布包袱,让她挽在手臂里,又在哥的上衣口袋上插了一支自来水笔,让人能联想到小两口都在学文化。画了一株小榆树，以示哥把她送到村外。

1959年夏，我高兴地于七月间回了山西汾阳，到峪道河水泉村下乡。在这里我看到山西特有的建筑物和令人喜爱的河景，我画了速写。于1960年根据速写创作了套色木刻《社干会后》和《田间归来》，前者曾发表于当年《人民日报》的版画选刊上。我在建筑物的下方画了参加社干会的农村干部散会后正忙于回家，有一个干部在车后带着一个小猪以增加社干会的气氛。《田间归来》则表现农民在太阳下劳动，晒了一天，归来看到清凉的河水，就痛快地洗涮一身的汗，这是多么愉快的事呀！

1960年我还刻了套色木刻《女社员》，是根据早些年在家乡画的妇女头像创作的。到1987年一位加拿大的女画家佩基·考尔特和她丈夫斯坦到我家来访问，看我的版画，她喜欢这幅《女社员》，就购买走了。

1961年，在北京万人下放农村整风整社的浪潮中，我带领中国文联的同志们，有十余人下放宁夏吴忠市整风整社。为了了解社员的生活情况，我曾在枣园大队住了一个时期，经常去黄河边散步，观看黄河边大雁的起飞和降落，也看到农民在播种。因而在回京度假期间创作了水印套色木刻《耧声响遍黄河岸》，是以中国水墨画的韵味为其特色的。

《秋曲》是根据在宁夏泾源之行画的秋后的白桦树枝又配了两只八哥刻成的，当时为了办版画训练班曾借来两只八哥鸟的标本供学员作画，我就把它们画在白桦树枝上。因为八哥是善鸣的鸟，故此画名《秋曲》。

《春夜》是我下放宁夏整风整社后于1962年刻出的一幅最受好评的套色木刻画。当时我们差不多每天夜里要开会，在这个会议室里开了一年多的会。事后我创作了《春夜》。原来院里并没有梨树，创作时我从院外把它画在院里，否则画面太单调。我又在墙边画了两具耧，能让人联想到会议所讨论的是关于春耕播种的事。下了一场薄雪，忽然天晴了，月亮悬在天空。梨树已发芽，等待着春暖花开。院里摆了那么多自行车，意味着有那么多干部来开会。这幅木刻已经刻好了，才发现画的都是男车，没有"半边天"的，于是又重新刻了一次，增加了一辆女车放在最明显的位置，这样才算最后刻成了《春夜》。当《春夜》在北京展出时曾受到油画家常书鸿同志称赞，认为有油画效果。此画后来为"中国美术馆"所收藏。评论家刘曦林在一次学术研讨会上提到《春夜》时说："……这张版画表现的是农村干部在开会，他不画会议室的里边而画会议室外边，月光照在村舍上，春暖融融，这就是从侧面描述，它就非常具有艺术味道，是一种反向思维。"

　　我感到形成《春夜》美的意境的，离开天上的月亮将不可思议，而这也是有生活感受的。我在公社居住期间，经常在初春的黄昏到公社院外的果木园散步，当雨后天晴，清澈的夜空，明月出现在梨树梢头，其美的意境给我留下深刻的印象，而这月亮终于又出现在《春夜》里。

　　宁夏是种稻不插秧的地方，只把稻谷洒在水田里就完事，谓之"浪稻"，说这是"广种薄收"。届时就在田边搭棚，吃住都在那里。我画了速写刻成套色木刻《浪稻季节》。

为了寻找创作题材，我到宁夏各地进行旅行写生，一次路经同心，住在一户农家，第二天清早起床，发现夜里下了一场大雪，于是我在雪后的太阳光中画了一幅满意的雪景，回到银川后创作了套色木刻《雪后》，成为一幅很受群众欢迎的木刻风景画。在画中我画了蔚蓝的天空有两只喜鹊向树间飞翔，在雪后的山路上画了隐约能看到的出动的人群，其中还有一个骑毛驴的红衣妇女怀中抱着婴儿，近景有一条小溪，溪旁有一只觅食的喜鹊。我用粉红色表现阳光照耀下的雪景，构成了暖色的调子，整个画面富有生气和一种清新之感。

《少女像》是根据版画训练班期间画的一个上海来宁夏支边的姑娘曹惠丽的素描像而创作成水印套色木刻的。一来为了给版画训练班的学员示范，二来也是我一幅心爱的创作。

《宁夏之春》描写的是两个汉民和回民老人正在修耧，准备春耕播种，从前播种时藏在耧缝里的谷物经此时的敲打全都落地了，因此在画角画了一只觅食的白公鸡在啄食。它的出现既合情合理，也为画面构图所需要。背景画的是桃树，已经含苞待放，点明了一个"春"字。我用一半是黑一半是白的构图，为了使画面有变化。这时我使用黑白已经很自由，任我安排。

《溪边》是根据1959年在山西汾阳峪道河下乡画的速写刻成的。峪道河有一股长年流动的很清的泉水，河岸边芳草如茵，有夏日的幽静之感，我当时画了水草的速写，于1962年刻成黑白木刻《溪边》。牛文看了很喜欢。其中的"香人人"草是我童年的朋友，所以有一种亲切之感。我配了一只蜻蜓，增加了溪边的气氛。

从宁夏归来，一天我和萍杜及孩子们游颐和园，在后山上画了山葡萄的速写，回家后创作了套色木刻《山葡萄》。当1963年《力群·黄新波·杨纳维三人版画联展》在中国美术馆展出时，王朝闻看到它表示很感兴趣。

多年来，我在套色木刻的用色上很胆小，总是忠于风景和植物的自然色，但当我看了齐白石画的中国花鸟画，敢于把荷花的绿叶画成墨色，而把水红的荷花画成西洋红时，得到了启示，于是在创作《山葡萄》时，就把绿叶画成群青色，配以红色的山葡萄果实，安置在黑色背景上就感到新颖而富有创造性，由于山葡萄枝叶间的大片黑色的背景觉得较空，我就刻了些小点作为点缀，这种小点并不表现任何事物，仅仅是画面需要。后来我听到民歌中的"唉哟哟"时，就把《山葡萄》画面上这些小点叫做"唉哟哟"了。而这也正是一种抽象的东西，但我是反对美术上的抽象派的，因为它让人看了不知所云，既不能反映生活，又不能揭示主题，然而我认为在写实的绘画创作中适当地采用抽象手法也还是可以的，正如"唉哟哟"在民歌中。

《林茂羊肥》是1962年单凭想象创作的，创作时学习了民间剪纸，在黑羊身上刻了两排剪纸惯用的小三角作为装饰，刻白桦树的枝叶和石竹花时采用了湖南印花布断线的手法，使画面增加了装饰风味。我的经验是学习姊妹艺术绝不能照搬，只能吸收其点滴，使它融汇为自己作品的有机部分，否则就会变成"依榜和模仿"。《林茂羊肥》成为我下放宁夏创作中的代表作之一。

1962年还根据在宁夏泾源画的民房创作了一幅套色木刻《春到山区》。我把房与房之间画了一些正在开花的杏树，意味着春意很浓，前景描绘了回民正赶上牛去耕田。我想表现春暖花开，山区忙于春耕生产，一派繁荣景象。

我根据在吴忠市画的速写创作了水印套色木刻《二月》。这是初春来临，社员们赶上牛车忙于送肥，喜鹊在小河边飞翔，好像是欢迎春天的到来。

套色木刻《荷花晚风满园香》是根据1962年在北京万寿山"谐趣园"画的速写创作的。我很喜欢"谐趣园"背后的松林，所以在画面上给予松林以较显著的地位。前景有白色的睡莲，可与天空的白云相呼应。只用了两个色版，套出这幅风景画，我自己还喜欢。

《新苗》也是根据在宁夏泾源之行画的速写于1963年刻成套色木刻的。所谓"新苗"，就是新出土的冬小麦的幼苗，因为童年看惯了这种绿茵，对它颇有感情，所以刻成了套色木刻。那些树都是在泾源画的。

木刻《抗旱浇麦》是根据1964年参加山东曲阜县的四清工作后创作的。所谓四清就是清政治、清经济、清组织、清思想，也叫"社会主义教育运动"。我在曲阜工作一年后，回到北京就参加了"华北区年画版画展览会"的筹备工作，走遍华北给画家们的年画版画创作提修改意见，而我自己却没时间创作了。到了最后才根据在曲阜东焦沟画的速写匆匆忙忙刻成了黑白木刻《抗旱浇麦》，参加了"华北区1966年年画版画展览"。今天看来这幅木刻还是充分表现了农民群众的十足的干劲的。

《夏》是1970年在"文化大革命"后期下放家乡植树造林期间创作的，描绘了女社员们正在忙于为农作物喷洒农药灭虫害。是一幅炎夏的农村风景画。我把小河边画了些正在开放的紫色野花，增加了画面的美丽。

《挖水池》是几次去昔阳大寨得到的素材创作的，目的要表现"世上无难事只要肯登攀"的大寨人的那种无畏的战斗精神。

1976年1月8日周总理病逝后，为了怀念周总理，我于1979年刻了《周总理像》。

木刻《长江风景》是根据早些年画的速写于1979年刻成的，我喜欢长江岸上的那些建筑物。此画于当年11月8日曾参加在中国美术馆举行的《第六届全国版画展览》。

1978年7月下旬，由于韩惠民从中斡旋，新疆伊犁地区邀请我去讲学，他们举办了一个版画学习班待我去辅导。因此，我有机会游历北疆和南疆，画了很多版画的草图。根据伊犁的生活感受创作了套色木刻《新城在望》，描绘两个维族姑娘正在人家的屋顶上测绘街道地形，以示要改建新的城市。

《天山之夏》是根据我在新疆伊犁新源林场森林里画的速写回到太原后于1980年创作的。创作这幅套色木刻时，我不愿在色彩上如实描写，而大胆采用了敦煌石窟藻井图案的色调，敢于用群青蓝画灌木，用绿色画天空，使画面有了不平凡的色彩效果。画内有塔松林立，点缀着清流瀑布，还画了两只小鹿在饮水，远处的森林中有白色的帐篷，是伐木工人居住之所。通过这些情节，我想表现天山夏日森林茂密醉人、空气清新之美。

　　《清泉》是根据在新疆画的速写创作的，我对于泉水自幼感兴趣。原来想用唐代诗人王维的诗句"清泉石上流"为题，后来为了简明改为《清泉》。过去总以为木刻画面多黑块为西洋木刻之特点，因此有一个时期为了有民族风味，并适应中国人民的喜闻乐见，尽量使木刻画面减少黑块，多用阳线。但当我想到中国的字帖和石碑图画拓片时，就觉悟到中国古代的版画也并非全像《水浒》的木版画插图，也有在黑底上出现的阴线图画。因而我敢于用大面积的黑来衬托流动的白色泉水，这又何尝不是中国作风呢？为了不使画面单调，我在泉水旁边画了水草，而这也是自然本身的逻辑，水边必然有草。但这种草必须是能够"入画"的，不是一般草都可画入图中。好在我的速写资料中就有当年在山西汾阳峪道河画的水草，正好画在清泉之旁，这样就既丰富了画面又增强了意境感。定稿后，我拿到美协，请同志们提意见，聂云挺同志看了说："如果草被风吹动，就更好了。"我接受了他的这一宝贵建议，就把草改成在微风中摆动的状态。《清泉》从头到尾一共画了九张稿子，也就是九易其稿。刻成之后，深感是很有中国作风的一幅木刻。

　　受中国石碑拓片影响的当然不止我的《清泉》，杨纳维同志生前于1962年创作的《借来南海风千片》也是受了石碑拓片影响的,从而使中国版画加强了多样性。当我的《清泉》于当年的11月和《林间》、《鹿园》等作品一同在广州文化公园参加《北京·广东·山西版画联展》时,我的老同学水彩画家王肇民看了就特别喜欢《清泉》,他认为比《林间》还好。当1981年《清泉》参加了由"法中友好协会"于3月5日在格勒诺波尔市文化中心举行的"中国新兴木刻50周年展览"而展出时,终于和法国人民见了面。这次展览,出版了一本"目录"而同时也是一本画册,封面以五分之四的版面印了我的木刻《清泉》,并以《清泉》印成展览会的"海报"在格勒诺波尔市到处张贴。我想,法国人之喜欢我的《清泉》,主要是因为它的风格最富有中国特色的缘故吧。

《春风》的感受来自太原南文化宫,当我在楼上展厅进行评选作品活动时,偶然发现窗外的垂柳在冬风中依依摆动,很有画意,垂柳的姿态也很美,于是画了速写,由此而创作成套色木刻《春风》。在创作时我不但把柳树移于汾河之滨,而且增加了很多嬉戏的麻雀,助成了画面的欢乐情趣和生动景象。远处即西山,在房后有结了冰的白色的汾河隐约出现。天空上衬托柳枝的已经是初春的行云了,所以我把这画命名为《春风》。

《鹿园》是根据在太原动物园画的鹿的速写而起稿的,但当时用铅笔画出构图后,就一直搁起来。大概是因为创作这种题材的木刻当时的"气候"不成熟,不敢刻。后来动手创作,是因为第四次全国文代大会后我的思想解放了,邓小平同志在《祝辞》中所说的:"只要能够使人们得到教育和启发,得到娱乐和美的享受,都应当在我们的文艺园地里占有自己的位置"给予我以支持和鼓舞,于是我从铅笔稿画成黑白的木刻稿后就于1980年大胆地刻成木刻。装饰风很强,有透视但又并不强调。这是继《清泉》之后又一幅中国石碑拓片风的黑白木刻画,1983年曾在丹麦参加了《中国版画展览》。

《金鱼》的创作动机是想把我国仰绍〔韶〕文化的一只彩陶器搬进我的木刻作品中来。画中花台上的一个花盆是根据山西万全荆村出土的一个彩陶画的,而小姑娘衣服上的图案则是根据河南陕县西谢桥出土的彩陶上的图案画的。之所以要这样画,就因为我爱我们祖先的这些彩陶艺术。我把它们搬进我的木刻作品中是一种尝试,而这幅木刻作品也是受石碑拓片影响的创作之一。2004年我又把画中的花盆刻成藏书票,谓之《盆景》。

《林间》是我晚年创作的木刻作品中,最受群众欢迎的一幅,画这幅画时我已69岁了。是怎样得到感受而创作的呢?我自幼就喜欢松鼠,时常玩它。我们家乡叫"毛圪狸",是一种非常可爱的小动物,我晚年还把它养在笼子里。1978年我从新疆归来,路经麦积山时已是晚秋了,还看到松鼠在落光了树叶的树上跑,这就引起我创作《林间》的动机。归来后画出了草图,钉在墙上,我的小女儿看见后说:"爸爸,你画的小松鼠不可爱。"我想,也许是画的太写实了的缘故,于是就进行修改,对松鼠的尾巴加以夸张,一直改到小女儿说:"这回松鼠画得可爱了。"这样我就一口气刻成《林间》。当版画家们在黄山开会时,有人看到我在观摩会上展出的《林间》时说:"力群不老!"而我当时已69岁了。当1980年3月30日在太原工人文化宫举行"纪念左翼文化运动50周年《力群版画展览》"时,我趁机进行了一次投票测验,结果《林间》得票最多,共得90票。1983年被"法国国立图书馆"所收藏,曾在坦桑尼亚、加纳等六国展出。

当1980年8月在长春举行《力群·古元版画展览》时,我们被安排在一个高级的"南湖宾馆"里,馆内面积很大,有一个出色的园林,每早起床来此散步,真是一种享受。我发现园里有高大的榆树,枝叶下垂,富有抒情味,就画了速写,后来于1981年以此刻成一幅我很满意的黑白木刻《夏风》,创作时增加了拴在树上的一只山羊,算我这次东北之行的重大收获之一。这羊的出现就意味着榆树不是生长在山野,而是在田边。

1980年9月29日我和版画家杜鸿年同志行进在黑龙江省北方十八站至塔河一带的途中,在呼玛河边画了一张速写,图景是沼泽地的红毛柳丛。回到太原后于1981年以此刻成套色木刻《北国早春》,于1982年参加了法国巴黎的春季沙龙画展。这次东北之行所创作的《夏风》和《北国早春》,被美术家们认为是我八十年代的代表作。

1981年春二月,我受湖南版画家王琼同志的邀请,到长沙去讲学。一天我们泛舟游了洞庭湖,归来看到湖岸行将出芽的柳树和绿色如茵的草地,使我画兴大作,到旅馆后立即动笔,创作了《春到洞庭湖》的套色木刻初稿。我不满足柳树的如实描写,将尚未出芽的柳枝使其变形而富有剪纸风味,绿色的草地上配以四只吃草的水牛。远景是洞庭湖,有两只风帆在湖上轻移，以两色套版完成这幅木刻画稿。回太原后刻成了《春到洞庭湖》，竟成了我的又一代表作。

这次去湖南由画家陈白一同志陪我去长沙参观了动物园，我画了小熊猫的速写，在宾馆的院里画了法国梧桐的疏枝，回到太原后创作了套色木刻《小熊猫》。我不喜欢大熊猫而喜欢小熊猫，因为大熊猫笨头笨脑，而小熊猫灵动可爱。此画于1983年曾在丹麦参加《中国版画展览》。

我的童年在我家大门前的大槐树上，初春来临曾看到喜鹊衔枝衔草在树上筑巢，准备生儿育女。我根据童年的印象，于1981年创作成木刻《早春》。

《荞璐璐花》是我们家乡的叫法，不知道植物学上应叫什么，它是一种野花。在我写的《我的乐园》一书中有如下的描写："红艳艳的桃花也开了，桃园里的绿草中点缀着蓝色的猫眼花和紫色的荞璐璐花，我和小姑娘们一面采摘一面唱着童谣：'荞璐璐花，登登镲，好女嫁给老鼠家。'"我于1982年根据在家乡画的速写，把它刻成黑白木刻，在画风上稍微有点现代派的味道。

马烽小说中的韩梅梅是个坚强的小姑娘，完小毕业后，没有考上中学，于是就自愿担任了社里的喂猪工作，从而受尽了父亲的辱骂和村人的冷眼。但她在吕萍老师的教导下，能忍辱坚持而不动摇，终于做出了成绩被选为社里的模范。我的插图画她正在喂猪。

马烽小说中的饲养员赵大叔是一个有趣的人，同时也是一个最有责任心的人。他之爱牲畜有如爱自己的儿女，非常感人,我的插图画他正在槽头喂牲口。

马烽小说中的赵满囤绰号叫"三年早知道",是个思想落后的社员。当城关农业社的配种手李二贵赶着那头巴克夏猪到太平庄去配种路经甄家庄时,赵满囤就把他团弄住,又是给点烟,又是给烧水泡茶。趁出去抱柴火的工夫,就偷偷把人家的巴克夏种猪赶到隔壁母猪圈里进行交配,后来又装着出来小便,把巴克夏赶回原来的地方。我的插图描绘他正偷偷把巴克夏种猪赶到隔壁母猪圈里。

马烽小说《结婚现场会》描写小说中的主人公王拴牛赶着两头牛堵住了汽车的去路,司机一再按喇叭,他毫不理睬,没有把牛往旁边赶一赶让路的意思。我的插图就描绘这一情节。

在我的散文《我的乐园》里写到《蛇的故事》时,曾有以下的一段描写:"当一群羊正在专心一意地吃草时,其中一只突然怪声怪气地'咩咩'叫起来,张叔叔一听就知道不好了,又是蛇咬着羊嘴了。于是他就立刻拿出带在身边的小皮筒,从中取出药针,扎羊的嘴,并使劲儿地挤血,这样羊就可以好起来。蛇可是已经跑掉了。"我的插图就是刻画这一情节的。

1980年8月我趁在长春举行《力群·古元版画展览》之际,游历了久已闻名的长白山。长白山是北国如画的风景胜地,这里的桦树不是白桦而名为"岳桦",它的树干不是笔直的,而像槐树的干,弯弯曲曲,但其枝叶与白桦相同。我画了速写,回太原后于1983年根据速写又加了一只小船刻成套色木刻《湖边》。

1981年当我在青岛旅居期间，在"水族馆"画了条纹滋鲷鱼的速写，后来在1983年配以水草刻成具有剪纸风的套色木刻《鱼乐图》。

1980年9月23日中秋节我和木刻家杜鸿年同志来到黑龙江边，当时岸边桦树和白杨一片金黄，在蔚蓝色的远山衬托下，显得黑龙江的风景出色的美丽，真使我陶醉。回到太原后于1984年根据当时画的速写创作了套色木刻《黑龙江之秋》。江的对岸为当时苏联的"观察亭"，双方都在"观察亭"上通过望远镜观察对方的动静。

1982年夏我作为全国文联委员到江西庐山参加了全国文联在那里举办的"读书会"。庐山上最多的树木是法国梧桐，有人告我法国梧桐又名"悬铃木"，这名字也够起得有味。庐山的这"悬铃木"使我特别垂青，它细枝下垂，布满如手掌的密密大叶，婆娑片片，层层自适，山风吹来有如大鹏之展翅，碧裙之飘舞，委实动人。我画了速写，于1986年创作成水印套色木刻《悬铃木》，曾参加"第九届全国版画展"，后于1987年与黑白木刻《初春》参加了南斯拉夫"卢布尔雅那国际版画展。"

《初春》是我凭想象于1986年创作的。当时我为了研究刻冬天的柳树而刻成此画，但刻成后感到还有风景画的意境。

《觊觎》是根据早些年在临汾朋友家作客时画的猫的速写于1986年创作的。

《早春暮归》是根据速写簿上画的树枝加上圆月和鸟以及近景的两条牛和牵牛人而创作成的。

《农田卫士》是根据我养的一只小猫头鹰画的速写而刻成的,也是采用的石碑拓片的阴刻法。

1984年夏我作为全国文联委员参加了他们在桂林的旅游活动,画了不少速写。1989年根据当时的速写创作成一幅套色木刻《桂林风景》,其中画了远山渔舟和近景芭蕉。

北武当山在山西方山县境内,是吕梁山区的一座由花岗岩形成的大山,我于1991年曾来此旅游,由侯克捷同志做向导,因为他当时是吕梁地区旅游开发公司的总经理,曾接待过名人王朝闻、吴冠中。我曾在真武庙下石窟内住了一宿,第二天才上了真武庙。后来下山时在龟蛇岭面对真武庙画了速写,于1991年根据速写创作成套色木刻《北武当山》。在画中增加了一只飞翔的喜鹊,使画面生动起来。

《暮色》是根据1992年我从北京回太原在车厢中的感受而创作的。当时车过石家庄后,正值黄昏,我从玻璃窗里看到具有诗意的美丽暮色,宛如一幅套色版画。归来起稿,经同行们看了认可,又进行几次修改,刻成套色木刻《暮色》,天空一只晚归的喜鹊是最后加上的。

《月季花》为了画面有变化,以阴刻与阳刻刻之,意在相反相成。同时也为了以黑衬白花,使它凸出。

《丁香花》是根据当年在太原碑林公园画的速写而于2000年刻成套色木刻的。

《冬枝》是根据速写本上画的冬天的树枝又配以鸟和山水为背景刻成套色木刻的。

《松林》是凭想象创作的。

当1962年我下放宁夏时，曾根据在吴忠市农村之所见而创作了套色木刻《归牧》。当时我看到儿童在大风中领上骡马回家，很动人，于是刻了此画。但因其中有个骡子刻得较大，很不舒服。因此我于2002年根据原画进行了修改，又重刻了一次才算满意。这就是现在陈列在这里的《归牧》。

《黄河人家》是根据早些年在山西临县碛口画的速写于2003年刻成套色木刻的。碛口在黄河边，当年我从延安来晋绥边区就是从碛口对岸过黄河的。现在刻成《黄河人家》，是对黄河的怀念，在画中增加了一些盛开的杏花，既为了美化黄河人家，也为了打破画面色调之闷。

我从1933年开始，从事现实主义的中国新兴木刻，直到2003年为止，整整七十年，创作了一百二三十幅作品，经过淘汰，现在剩下陈列在这里的共有123幅，供来宾们欣赏、指教。

2005年7月24日于京郊香堂村

▲力群与爱妻刘萍杜 1938年安林摄于武昌昙花林

▲延安文艺座谈会 全体出席人员和毛主席朱总司令合影,前排最右边拿手杖者为力群

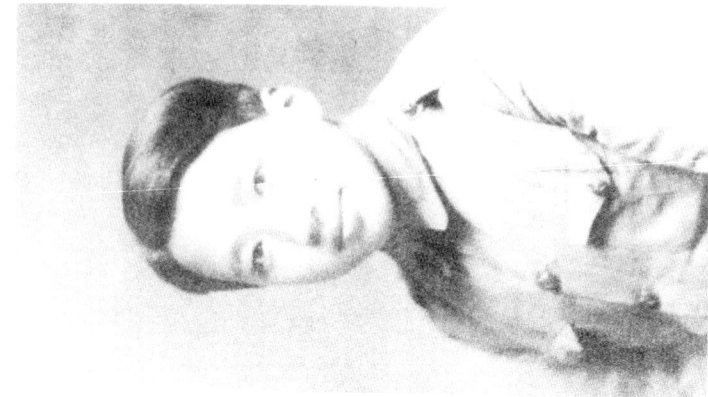

▲鲁白 16 岁时留影

▲注：此图为上图之局部特写

余晖集

▲后排左起第三人为曹白,前排左起第二人为力群

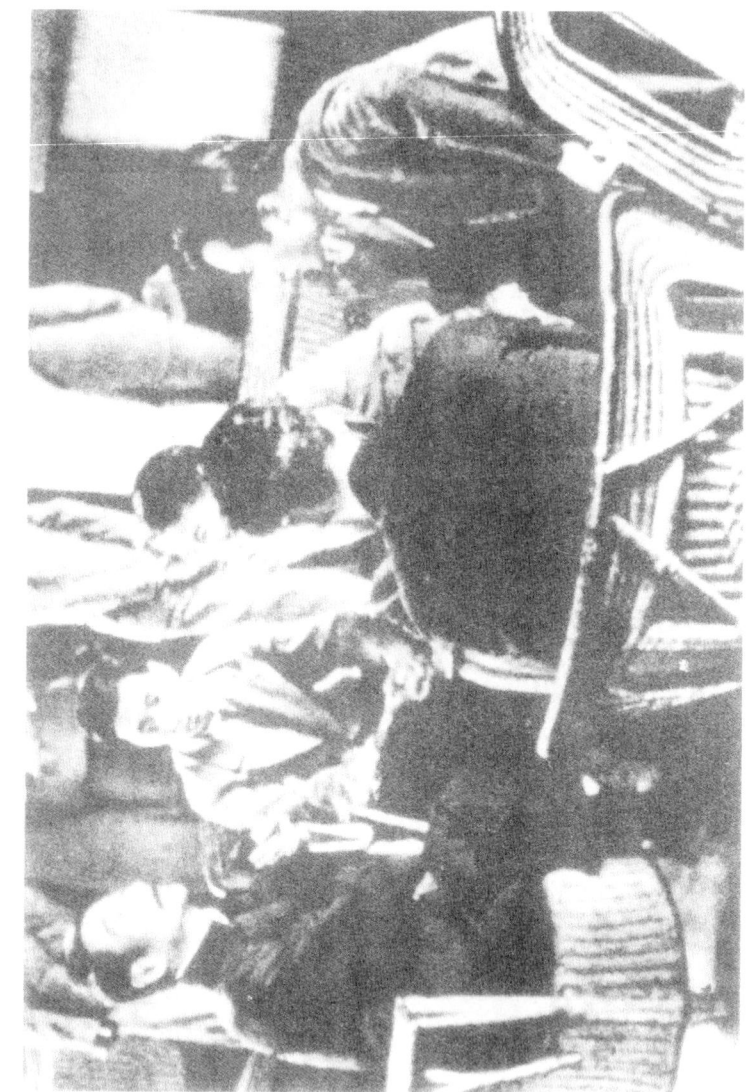

▲1936年10月8日鲁迅在上海八仙桥青年会与木刻青年在一起交谈,从左到右第三人为曹白

余晖集

▲曹白与爱妻孙铭鐏及小女刘沂合影

363

▲力群与曹白及其爱妻孙铭罇在一起(怀抱者为其外孙邵海)

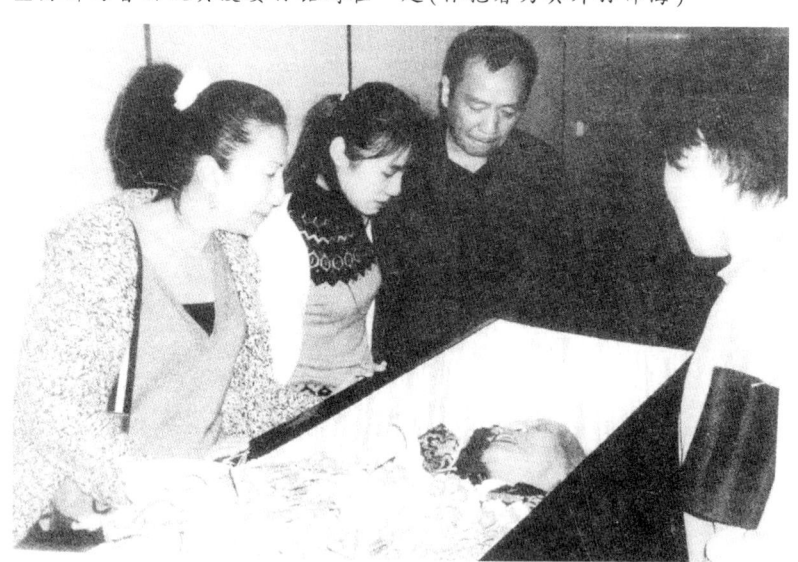

▲家人与曹白的遗体告别

客居澳洲日记

前　言

　　1994年12月，我从亚洲大陆飞往地球的南国澳大利亚，在那里生活了五月有余，深感这个国家和大陆在气候、环境、人们的兴趣、爱好等方面都有不同。我有这种预感，所以一到悉尼就每天写日记，现将当时的日记以《客居澳洲日记》问世，以满足读者的求知欲和兴趣。

　　我感到悉尼真是小鹦鹉的天堂，我也很爱它们，故将阿黎来信《鹦鹉的故事》附录于后。

1995年1月4日(星期三)

我终于来到我的两个爱女生活的土地——澳大利亚。过去的澳大利亚对于我也像阿拉斯加似的陌生,但自从二十多年前我的大女儿阿黎和二女儿阿红先后来到这里,这块南半球的绿洲就和我一天天接近起来,亲切起来。

今天早上我乘坐由香港飞往悉尼的飞机,于七点多钟降落在悉尼机场。

一出机场就看到来接我的亲人——二女婿阮内和小外孙女捷克琳,我忙着去吻她的小手,后来看到二女阿红、二儿媳妇正秦和我的孙儿(她的儿子)凝凝以及大女阿黎的朋友达威和外孙丹阳,但没有见到丹阳的姐姐丹露。据说她下班归来很晚,还在床上睡觉。

这次来悉尼,任务就是探亲。

大女儿早于十天前就飞往广州,三儿子陪我从北京坐火车到了广州就看到她站在月台上等我。她怕我一路有困难,所以从广州陪我到了香港,而后又陪我来到悉尼,所以在香港时人称她是孝女。她实在也是个孝女,而且也是非常能干的,一路上无微不至地照顾我。

昨夜在飞机上,吃过晚饭后,她就把空座椅的扶手拿掉,用三个座椅做成一个小床让我过夜,并把给旅客用的毛毯盖在我的身上。我躺下,睡得很舒服,一直睡到次日凌晨四点钟才醒来。

这次如果不是阿黎来广州接我,我真是寸步难行。由于阿黎既会说英语又会说广东话,又熟悉路途,熟悉海关,所以解除了我很多意想不到的困难。

由阿黎的朋友达威开车把我们送到阿黎家中。车上坐着正秦、丹阳、阿黎和我。一进门就有她的小狗拼命摇着尾巴来迎接我们。阿黎说:它大概能嗅出自家人的气味,所以不咬我,而向我表示欢迎,和我谈话。

正秦从西安到此,是来看她的儿子凝凝的。自从她的丈夫我的二儿子郝田于1993年冬去世后,她悲伤的心绪未曾稍减,唯一能给她精神安慰的就是儿子凝凝、女儿婷婷了。这次来澳洲大概也有散心之意。原拟和我同行,但因我的护照迟迟批不下来,所以她就先我而来了。凝凝是1991年来澳洲留学学经济的,今年毕业,是否还能留在澳洲工作,尚未定。我已经有五六年没有见到他了,现在他长得完全像个成人了。

接着阿红和阮内、捷克琳、凝凝也都坐另一车回来。阮内是阿红的法国丈夫,不会说中国话,一直要阿红当翻译。

饭后我洗了澡就上床睡觉,从十二点一直睡到下午五点。起来后首先就听到斑鸠的叫声,好像在郝家掌似的,感到附近的安静。睡了一觉,从床上起来,才突然感到我是从祖国的冬天来到澳洲的夏天了,于是脱掉在香港穿上的薄毛裤和从山西就穿在身上的藏青色呢子中山装,换上了属于单衣的西装。

我很想出去散步看看悉尼的大海,就对阿黎说:"让丹露陪我去散步。"于是她就和我一同走出院门。

丹露是阿黎的大女儿,我是看着她长大的,她虽然土生土长在新西兰,但她除了会说英语、会汉文,还会说广东话,会说些日语,现在是十八岁的大姑娘了,我很喜欢她。阿黎说:"丹露谁也瞧不起,就是最尊敬姥爷。"她穿了一身紧身的黑色连衣裙,很漂亮。我们走在街上,几乎看不到行人,汽车也不多,不像中国,到处人山人海。这里街道两旁的楼房一般都是二三层,各有风姿,不像香港的摩天大楼,令人感到有一种压力。而且门前都有花木,令人有清洁舒畅之感。

我对丹露说:"我们走慢一些,因为我怕紧张,愿意享受安静而轻松的散步。最好到海滩上去。"从阿黎家走到那里只要七八分钟。走不远就听到树上的鸟叫声,丹露最先看到一只五彩缤纷的小鹦鹉,她指给我看,并说:"你看还有另一只在后面,它们总是成双成对地在一起。小鹦鹉非常可爱,身上有红色、绿色和蓝色的羽毛。"我看了一阵才难舍地离开。这是在中国看不到的。

丹露把我领到一个名叫"曼利"的海滩,沙滩上到处可见到海鸥,在海里有个海水游泳池,有一个人用自由式在游。远处有帆船往来。

"你会游泳吧?"我问丹露。她说:"自由式、蛙式、侧游、仰泳我都会。"我听到很高兴。

"你妈妈现在还游吗?"

"她很忙就不游了。"

她说:"走到那边大海去看看吧,我们经常在那里游泳。"

于是我们穿过马路,经过一些商店来到海边,她指着一个有蓝色招牌的意大利餐馆说:"我每天放学就在那里打工。我十四岁就开始赚零花钱了。"

"一天能赚多少钱?"

"每小时十元澳币(合人民币70元)。一天能赚六七十元不等。今天是我的休息日,所以能陪你。"她说。

天阴得像要下雨,海风吹来颇有凉意。我们站在海岸上,看到有雪白的海浪不时地向沙滩卷来,成群的海鸥在沙滩上鸣叫飞翔。

我们坐在岸石上,很多海鸥就停在我们的身边,像家鸽似的一点也不怕人。丹露说:"我买点吃的东西喂它们。"

当丹露把一包炸土豆条买来时,它们就争着在我手里抢着吃。它们的羽毛白中有淡灰,尾巴上有黑色的花纹,头上有小小的黑眼睛,给我一种纯洁的美。它们飞在我们的头顶上猛不防就俯冲下来叼走了我手中的炸土豆条。

由于海风吹得我感到有些冷意,我舍去海鸥对我的友情就和丹露走回家中。丹露领我走了一条近路,让我看了网球场,然后从密林小道走上山坡。丹露说:"这里很安静,姥爷可以常来散步,或来这里看书。"

1月5日(星期四)

今日天阴落雨,我在家里整理阿黎乱糟糟的衣物,看阿明写的在台北出版的《丹鹤楼随笔》。

阿黎租住的这个小楼,楼上楼下共有三间卧室一个客厅,除了厨房和洗澡间外,全部用灰色和橘黄色地毯铺地,因此一进门就得换鞋,而她们已习惯于赤脚上楼下楼,在室内行走了。

到了晚上阿黎给我理发,达威和丹阳也都是她给理,她要我洗头洗澡,我都照办了。

我睡在阿黎楼上的床上。昨夜她忙完家务很晚才睡。

1月6日(星期五)

起床后就看到窗外可爱的蓝天，太阳照耀着附近的楼房和绿色的树木。我决定今天去打网球，于是就到楼下找丹阳，要他陪我去打。经丹阳联系好后告我11点半钟出发去网球场。

届时由阿黎联系达威开车送我们到网球场。

一共六个网球场相连在一起，场边都有铁丝网，有一个场里已有一男一女在打。我们就选在与他们的球场相连的一个场地。我高兴地脱掉身上的毛背心和衬衣就和丹阳打起来。球拍是我们带去的，网球由场方供给，全是新球。打一个钟点要付12元澳币(合人民币84元)，这都由孝女阿黎付了。网球场特别干净，是人工做的塑料草坪，有如在场上长了一层绿苔。球场的旁边是树林，其中有一种像绒线花的树，也开着淡红色的花，因此令人感到环境的舒适、美好。

休息时，我坐在长椅上，看到周围的楼房没有一个烟筒，说明就是冬天也不会使空气被污染。

打了一个小时,感到非常痛快。到12点半,阿黎来到球场,告诉我们达威已在门外等候我们了。

归来后洗了一个爽快的淋浴澡,就在小院的草坪上一棵大李子树下休息。阿黎给我和丹阳把切好的西瓜端来,我一面吃西瓜一面看报纸,好享受呀!

午睡起来,楼外下着大雨。到六点半雨停了,阿黎领我参加一个小宴会,由达威开车经过好多街道还经过了著名的悉尼大铁桥,又经过世界有名的歌剧院而后走入唐人街,等于让我参观了一次悉尼的街景。我感到的一个特点就是街旁停下的汽车,比街上的行人还多。我在车上问达威来澳洲几年了,他说已有十多年了。

一进唐人街,我就有所感觉了,因为满街的商店有了中文,像走进北京的一条街道一样。最后我们来到"德记烧烤饭店",江雅苓女士和甄法文先生夫妇,何沈慧霞女士和何建刚先生夫妇等已在座。经介绍相互交换名片,知今天的主人是何建刚先生。这次的小宴是特为了我举行画展而举办的,实际都是阿黎的女友江女士的筹划。席间何先生向我提出要我为他写一个"忍"字,他说要收藏百"忍",此外还希望我为他画一幅竹子。

饭毕,我向在座的各位表示:第一,我感谢何先生;第二,我对席间能饮到家乡的竹叶青酒特别高兴;第三,希望在座的各位对我行将举行的画展给予支持。我的讲话由阿黎翻译。听阿黎说,何建刚的夫人何沈慧霞打算让我的画展在悉尼国会大厅的展厅免费展出五天,因为她是澳洲新南维尔省上议院议员,纽省省长特委,并任亚洲事务顾问、纽省大律师及律师等职位。

散席后甄法文和江女士夫妻俩陪我参观唐人街,甄先生说,全世界有很多唐人街,但哪里的唐人街也没有悉尼的干净。我们走过一个有中国牌楼和石狮子的街道,就走进一条食品街,这里有亚洲新、马、泰和越南、老挝、广东、海南岛等地的各种各样的饭菜,顾客则有白皮肤、黑皮肤、黄皮肤等国际来客。

之后到车场,由江女士开车在灯光灿烂的街市经过,终于把我们送到家门口。

1月8日(星期日)

下午阿红全家来,我又看到捷克琳了,她已和我逐渐熟起来,不认生了。我抱着她让阿红照了几张像,但愿照的效果好。

不久湘琴来了,她没有到机场接我们,是因为趁假期坐旅游车到外地旅游去了。看到她觉得变化不大。湘琴叫我姨父,她母亲是我妻子刘萍杜的三姐。她是四五岁时随她母亲从常州乡下来到北京我家的,一直在我家长大,等于我家一个姑娘。她在北京人美印刷厂工作,当我回了郝家掌乡下,她就来到澳洲。

晚饭后,阿红全家和湘琴都先后告辞了。

1月9日(星期一)

上午八时半由达威开车去新南维尔省美术馆 (the art gallery of New South Wales)，观看法国后期印象派画家雷诺阿(Renoiv)的画展。这是我来悉尼后难得的一次机会，正好比1992年去东京能看到意大利画家毛地克黎亚尼的画展似的，我意外地感到高兴。展览厅的观众人山人海，要排队入场，门票12元澳币。我进入展厅后首先看到他前期画的肖像画，其中一幅女像画得真好，此画名《Mademoisella Lapoyte》。他把这位妇女描绘得非常生动可爱，但这是用古典的传统画法画的，这之后就看到他的风格在逐渐改变，显然是受了印象派画家影响的，终于创造了属于Renoiv的独特色彩和风格的作品。但这里展出的只是他作品中的一部分，例如他的名作关于跳舞会内容的就没有，但能在悉尼看到他如此多的原作就算很不容易了。回来我买了一些复制品，但和原作比较，色彩大都不准，印刷较好的实在不多。印刷品的色彩远离原作，这真是我们画家的最大悲哀！

从Renoiv的展厅走出，我就到了亚洲美术陈列室，其中有中国从仰韶彩陶开始的陶瓷品，有吴昌硕、齐白石、徐悲鸿、崔子范等人的国画。此外还有日本、印度等国家的绘画和雕塑……

之后阿黎给我买了一杯咖啡。

当坐下饮咖啡时，看到墙上有几幅属于现代派的油画，那种夸张、变形，以及毫无美感的构图，看了真使我恶心。奈何！

之后和阿黎、达威一起去看澳洲的美术陈列馆，其中有很多油画是受了英国古典绘画的影响，相当有水准，写实能力很强，可惜我不懂那些油画所描绘的故事。澳洲原属英国殖民地，独立后已有二百余年的历史了，所以澳洲的画家受英国绘画的影响是很自然的。

从美术馆出来，过马路，走过一大片绿色草坪才到乘车处。达威的车停放在这么远的地方，因为这里是免费的。

归来后吃了碗面就睡觉了。起床后继续整理我准备展览的木刻作品，有的裁边，有的登记，一直工作到下半夜1点半，然后洗了澡上床睡觉。

1月10日(星期二)

每天夜里,当阿黎离家到朋友那里去住时,总是给我把次日的早餐准备在楼下的桌子上。今天早上当我起床后下楼吃早餐时,桌上空无一物,她忘记给我准备了。

我到厨房找到了咖啡和糖,又在一个碗里找到了鸡蛋,在冰箱里找到了牛奶和咸菜,但找不到芝麻糊和核桃仁,只好少吃两样算完成了早餐。

上午吴棣和小可来,我们多年不见了,看到很高兴。没有想到小可长得比吴棣还高,阿黎说,因为他妈妈爸爸都高。

我请吴棣来,是为了让他看看我要展览的作品,希望他提出淘汰意见,并对我的展出事宜提些建议。

吴棣是中央美术学院附中的学生,素描基础很好,曾画了不少连环画。我下放农村时他还来过郝家掌,我有时到京也住在他北新桥的家里,所以我们的关系还不错。他看了我的展品没有提出任何意见,觉得可以。他建议在画廊展出,阿黎同意。虽然何沈慧霞女士曾有意在国会大厦展出，吴棣说那里没有灯不适宜。

后来吴棣给我看了他的一些作品，全是和佛教有关的属于"曼荼罗"的绘画，我既不懂，也不喜欢。但这些作品还有人购买，售价也不低。我总觉得他有那么好的素描基础，而在这"曼荼罗"上却发挥不出来，全埋没了。我真不能理解，面他自己却自鸣得意，真是彼此间的鸿沟。但我并未表态，因为人各有所好。

吴棣现在的妻子也是画画的，广东美院毕业。她给我看了她的作品的照片，看来她的绘画基础不错，但没有创作反映生活的作品，画的都是些服装店的"模特儿"似的假人，属于象征性的，意思是说现代的人都犹如假人？我不能理解，我准备有机会到他们那里看看。

1月11日(星期三)

按预定计划,今天上午我应把展览会的《前言》写出来,因为刘亚兰的女儿刘骅要来把我的目录和《前言》翻译成英文。

起床后,吃过早饭就伏案写《前言》,刚写完,听见她们来了。我在中国就认识刘亚兰了,她是油画家,多半画静物和花卉。有次来太原,向我讨走木刻《林间》,之后就听说来了澳洲。她原是我的俄文老师刘光杰的妻子。现在见到刘亚兰感到她显老了,据说已有73岁了。刘骅是刘光杰和刘亚兰的女儿。我第一次和她见面,看来也有四十来岁了,和她妈妈一样都是混血儿。其实我并未见过刘光杰,只是当年每天早上在收音机里听他教俄文,所以说刘光杰是我未见过面的俄文老师。

听刘骅说她曾下放山西芮城县劳动。她们母女都是阿黎的好朋友。为了翻译我的木刻画的标题,她们母女走上楼来,坐在床边看了我展览的每一幅作品,而后由刘骅记下标题和创作年代,我觉得她很负责。她虽不是学美术的,但生活在美术的环境中已经很懂美术了,后来阿黎把《前言》也交给她,她们诚恳地告了我一些在澳洲办展览的情况和注意事项。

吃了午饭她们才告别而去,约我于本月14日去她们家做客。我想起中国旧时代的卖艺人说的一句话:

"在家靠父母,出门靠朋友。"

夜,阿黎把全部展品带到达威那里,两人量画的尺寸去了。

1月12日(星期四)

上午准备展览的国画，和阿黎用刀裁去太长的边。阿黎一面帮我裁，一面还要用尺量长短，以备做框，两人够忙的。

临离太原时，因为把有木轴的国画带上出国很不方便，因此由阿强帮助我把所有的木轴都裁去了。但现在要装镜框，就觉得留的边太长，仍需裁得短一些才合适。

下午湘琴来，七时半和我们一同到网球场，同去的还有丹阳及他的朋友。我们是步行去网球场的，没有坐车，但也约下达威。湘琴告诉我，她就住在网球场对面的一栋楼房里，我打算有空去看看她的住处。

球场已有人在打网球，给我们分配在第六场。丹阳带来的朋友都打得不好，还算丹阳打得好一些。虽然如此，总比没有他们要好些，否则就没有人陪我。打到八点钟，天就暗起来，球场的电灯开了，照得场上很明亮，感到光线很舒服，因此，租场金由12元变成了15元。归来后吃晚饭，饭后继续整理展出的木刻作品直至11点才上床。

1月13日(星期五)

上午我把供展出的木刻数目整理出来，并写了题目、印数……忙了一个上午。

下午是在悉尼的亲人聚会之时，先是阿红、阮内、捷克琳来，而后正秦和凝凝来。她们出去旅游归来了，看来正秦的情绪比较好，见面后给我看了她们在旅游中照的照片。之后湘琴也来了。

阿红对我说，阮内读英文报纸，说邓小平谈到开放时，大意说：开放也好比打开窗户，让新鲜空气进来了，但也难免有几个苍蝇趁机飞进来。阮内对此很欣赏，而我也觉得讲得好。我认为在绘画艺术上，所谓苍蝇就是以毕加索为首的欧洲资产阶级现代派绘画艺术，它们飞进中国来，对以毛泽东文艺思想培育的绘画阵地进行了搅乱的能事。

正秦说她和凝凝参加四日游的旅行团每人交澳币188元，去了墨尔本、塔斯玛尼亚、黄金海岸等地，观看了企鹅岛、国家公园、博物馆、人工河、海洋公园、电影世界、大堡礁(海底世界),并告我下周就要回国。我想,大概阿黎也会领我去墨尔本等地游览吧。

之后我们全家会餐。今天的肉菜特别丰富,但我仍吃稀饭,不敢吃肉,却多吃了正秦炒的茄子,很好吃,饭后全家照相。

后来有画家刘开业和李子羽先生来,开业是当年在乌鲁木齐杨鸣山家里认识的,他和画家弟弟刘开基来澳洲已多年了。李子羽先生是澳洲东方艺术家协会的会长。就座后,他送我一本《艺海浮羽》,为黄苗子题字,内容写的大都是国内名画家,说再版时也要把我补进去,他称我为大师。阿黎想请他们对我的画展多帮忙,写文章。

谈了《艺海浮羽》所写的关于我的老师林风眠、潘天寿、李苦禅和同学李可染之后,就请他们上楼看我的作品。

由凝凝和正秦帮忙,把拟展出的国画、速写和版画都一幅一幅地给看过,子羽先生说,写文章想用鲁迅木刻像,我送了他一幅,这是我从太原带来的。

阿红一家走时我没注意。客人们走时正秦和凝凝也告辞了。湘琴是最后走的。

1月14日(星期六)

今天遵约去访问刘骅和刘亚兰女士。由达威开车,路程有五十多公里。这是我来悉尼后最远的一次外出了。

车行在街上,我突然问阿黎:"怎么满街都看不到一个交通警察?""红绿灯就是交通警察。"阿黎在车前的座位上说。我想这就全靠自觉了。

但也注意到街边路上的行人比晨星还少。可是路经唐人街时,不仅有了汉字的招牌,而且路边行人也就突然多起来,其中虽然也有洋人,但大多还是中国人,我想中国的人口多竟也影响到这里的唐人街了。

车走出市区,只见有如蒙古包似的点点红顶平房,很少见高楼了,而到处看到的是绿色的树木和绿色的草坪。我对阿黎说:"为什么看不到庄稼地?""这里只有牧场。"她说。但天空非常蓝,显得片片白云其白如雪。

终于来到也是平房的刘骅家,在门口草坪首先见到的是刘骅的洋人丈夫,由阿黎介绍我和他握手。进家后看到刘亚兰,我和她握手。最后才看到刘骅从里屋走出来,彼此问候握手。

家里有中国的家具,墙上镜框中有一幅中国浮雕的佛像拓片,显示着主人和中国的关系。

我向刘亚兰提出她当年在北京什么单位工作,她说在周扬夫人苏灵扬领导的"北京艺术师范学院"当教师,因此和魏天霖、庄言、赵越等人在一起。又问她我和她在太原认识,她是因什么事到太原的,她说由于她领的学生要到大寨写生而到太原的,由她的学生董其中介绍在南宫相识的。她曾向我要木刻画,我送她一幅《林间》,但我只记得送她画,其他的情节都不记得了。

我对阿黎说:"能不能让我看看她年轻时候的照片?"她同意了,给我拿出她的一本照相册。没有想到她在姑娘时候竟有那么漂亮。而且在相册上竟让我看到我的俄文老师刘光杰的像,也是一位英俊的洋青年。他是一半格鲁吉亚血统一半中国血统。刘亚兰说她的祖父是广东人,因到格鲁吉亚当种茶师傅而出名。她父亲在列宁格勒和一位波兰小姐结婚而后回到广东生下她。她曾在莫斯科上学,并在"苏里可夫美术学院"学油画。后来和刘光杰在莫斯科结婚,回国后生刘骅,在北京长大。"文化大革命"中刘骅到山西芮城插队有五年之久。

约两点钟我们共进午餐,吃大米饭,菜都是刘骅做的。我要醋,他们给我拿来醋。肉做得很可口。

饭后刘骅让我在她的床上午睡。

回到客厅,他们正在看去年刘骅和丈夫到北京旅游的录像带,大都是北京的名胜古迹,我看了一阵,好像我又回到北京了。刘骅趁机给我们讲了她在北京的故事。

一天她和洋人丈夫由民族饭店雇了一辆出租汽车,上车后丈夫拿出一个写着去"丽都酒店"的纸条,交给司机。司机看到他们都是老外,又听他们俩人在车后一直用英语交谈,于是就不按正常路线开车而是抄远道东绕西绕转。刘骅突然发现就拍拍司机肩膀说:"小兄弟,你今儿是不是喝多了点儿?你想把我们绕到哪里去?"于是司机用手拍着自己的脑门说:"唉哟,大姐,我今儿中邪喽!你说一口这么地道的北京话!"

晚饭前我们乘刘骅开的车和大家来到刘亚兰的家,她家是澳洲政府为老年人配给的房子,有一间卧室,一间客厅,一间厨房,一间厕所。每周出40元租金,但政府每周发给她的生活补助费有1180元。同时在这里我看了很多挂在墙上的刘亚兰的作品,有油画、色粉画,还有瓷盘。

老太太和我谈了关于老舍先生被红卫兵逼死的情况,使我很难过。她说曾和老舍夫人胡絜青住在一个家里,胡絜青讲了老舍投湖自杀的详细经过。

刘骅真能讲,不但讲了她在芮城劳动时曾救过数人的故事,而后又讲了个她去陕西户县看望她插队的哥哥时,亲耳听到的一个有趣的事情。有一天在一个忆苦思甜的大会上,他们一定要一个七十来岁的老太太上台诉苦,老太太也不知

说什么好,后来她想了一会儿说:

"我们今天妇女是半边天,过去我们女人当男人的褥子,现在我们翻身了,当男人的被子,我们也要把另外半边天夺过来。"下面人们都笑了,说这样世界上没有男人了。说得我们三人都哄堂大笑起来。

归来时,从车窗中看到一轮将近圆的月亮随我而行。

进得家门,在灯光下有小白狗皮皮在迎接。它在阿黎身边跳个没完,表示高兴,然后又像一个小孩子似的在地下狂跑打圈,像疯了一般,使我好笑。

1月15日(星期日)

来悉尼后,住在阿黎的这个楼里感到非常安静,使我想起陶渊明"鸡鸣桑树巅,狗吠深巷中"的诗句。但只要把鸡鸣句改成"斑鸠鸣李树,狗吠邻院中"就更确切了。

这里虽算夏天了,但我自来悉尼后还没有感到热,一直像秋天。上午由阿黎和达威取展品全部拍了照片。

晚饭之前,阿黎要我去街道上看看热闹,由达威开车出行。我们先到了一个商店,阿黎给我买了一顶漂亮的草帽,戴在头上很合适。

由于今天是星期天,又是暑假期间,所以这条街上像北京古时天桥似的,有卖艺的,有当场作画表演的,有中国青年在给人按摩的。来此后还没有看到街上有这么多人。

之后我们来到丹露曾领我去过的海岸,今天海风较大,颇有凉意。看到雪白的海浪不断地滚滚而来,但游泳的人不少。我虽然从太原带来了游泳裤,但此情此景毫无下海游泳之勇气了,怕水凉。

海边的海鸥成群,与人共处,有人喂它们食物,即彼此争食。我很喜欢海鸥,觉得它们纯洁可爱。

后来达威开车把我们送到一个名为"北头"的国家公园,我们在一处停车,看到路边丛林中有红色的野花,我摘了几株,其根如蒜头,花是朱磲红的颜色,有如玉簪花的形状,但纤小美观。也看到有野生的蓖麻,茎粗如树干。蓖麻在我们家乡是一年生草本,而在这里竟成了多年生的木本大树。

车在行进,能在路旁的灌木林边看到野兔出没。路上也不见行人,车也较少。我们来到海岸的丛林中,下车步行。纵目远眺,看到前面海岸上有一片落叶林,连一个楼房也没有,远处是一片望不尽头的碧海,海上连一只船也不见,越加显得辽阔无边,只有在右边的远处有密密麻麻的楼房点点,真令人心旷神怡。

后来达威领我们走到一个岩头,有栏杆围绕,我们依栏杆下望,有如在飞机上观海,岩高万丈,海水深不可测。

归来后即把野花栽在盆中,浇上水,加了土,希望明天还活得如旧,我准备画它。

1月16日(星期一)

起床后下楼去看昨夜栽在盆里的野花,没想到竟然蔫了,我很难过,但还是找了木板和厚纸把花赶快画下来。

整天誊抄日记,原来写得很乱,要不誊抄出来过些时候连自己也看不清了。

1月17日(星期二)

今天我在继续抄日记,突然听到丹阳房间传出《梁祝协奏曲》的声音,感到那么动听,那么美好。我认为它是以我为主而吸收了西洋音乐之优点的最成功的作品,既有中国音乐之优点,又有西乐的美味。正如周总理所说:它是化学的化合,而不是物理的焊接。

阿黎说她也非常喜欢这个音乐,而江青是排斥它的。我真不知道江青出于什么动机反对它。难道她真的不懂它的美吗?上帝知道!

我最初听它是在曹白家中,由曹白爱人孙铭鏎介绍给我听,从此就迷上了它,像迷上了一个美人似的。我一生中都没有听过如此动情的音乐。

1月18日(星期三)

上午继续誊抄日记。

下午有阿黎的朋友刘宣及其妻子穆舜君女士来,她手里拿着两束新鲜的玫瑰花走进门来,表示他们对我的敬意和对阿黎的友情,我和他们一一握手。

据说当那天刘开业和李子羽先生来时就要来的,但因没有联系好,未能如愿。

刘宣告我他也是北京中央美术学院毕业的,"文化大革命"时在北京电影制片厂工作,现在画中国人物画。穆舜君毕业于上海戏剧学院,专攻舞台美术和山水画。他们俩来悉尼时,曾得到阿黎对他们的帮助。这次来还给阿黎带来些卤牛肉、花卷以表情谊。阿黎把我的木刻和国画的照片给他们看,其中有些都是刘宣早已见过的,为他所爱,例如我的《百合花》和《春到洞庭湖》都为他们所喜欢,而穆女士却特别喜欢《春到洞庭湖》。他们说本月21日有个文化教育中心举办的画展,希望我去看。

1月19日(星期四)

上午无雨,我仍誊日记。

今日悉尼报纸第一次刊载了有关我的消息。在《星岛日报》《澳洲新闻》栏内有一篇由李子羽先生写的《澳洲东方艺术协会年展》的文章,文章首先就说"这次展出的作者力群是中国著名的版画家……"。

阿黎打长途到黄永玉家,保姆说,黄永玉和张梅溪前天因事回国了。

得阿强的传真信,信上说,关于我的小传和艾青写的《木板上的抒情诗》已由山西大学的一位女士翻译成英文将用快件寄来,并说继母于1月14日离太原回临县了。

阿强是阿黎的三哥,和我住在一起,我的生活琐事就全靠他帮助做了。有他和儿媳金叶倩,我就感到晚年的生活很幸福。前些日来长途还告我,我的小说《桃树庄的春天》已由太原的一位女士改编成电视剧将要上演,我回国后会看到。又说美术馆要收藏我的木刻《暮色》,待我回国后签字交付。

1月20日(星期五)

今天无雨,由达威开车,上午和阿黎去救火站画廊,见到洋人女老板帕莫·拉艾德姆斯（Pame lladams）小姐商谈展出事。我看到她的展厅很宽大,因原是停放救火车的车库。

首先由拉艾德姆斯看了我的文字材料及作品的照片。她说我的作品非常好,她很喜欢,很满意。接着说订了合同后先交2500元作为宣传费。等卖出作品后扣除房租、电费、电话费、职员工资等一切开支后,剩下的每卖一幅画,还要收百分之四十佣金,但必须开三礼拜以上的展览,由于这里适宜于展出,画廊主人又善于宣传,所以看来还只好在这里举行展览了。日期定在二月十五号至三月十二号。

由画廊出来,拉德姆斯小姐领我们去一家做画框的商店,了解租选画框的事。我们看后认为不合算,就离开了。

从画框店出来,我们三人到一个越南饭馆吃午饭——越南面。阿黎说她和达威常来此吃。就座后,看到挂在墙上镜框内的越南美人画，有似中国绘画的仕女图。这说明中国文化对越南艺术的影响之深。

1月21日(星期六)

上午11时出门到唐人街文化娱乐部，今天由阿红请客，因正秦明天要离开悉尼，阿红表示送行。到场的有我和阿黎、达威、丹阳、正秦、凝凝、湘琴和小可，还请了江雅苓女士和她的小儿子。这是一个中国饭馆，墙上挂着中国古装儿童画。我们首先照相留念。

凝凝毕业了，穿了一身学生服和我合影，又和妈妈合影。

我们吃的称之"自助餐"。一家人吃得很热闹，就是没有中国酒，后来弄来半杯广东米酒，喝的很不是味。看到旁边也有中国人和洋人在吃"自助餐"。

饭后，阿黎到江雅苓女士公司复印我的资料去了。我和达威、正秦、凝凝上楼等她，一面做"金露彩票"的赌博，由凝凝填写数字并交款，说花一元钱赌赢，可得12元。要我也填赌博卡片，看看运气，由墙上的电视报告得彩数量。结果三人花了好几元也没有一次中彩。

约三点半阿黎领我参加在"雪梨华语文教服务中心"举办的"海华名家书画展览会",这是由"雪梨华侨文教服务中心"和"东方艺术家协会"主办的,当我和阿黎、正秦、凝凝、达威走进会场时,会已经开始了。在场的人都站着,挤得满满的,上边插着一排青天白日满地红的台湾"国旗",另一边插着澳洲的蓝色国旗。

首先看到刘开业,阿黎就把应邀参加画展的装着我的木刻《黎明》的镜框交给他。之后就看到"东方艺术家协会"的会长李子羽先生在台上讲话。他最近荣获澳洲玛丽麦琪乐艺术二等奖,奖金澳币二万五千元。接着把在场参加画展的画家们都请上台和大家见面,同时上台的还有青年画家沈加蔚。台下有很多相机拍照。在会场上还看到穆舜君以及何沈慧霞和她的先生何建刚等人,我和他们一一握手。

接着听到李子羽先生向大家介绍我,他说:

"这次大会,我们邀请了一位从大陆来的美术大师力群先生,这次展览会上有他的作品,希望大家等一会儿观赏。现在我们就请力群先生到台上来,和大家见面。"于是我只好上台行礼致意,上台时有很多相机拍照。

当大会结束后,我把挂在墙上的书画作品细看了一遍,大都是牡丹花和山水之类,其中就有李子羽先生的一幅山水画。挂在最前面的是我送给李子羽先生的《黎明》,旁边还挂着我的木刻《鲁迅像》,注明"非卖品"三个字。因为有的作品是标明卖价的,一般为一千元澳币左右。

在会场上经李子羽先生介绍认识了澳洲的一位女版画

家,她说她曾经在北京见过李桦,我告她李桦先生于去年已去世了,她很吃惊。

后来我看了刘宣一幅名为《宝光妙相》的半裸体画,是用色粉画的,我并不喜欢。在会场上还认识了一位山西祁县的画家名温泉的先生,他毕业于新疆艺术学院,画了很多澳洲土著人的原始生活,全是裸体的,我认为要比姚迪雄画的袋鼠有意义。

我问阿黎为什么挂台湾"国旗",她说,因为文教中心是台湾人组织的。

散会后,阿黎即把展出的《黎明》取回,展出时间仅仅三小时。

后来和阿黎、达威去了正秦和凝凝临时住处。正秦先让我上床午睡,睡醒吃晚饭,吃粥。

这里是凝凝的一个马来西亚同学的房子,花三十万元左右买下的,很安静,也很宽敞。

饭后我们去附近的跑狗场看跑狗,这也是一种赌博,像赛马似的,都有编号,每次有七八只狗赛跑,全靠用电转动三只假兔在前面吸引狗追捕而显示先后决定输赢者。

我坐在观众台上,夜风吹来有如深秋气候,我穿的衣服不少仍感到很冷,就让凝凝回家取衣服,好久不来,深怕因此而感冒了。终于凝凝取来了衣服,有如雪中送炭,我挑了一件最暖的白色棉衣穿在身上才算不冷了。正秦也穿了一件。

跑狗开始后达威和正秦都买了票,结果谁也没有赢,都输啦。

1月22日(星期日)

今天下雨,天气很冷,我又穿上藏青呢上衣,戴上帽子了。

早上阿黎和达威把正秦和凝凝送到飞机场。九点二十分正秦乘飞机起飞。阿黎说来送行的有阿红、阮内。昨日请吃饭时阮内未来,因捷克琳病了,而今天却把她抱来了。

上午誊抄日记。

下午太阳出来了,五时半与丹阳、达威去打网球,归来看到刘宣和穆舜君女士来,谈了很久,阿黎给做的面食吃了而去。

昨夜在跑狗场受凉,但未感冒,谢天谢地。

1月23日(星期一)

早上下雨,仍很冷,穿上藏青呢制服。午饭阿黎给我吃饺子,好久没有吃了,感到很美口。

整天誊日记。

下午湘琴来,送来关于周总理的电视剧录像带。

1月24日(星期二)

昨夜把我冻醒,起来又加了一条薄毯子才又睡下,真不像是夏天。

上午太阳出来了,可能天气又暖起来。

今天总算誊完日记,感到精神上的轻松。

昨晚饭后与丹阳去附近公园散步,他把小白狗皮皮也带上,我们去绿色的草坪上漫步,皮皮在到处闻来闻去。旁边的高大而浓密的森林里不时传出鸟叫声,有一种像喜鹊似的大鸟飞来飞去。这个公园是在半山坡上建的,我们在草地上走下山坡又走上来,已有半点多钟了。

归来后有阿黎的女朋友上海徐女士和一个洋人男朋友来访,徐女士拿来一个西瓜送阿黎,因为阿黎曾帮助过她,表示不忘恩情,说了些上海的情况。我告她当年我曾在圆明园路柯达公司上班,她说:"不就是外滩和大马路旁的一条小街吗。"她说下次来要给我带来上海八宝饭……

1月25日(星期三)

下午去唐人街"金碧辉煌海鲜酒家"吃晚饭，这是以李子羽先生作为会长的"东方艺术家协会"对我表示欢迎。

阿黎化妆完就和我去曼利码头坐快艇渡海，然后又乘公共汽车到饭店。公共汽车上很干净，但乘客只有四五人。阿黎说要是上下班时间人比较多。

走进饭店楼上看到已有很多人在座了。我首先认出刘开业和刘开基兄弟，因为我们在乌鲁木齐就相识了。然后看到李子羽先生、刘宣和穆舜君、沈加蔚、温泉、朱馨欣女士和汉学家贺大卫先生。还认识了沈加蔚的爱人王兰女士，她是我久已知道的东北女版画家。她的作品给我留下深刻印象，但后来不再见了，也不知她的去向，这次才知道她是沈加蔚的妻子，所以现在看到她非常高兴。我们虽然是初次见面，但有一种亲切感。在我旁边坐的是汉学家贺大卫教授，他送我一张名片才知道他是"麦克力大学"现代语言学院中文教授兼系主任、博士,他坐在我旁边和我谈了许多关于中国晋南的年画等,他说七十年代就研究过陕甘宁边区的民间艺术,并说他知道四十年代力群大师就是很有名望的。他作为会长的"东方艺术家协会"对我表示欢迎。

先是李子羽先生请大卫教授讲话,等大卫教授讲完后,李子羽先生说:"今天荣幸地请到力群大师和我们一起迎接乙亥年的到来。现在就请力群先生讲话。"

我说:

"我今天能通过李子羽先生和在悉尼的同行同胞在一起聚会非常高兴。不久,我要举办画展,希望在座的各位能给予支持和指教。"

参加这次聚会的有二十多人,上的全是广东菜,吃大米饭,喝白葡萄酒。阿黎坐在我旁边帮我夹菜,她给我带了镇江醋,使我吃得满意。

饭后大家同我拍照留念,有七八人次之多。

阿黎打电话请达威来,我们便向大家告辞。我特别向李子羽先生表示感谢,并和他握手。

事后阿黎说,今天会餐到会的每人出15澳币,李子羽先生代我和阿黎及贺大卫先生出了,我内心深为感激。

1月26日(星期四)

11点,阿黎说:"今天是澳洲的国庆日,我们出去看看。"

于是由达威开车来到"海德公园",阿黎说她当年从新西兰来悉尼曾住在附近。

"海德公园"大树参天,绿草如茵,东西方游人来往如织,海鸥与鸽子齐飞,鹦鹉与彩旗一色。卖吃食饭摊的彼此相连,很多人排队购食,颇有节日气氛。达威和阿黎买吃的时给我弄来一杯咖啡和一块饼。我们在树荫下坐在木凳上就餐,很多洋人也是如此。

饭后我们在一草坪边观看儿童作画,又看大人给儿童脸上画猫头,画鬼脸……

后来我们到悉尼博物馆参观,因为今天是国庆节,所以不用买票。

在博物馆首先参观澳洲鸟类和昆虫标本,后来参观了原始人的生活实物和骨骼图画,我感到很有兴趣。在每一只鸟的旁边还陈列了该鸟的卵,我们按电钮即能听到该鸟的叫声录音,有一种小鸟小得可爱,我对阿黎说,想法子买上一只,悄悄装在口袋里带回中国,她说办不到。在昆虫的标本部分有澳洲特别美丽的蝴蝶标本,这是在中国大陆未曾见过的,达威说:"台湾是世界蝴蝶的王国。"可惜我未曾去过台湾。看完后到休息室,阿黎给我买了一杯牛奶咖啡。她说我们参观了十分之一,但因为累就不看了。

离开博物馆阿黎领我到海德公园的树洞里找"果子狸"。她说,当年她住在附近时经常领丹露丹阳看"果子狸"玩。

终于在树洞里找到了一只,阿黎说它们白天睡觉,晚上就出来找东西吃。"果子狸"的皮毛和习性如懒猴,它像个小猫,我叫醒它,它睡眼惺忪地看我们。阿黎要我和洞里的"果子狸"照相,照完相它就钻到树洞里的深处不见了。

1月27日(星期五)

　　看了悉尼《自立快报》一月二十四日登载的"澳洲中文创作文学奖征文办法"后我决定要碰碰运气,如果获首奖,将有5000元的奖金并奖牌一座。

　　如果是散文佳作(五名)也有奖金400元及奖牌一座。我想把那天访问刘骅和刘亚兰的日记改写成散文试试看。

1月28日(星期六)

今日全副精力忙于写散文。散文写好初稿后先让阿黎看提意见,后又让湘琴看,她给我提出一些宝贵意见,我照她说的一早就改过来。

1月29日(星期日)

因为发现今日连着放假休息,经阿黎与报社联系说三十日他们还办公,要我们在那天务必把征文送去。这样一来就必须在今天把五千来字的文稿全部誊清出来,以备阿黎于明日送去。我只好马不停蹄地抄写,到晚上总算抄写完了。

阿黎这几天为了我的展览会费尽心机,马不停蹄在外面跑,我真感动。为了画框事,今天还要再出去。她告我说,救火站画廊的女老板又有让步,可以免收房费、电费等费用,原说的要交2500元宣传费也让步改为只要1000元了,我听到很高兴。

1月30日(星期一)

今日是祖国的旧历年除夕,但在这里一点也看不到过年的气氛,可能在唐人街会有的。

阿红给我拿来一瓶竹叶青酒作为新年礼物。

忙了三四天,上午总算把散文《悉尼散记——在刘骅刘亚兰家做客》写完了。做了一个信封按规定上书"澳洲中文创作文学奖"及"散文"字样交给阿黎,感到一身轻。她要亲自给我送到《自立快报》社。为了这篇五千多字的散文,我看了又看改了又改,一直忙到昨夜两点多钟后洗了澡才上床。

下午阿红、阮内、捷克琳、湘琴、凝凝都来了,参加除夕吃年夜饭。阿黎忙着做菜,我们已经吃开了,但不见达威,于是我给他打电话,打了几次才算来了。还拿来一盘炒菜,坐在我旁边后,就给他倒了一杯竹叶青酒,两人碰杯祝酒,表示我对他的欢迎与感谢。这期间他对我的帮助实在太多了,然后他说:"应该的。"

1月31日(星期二)

今天是大年初一,阿黎一早就来了。说要把我的作品拿给救火站女老板看,这是预先约好的。

阿黎告诉我,达威由于高兴,多喝了些竹叶青,而又同时喝了不少啤酒,终于喝醉了,吐了一夜。

2月3日(星期五)

今天天气很热,我脱了毛背心。

下午去汇意轩画廊看画展,也是为了看看这个画廊,因为曾考虑我的展览在此举行,由画廊主人彭先生接待,我上楼后看到刘宣、穆舜君、王兰、沈加蔚、刘开业等人都在场了。由于目前正是春节期间,所以展出的大都是民间年画、剪纸和农民画,农民画定价最多是660元。此外还看到一幅牡丹,定价为890元,在楼上还看到费晓楼的仕女小品,我是第一次看到他的原作。

归来在夜空看到初四的月亮,是中国大陆的下弦月,真使我惊讶,我只知道北国的冬季是澳洲的夏天,还不知道澳洲的上弦月正是北国的下弦月。

2月4日(星期六)

晚饭后湘琴来,领我到她家,过了几条马路来到商店之间的她的大门口,上了三楼,整个楼梯都铺着地毯。在她家的窗外看到网球场,场上灯光很亮,有人在打,但不多。湘琴告我,同楼的都是中国学生,有上海的,也有杭州的。她只占一小间,共享厕所和厨房。

坐了一阵我就告辞,她又把我送回阿黎家。

2月5日(星期日)

中午阿黎开车领我到她的女朋友林力家,阿黎对我说是在学裁缝时认识的。去后见了林力的母亲和林的洋人丈夫。林力今年有四十左右,是上海人,她母亲有六十多岁,听说不久就要回上海。

林力的家位于森林之中,居高临下可看到山下树林中的网球场和房舍,对面是一架为林木和山石组成的平山,还可从右方远视绿色的林海和远山。四人吃午饭,说是泰国大米,有酒,洋人丈夫吃得很少,说要开会早退了。

饭后让我上楼休息,睡了一个多小时。我下楼后,看到阿黎和林力母亲闲谈。我看到钢琴想听听,阿黎说:"我爸爸很爱听钢琴。"于是林力立刻给我弹起来。她弹外国音乐,我说我喜欢中国民歌,于是她先弹了《兰花花》,后又弹了《松花江上》,她弹的虽然不算熟练,但她弹《松花江上》时,还是引起我抗日战争期间的生活回忆,想起刘建庵当年和我们在太湖山里唱《松花江上》的旧情。我对林力女士说:"当年我们唱《松花江上》唱的都哭了。"

她知道我喜欢中国民歌就把她妈带来的录音带通过播音机放出来,我无比欣赏,我说都好跳舞,于是林力女士就和我跳起舞来,这是我到悉尼后第一次跳舞。她跳得很轻快,我们能合上脚步,还跳了《南泥湾》等乐曲。

林力有一个混血儿小女,刚会爬,在地上爬得飞快,很可爱。

我们在她家过了一个愉快的下午。

2月12日(星期日)

上午阿黎要我去动物园玩，由达威开车，车行很长时间才到了"树熊公园"。据说是私人动物园，门票每人8元澳币。

园内除了树熊还有袋鼠、鸵鸟、鹦鹉、孔雀、果子狸、老鹰。树熊有如懒猴，全在无叶的干树上睡觉，而且有一种不好闻的气味。

阿黎说："两点钟喂树熊，可以去看这只小树熊。"

我们三人吃了午饭按时去看，已有很多人围着树熊在观看。但树上的树熊还都在睡觉，栏内有一个中年妇女用树叶喂一只小树熊，她把小树熊像抱一个小孩似的抱着，这只小树熊经常要抱她的腿。后来她把小树熊抱在栏杆上让人们抚摸拍照。

与小树熊照相是排队的。轮到阿黎时，达威把我叫去与树熊同照了相，然后我们走出公园到西头国家公园看海景。走了很长的一段荒无人烟的森林地带，然后到达很高的海岸,居高临下我在此画了一幅海景速写。海上有数只帆船,远山重重。

在树林中看到一种白颈鸟,叫声很特别,有异国情调。

归来在车上达威播放出中国的民歌音乐,有王洛宾的新疆乐曲,马可的《南泥湾》以及《绣荷包》……我才知道他把林力妈妈的录音带带来了。我到底是中国人,听到这些音乐,感到无比优美,是最大的享受,最大的陶醉。

2月13日(星期一)

今天开始整理《在黄永玉家做客》一文,这在香港时就写了大半了,但未写完。

今天给贺小虎寄去展览会请柬一张,还有一首名《浪涛中的爱情小舟》的诗。他在北京《中国医药报》副刊任编辑,已发表过我的散文和诗。

夜湘琴来,送来元宵,才使我想起元宵节快来了,这在中国是个多么热闹的佳节啊!

2月14日(星期二)

这两天阿黎为我的展览会的广告事忙得到处奔走,既要征求好友赞助,又要安排赞助者的名单。据说本月21日广告即可见报,有四份悉尼的大报同时刊登,广告费为四份报纸登一天出澳币2000元。

夜吃湘琴送来的元宵,总算过了元宵节了。

写完《在黄永玉家做客》一文,让阿黎看,她给我提了很多好意见,我都照改了。

2月15日(星期三)

今天阿黎让我拟在展览会开幕时的讲话稿,主要是对展览工作有所帮助和支持者的感谢。

写出后,她说好。

估计中国驻悉尼领事馆的总领事段津先生会来。

此外把一篇《悉尼散记》由五千多字压缩为三千多,准备寄给北京《中国医药报》让贺小虎在《陶然亭》副刊上发表。

贺小虎是山西有名的作家,他写的小说《我们工厂的三个女人》为我所特别欣赏,曾写过评论为之赞扬。

2月16日(星期四)

整天下雨。

上午去吴棣家,在中途停车,阿黎让我下车,去看铁桥分开让有桅杆的船只通过,然后又合拢,使桥上汽车继续通行的场面。

车在街上停下来,达威买来报,我看到《自立快报》刊登了关于我的消息,标题是《半个世纪艺术生涯轨迹展现——力群版画回顾展将在雪梨举行》。此稿也是阿黎让我拟的,但报社有所增减。

吴棣已在门口相迎。

他家住平房,进门后先见到他的妻子黄女士及岳母。他们都是从广东美院来的。之后吴棣领我去看他们的画室。走入后院,通过如茵的草坪,才在院子里看到画室。到了画室,看到吴棣的连环画和黄女士的如服装模特儿似的雕塑作品。之后吴棣领我们去见他的父母。出门,在雨中走上马路,走不远就到了一个有草坪的平房院内，见他父母都比我年小，他告我是西安泾阳县人。然后一同到满香楼"饮茶"，吃的是广东饭，但名"饮茶"，参加的除我和阿黎、达威、吴棣夫妇外，还有他的母亲和岳母，阿黎给我带了小瓶的醋和竹叶青，满足了我吃饭的需要。虽然都是小笼装的点心，但我很快也吃饱了。饭后吴棣和黄女士领我去看他们别开生面的展览，都是配合在橱窗里展览的，有吴棣的"曼荼罗"和黄女士的绑着绳索的蒙纸的服装模特儿，意味着人为命运所支配，像被捆绑着似的不自由，这就是她的作品的主题。但我既不欣赏，也深感难于理解，参观后即告辞归来。

下午我们从电台出来，江雅苓女士上车，说要请我们到印度饭馆吃饭，来到"蓝色大象"饭店。门口有大象图案的招牌，有如来到印度似的。服务员印度小姐走来，送来茶水。她皮肤黑，穿白色的短上衣，露着肚皮（这是最时髦的打扮），下面穿黑色裤子，有一种印度情调。我四顾墙壁，看到墙上挂着印度风格的装饰画，里面大都画有大象。

我们的餐桌上也摆着一个深蓝色的大象陶瓷，是放蜡烛用的。吃的有印度饼和大米饭，江小姐叫了印度风味的羊肉和鸡肉等肉菜。今天没有带醋，就用一种酸辣酱代替。

看到地上放着一个绿色的大陶瓷摆设品，是并行的两只大象，上面有中国民间寿字的图案，阿黎说是从越南来的，使我想到中国文化对四邻国家影响之大。

夜收到黄永玉寄来的给我的画册写的序文，他真够朋友，我很高兴。

晚上给亲家金若年去一信,寄去一张全家照片及展览会的请柬一张。

夜和阿黎到达威处,看到他为我的黑白木刻做的厚纸画框。他很能干,也很辛苦,我表示感谢。然后看了他自己很辛苦地给我在电台搞的录像,同时看到今日的《东方邮报》刊出的吴棣为我写的文章,标题是《版画家力群与鲁迅》,用了"华由"的笔名,同时配合文章刊出我刻的鲁迅木刻像。

为了翻看达威买的一大堆报纸,淋浴后上床已夜一点半钟了。

2月18日(星期六)

今天看到悉尼《华声日报》刊出刘开业的文章，标题是生命不息创作不止——欢迎《力群版画回顾展》开幕，并同时刊出我的木刻《延安鲁艺校景》及《林茂羊肥》和《黎明》。还有一张上面有我和刘开业、李子羽、阿黎的照片。

刘开业毕竟是版画家，他这篇文章写得使我感到较深入。

此外《澳洲新报》也发表了《本报悉尼讯》，标题是《中国新兴木刻艺术一代宗师——力群版画回顾展悉尼举行》，同时刊出我的木刻《饮》。该报也发表了彭中流写的《力群先生画展书感》。

2月21日(星期二)

今天阿黎带回报纸,看到《星岛日报》《澳洲新报》《华声日报》《自立快报》四家报社都在头版上同时刊登出关于《力群版画回顾展》的广告,每张报纸在广告栏内还刊登了我的木刻一幅,计有《帘外歌声》《林茂羊肥》《林间》。其中《澳洲新报》和《星岛日报》两报还刊登了赞助者的名单。其中有中外名人:黄永玉、黄苗子、刘开业等34人及江雅苓女士的香格里拉假期有限公司等19家。阿黎说:"悉尼有史以来还没有一个画家在报上登过这么大的画展广告。"

除此之外在2月13日的《华声日报》上还发表了我的情诗《浪涛中的爱情小舟》。

2月22日(星期三)

今天晴,上午阿黎领我到救火站画廊,接受"澳大利亚国家民族电视台(SBS)"卓安娜女士向我电视采访。

来到画廊看到帕莫拉小姐已将我的作品全部挂出,而且是按创作年代之先后排列的,使我很高兴。现在的幅数已由80幅增加到88幅,作品定价为800元到1200元,个别国画为2000元,我对帕莫拉女士表示感谢。

卓安娜女士有50岁左右,较清瘦。她说已在电视台工作14年了。采访时由一位来自北京的名皇甫秉惠的小姐做临时翻译,但她的英文水平很不高,时而停顿,翻译不出来。

卓安娜女士先参观我的作品,有些画我为她做了说明。操作录像机的有两个工作人员,其中一个是印度青年,留着长发,有如一个小姐,他们把我的作品全拍下来。

正式采访时,她提出以下的问题让我回答:

你对现在澳洲的画家反映社会黑暗有何看法?

你认为社会主义和共产主义会成功吗？

你对邓后中国如何看法？

我一一作答，在有关政治问题上特别谨慎。

为此阿黎写了消息投寄报纸。消息如下：

今天上午11点"SBS电视台"记者Mrs. Joanna Sarill在"FineStation"画廊，对将要在此开画展的力群大师进行了三个多小时的采访和录像，并定于本月25日星期六晚上七点在"SBS"台的"DATELINE"节目中播放，届时欢迎读者观看。

郝黎(力群女儿)

2月23日(星期四)

今天是《力群版画回顾展》在悉尼"救火站画廊"开幕之日,像庄稼经过播种耕耘,终于迎来了收获之日似的,使我高兴。

近一月来,我的女儿阿黎为了我的画展,又是下请柬,又是登广告,日夜操劳,全力以赴,真使我感动,令我感到她好像能"呼风唤雨"。为画展我想到应该做的事她都做了,我没有想到的事她也做了,比为她自己的事还做得周到出色,所以从香港到悉尼,很多朋友都说她是我的孝女。

因为今晚六时至八时是画展开幕迎宾的时间,况且画廊老板在电话上约定要我五时半到场见由堪培拉"澳洲国立美术馆"的来人,所以必须在下午四点半出发。

由于要刮胡须,准备新衣服……等等琐事,吃过午饭后,一直忙到三点钟才上床午睡。但因为心里有事,未曾入梦。通常我要午睡一个小时,而女儿不到四点钟就把我喊叫起来,在床上躺了只有四十分钟。

起来就忙于打扮,先穿上路经香港时女儿给我买的白色名牌新衬衣,而后又穿上她在香港给我买的一身灰色西装和一双黑皮鞋。前一月当女儿把我从广州接到香港,她说澳洲的用品比香港贵得多,所以我来悉尼后必需的衣服,她都在香港给我买齐了。

我已有三十多年不穿皮鞋了,总是穿布底鞋,现在又穿上,有如脚上坠了两块砖头,重得不舒服。

轮到打领带了,我已忘了怎样打,因为自从1958年访问苏联归来,我就再没有穿西服打领带,怎么办?先把黑白小花点的领带让外孙给我打,后又让女婿审查,他说"很好了"才罢休。像姑娘出嫁似的打扮,自己也觉得好笑。但这都是女儿的旨意,我只好照办。

出发前,外孙也穿了一身深青色的西装,打扮起来像一个印度青年,由于一年四季几乎每天都在海上滑浪,所以他的皮肤被风吹日晒得不像一个黄皮肤的中国人了。他也愉快地准备参加姥爷的这个画展的开幕节目。

女儿今天穿了一件红色的花上衣,黑长裙,显得格外标致。她今年快50了,但打扮起来像30岁左右。

我们上车后,由达威开车,在五时半准时到达"救火站画廊"。进得画廊的玻璃大门,首先看到以我的国画《西双版纳风光》为展厅招引观众的展览标志立在玻璃门内。画旁还放着四个花篮,都是把鲜花插在有水的花篮里养着的。上面都有庆贺画展开幕的红色贺词彩带。一个是唐人街无人不知的文化社俱乐部董事长黄申明先生赠送的,一个是唐人街历史最久的得记烧腊饭店老板得叔赠送的,还有一个是汇意轩画廊彭维营先生和夫人杜巧奴女士共同赠送的。这都是女儿的社会关系。

当时厅内已有少数中外来宾,经介绍我会见了堪培拉"澳大利亚国立美术馆"版画部部长狄克逊·克里斯丁女士。握手后,她用华语告诉我她们美术馆在1985年刚成立时就收藏了中国现代木刻350幅,其中有我的两幅木刻,其一是《劳动英雄赵占魁像》,其二是《文教英雄刘保堂》组画之六,这都是延安时期的作品,据说是一位英国人名叫彼得的赠送的。这使我非常纳闷,不知这两幅木刻如何到了英国人手里。接着她给我一本1981年影印的藏画目录,标题为《三十年代和四十年代的中国木刻画》。封面印着李桦1944年创作的《生活的苦恼》。里面印有王树艺的《自由失踪的人》,马达的《鲁迅先生》,古元的剪纸《上学去》(上写作者不详)等木刻作为插图。在文字目录中,有蔡迪支、陈烟桥、黄新波、黄永玉、江丰、李桦、力群、彦涵、野夫……等人,在我的名下注明:中国,生于1912年。一个工人——《劳动英雄赵占魁》(是用英文刊载的)。

我真没有想到我们的木刻1985年之际就早已来到澳大利亚了。

时至七点,会场上的来宾已有二百多人,其中有画家刘开业、刘亚兰、沈加蔚及夫人王兰、刘宣及夫人穆舜君、吴棣及夫人黄勤,此外还有女儿最好的朋友江雅苓女士及丈夫、刘骅女士及丈夫、林力女士及丈夫，还有华侨领袖方劲武先生等。

后来新洲上议院议员何沈慧霞女士和丈夫何建刚先生，以及麦克力大学亚洲部主任贺大卫教授及夫人也来了，我和他们一一握手。除此之外，还来了一些医生和律师以及澳洲的艺术家，《自立快报》的记者，香港《大公报》驻悉尼女记者。由外孙负责接待，请每位来宾在签名簿上签名。

女儿这时在会场上接待来宾应接不暇，她的一件鲜红上衣特别显眼，但我有时仍寻不见她。

在人群中认识了"澳大利亚国家民族电视台"高级翻译员江静女士，女儿说昨日由皇甫小姐翻译的关于SBS电视台采访我的话，将由江女士做最后审理。

有人告诉我中国领事馆总领事来了，我和女儿去会见，表示欢迎。女儿把我介绍给段津领事及其夫人，我和他们亲切地握手，表示感谢他们的光临。经了解知段津总领事是江苏常州人，和女儿的妈妈同乡，而夫人是上海人。

女儿买了七朵非常精致好看的鲜花束，分别别在段津总领事和夫人、何沈慧霞女士、贺大卫教授、帕莫拉老板和我以及她自己的胸前衣领上，以表示这些人物的重要性。

我别着花朵在人群中来往，像在告诉婚礼上的来宾自己就是新郎似的。

七时许画廊老板帕莫拉女士宣布画展开幕，先请贺大卫教授讲话，介绍我的生平和艺术成就，他讲的时间很长。次由何沈慧霞女士致词，她说："本人以澳洲第一位华裔议员身份,欢迎力群先生这次来澳洲举办个人艺术生涯回顾展。他精美的作品让我一饱眼福。我也代表在场的诸位,谢谢力群先生远道而来,为我们这个多元文化社会添许多色彩。"

之后由总领事段津先生致词,他说:

"今天我们有机会参加力群先生的版画回顾展开幕式感到很荣幸。感谢'救火站画廊'参与组织了这次展览。

"这次展览内容丰富,作品内容包括了中国近代历史的各个时期,是这些时期政治、文化、生活的反映。力群先生是中国版画界的老前辈,富有盛名,对他一生致力于中国版画事业表示钦佩,对他一生创造性的艺术生活表示赞赏。虽已有八十三岁高龄,仍不远万里来到澳大利亚,我们与澳大利亚人民分享他的艺术创作成果。祝愿他的展览取得圆满成功,祝他身体健康。"

他们都是用英语讲的,我听不懂,事后才设法弄到他们的中文讲稿。

当我用华语讲话时,由皇甫小姐做翻译,在照相机的闪光灯下,我说:

"女士们,先生们:

"我的美术展览会今天在美丽的悉尼城市开幕了,我感到无比的高兴。

"请允许我首先向中国驻悉尼总领事馆的总领事段津先生和新洲上议院何沈慧霞女士的光临表示感谢和欢迎。

"我的展览能够举行,应该特别感谢贺大卫教授和江雅苓女士,他们在筹办展出工作中的翻译方面和媒体联络方面都给予我以大力的支持。

"除此之外,李子羽先生和刘骅女士以及中国大陆来的画家们和华侨界同仁也都给予我以支持和帮助,我在此一并表示衷心的感谢。

"我们中国走江湖的艺人有这么一句话,谓之'在家靠父母,出门靠朋友',在我于悉尼的展览工作中也体会到此语的可贵价值。如果没有以上朋友们的支持,我的展览工作是寸步难行的。

"我来悉尼已有一个多月了,深感这块绿洲之地之可爱,她既不像香港的高楼林立,给人以精神上的压力,也不像香港人为生活而忙于奔波,更不像中国大陆的街上到处人满为患。澳洲是一个空气清新、人民礼貌友好的国家,我每每出门总遇到人们向我微笑。

"因此,我的展览会能在这样一个可爱的国家举行,使我感到愉快。

"我的作品一共有88幅在此展出,其中包括版画65幅,国画14幅,速写9幅。

"我今年八十三岁了,在60多年的艺术生涯中,主要从事版画创作,这里展出的版画作品可分为三个时期,其一是抗日战争之前及抗日战争初期的创作,其二是在解放区时期,主要是在延安鲁艺创作的作品,其三是中华人民共和国成立之后的创作。由于时代不同,因而我的作品的内容和风貌也有所不同。希望能得到悉尼人士的欣赏与指教。

"最后我的展览能够开幕,也要感谢'救火站画廊'的帕莫拉女士,她为我的画展做了很多具体工作。

"同时还必须说明,我的姑娘从头到尾为我的画展奔忙,有很大的功劳,我也表示感谢。

"谢谢诸位出席我的画展的开幕典礼。"

当我讲到"在家靠父母,出门靠朋友"时,引起了会场上的鼓掌声和笑声。

事毕,我与总领事及夫人、何沈慧霞女士、贺大卫教授分别合影留念。

为了对贺大卫教授在翻译工作上给予的帮助表示感谢,特由女儿赠送他我的散文集《马兰花》一本,木刻《鲁迅像》一幅,还有临汾的木板年画《门神》两张,木刻剪纸数帧,他很高兴。

当他们告辞离开会场时,我和他们一一握手,送出画廊门外,并再次表示感谢。

总的说来,这次的画展开幕典礼是很成功的,被邀请到会的主要来宾都来了,悉尼的中国画家们也大都到场,连上澳洲画家诸人士总计有三百多人参加开幕典礼。还当场出售三十年代和四十年代的木刻作品六幅。帕莫拉老板说,她的画廊从来还没有过这样的盛况。

帕莫拉老板准备的一些小吃、饮料和酒,也都被来宾吃光了,有几位女士高兴得都喝了半醉。

还应该提到的是达威,他在会场上一直忙于给我们拍照录像,留下永久纪念。

在归路上,车在缤纷灿烂的霓虹灯光和辉煌的路灯的照耀下行进，我靠在车后的沙发背上，沉浸在画廊开幕典礼的胜利回味中，有如美梦般的愉悦。

3月14日由女儿阿黎陪我在墨尔本"澳华历史博物馆"举行《力群版画回顾展》开幕式，由中国驻墨尔本领事馆梁建民总领事和领事钱开富先生以及来宾一百多人参加，其中有新疆来澳洲的移民画家刘开基等。(事后补记。)

2月24日(星期五)

夜去澳洲最大集团超级市场去参观,在街旁树上竟看到两只大如老鹰的夜蝙蝠倒挂在树上,真使我吃惊,因为在我的家乡夜蝙蝠如麻雀之大。

看到刘宣在《自立快报》上写名为《百合花》的文章,并以黑白版发表了木刻《百合花》(原套色除掉了)。还看到《星岛日报》发表了李子羽先生的文章,题目是《杰出版画家——力群》。

2月26日(星期日)

今日给高思敏和孙嘉伟各去一信寄去画展请柬,并告两人收到了他们寄给我的画款。前者寄来1500元,后者寄来400元。这都是阿强在电话上告我的。

阿黎说画廊六点后要邀江静枝女画家做客。我和她曾在画展开幕之日见过一面。个儿很高,已有四十多岁了,打扮的像洋人,面部妆化得像舞台上的演员。听阿黎说江女士也是从事文学工作的,是世界华文作家协会悉尼分会主席。阿黎读过她写的散文。此外她还是悉尼华人艺术团主席。她要借读我的文学作品,于是给了她《野姑娘的故事》《我的乐园》和《马兰花》三本,并给了她我写的情诗《浪涛中的爱情小舟》及新作《大海的梦》请她看。

下午四时许去画廊,达威的同学廖君从台湾来要看我的画展,上车后谈起我们五元老曾在台北三原色画廊展览事,他说他知道这个画廊后来停办了。

来到救火站,帕莫拉老板说,昨天来参观的有十余人,大多为中国人。所卖之画,仍为六幅未增加;画册已卖四本,帕莫拉老板要我为画册签名,说好卖些。

说是有澳洲中文广播电台的庞滔、庞然兄妹俩要来,由江静枝女士介绍的,要采访我,问起大陆籍贯,说是北京人。但说要到江静枝家采访,于是我们坐他们的车来到江静枝女士家。江女士家很宽敞,富有艺术气息,壁上挂着几幅中国字画,有一幅是唐云的,画的松鼠竹笋,我不喜欢。此外都是江女士的女儿制作的,属于现代派的版画,还有一些古董瓷之类。江女士给我看了女儿的照片,有点像外国人,说她现在美国。还有几张相片,是她做模特儿的照片。

之后由庞滔、庞然兄妹操作录像机,为江女士采访我录像,我们俩都坐在沙发上,她提了一些问题,我一一作答。

随即让我在电视上看我和江女士谈话的录像,看到我在电视中动作很自然,很满意。

之后庞滔、庞然告别,说还有工作不能在此多留。

不久我们出门去"快活林"中国餐馆吃饭。我们上楼时几乎满座,大都是中国人。这是一个广东馆,我要吃粥,却只有咸粥,先上汤,后上鱼和炒肉,最后饭店给我端上了一碗红豆甜粥,我真高兴。

餐间江女士向我们谈她认识张光年、新凤霞、吴祖光等人,并说张光年的儿子也在悉尼,曾看我的画展。还谈到她喜欢徐悲鸿的画,不喜欢齐白石,并和我们探讨了一些其他问题。

餐后,由她开车送我们到曼利阿黎家。

3月1日(星期三)

今天从早就一直是时雨时晴,这是我来悉尼后少有的。

入夜阿黎领我去邻居希腊人家里看鹦鹉,并带了录像机,进门后看到坐着两位夫人。阿黎告我是妯娌俩,嫂子大约有六十多岁,很沉默地坐在沙发上;另一位夫人名阿玛丽亚,有五十多岁,她丈夫在门外街上开了一个以副食品为主的杂货店。谈话中我告诉她我很喜欢希腊荷马的史诗《伊利亚特》,并对希腊的古代雕刻非常爱好,阿黎说她听了很高兴。之后阿玛丽亚从她院里的另一个房间取来鹦鹉,放在手上走进来,我起先以为她会把鸟笼拿来给我们看,但没有。鹦鹉有一身红灰色的羽毛,见生人即把头冠启开很好看。阿玛丽亚告阿黎它会说很多话,有希腊语和英语,但此刻它很紧张,不高兴说。阿黎带了录像机来,对鹦鹉拍了很多镜头。阿黎告诉我阿玛丽亚曾不小心让鹦鹉飞走几次。她哭得很伤心,好像失恋了似的披头散发没心思打扮,但后来终于都找到了。第一次是在曼利街上找到的。由于它在温室里长大未曾经风雨,没有战斗的锻炼,所以飞出来后被别的鸟打败了,把它咬伤后落在地上。第三天有熟人看到便告诉了阿玛丽亚才抱回去。第二次又丢了,问阿黎见到了没有。阿黎说:"你登报纸呀!"后来在报上登了找鹦鹉的广告才在动物诊疗所找到,也是被别的鸟咬伤后送到动物诊疗所的。

当我们告别出来时,看到阿玛丽亚的先生,他看到我们便送了我们两个用花生仁和巧克力做的锥形雪糕,表示非常友好,我们接受后深表感谢。

3月2日(星期四)

下午一位曾仁军先生来采访我,说是"澳洲雪梨中文电视台"的,和我随便闲聊了一点多钟,并未提甚么问题。当谈到李子羽时,他说了这么一句话:"山中无老虎",但未说下句"猴子亦称王",表示我才是真正的老虎。

傍晚由阿黎开车去"快活林"饭店参加由何沈慧霞参议员举行的"自由党"竞选宣传晚宴。我本不想去,阿黎要我去为何沈慧霞女士捧场。

我们上楼,人已很多,看到何沈慧霞女士后我和她握手向她表示庆贺。入座后,看到墙上挂着澳洲的国旗和"自由党"的党旗。会上向公众介绍了将会参与三月二十五日新议会选举的三名"自由党"候选人。

今天好像是唱何沈慧霞的戏,她在会场上忙得不得了,时而和来宾握手交谈,时而在麦克风上用英语讲话。开会时大家起立唱国歌,后来何沈慧霞呼吁选民支持她,支持"自由党",支持三位候选人。

我看到"自由党"的竞选纲领中有:

1．坚持个人的自由和选举权。

2．保护及援助弱者,支持及巩固家庭结构。

3．努力的成果要有合理的报酬。

3月3日(星期五)

今天读完《许家屯香港回忆录》,他写的《重新认识资本主义,自觉建设社会主义》和《试论和平演进》两篇文章,使我增加了很多新的知识。

昨夜我的大儿阿明突然从美国来,未预告,弄得阿黎很紧张。后来让他先住在阿红家,今早达威和阿黎把他从阿红家接过来。他诚心想见爸爸,来就来吧。

3月4日(星期六)

本来说有些画家要来见我,可也不知来过没有,总之我没见。

连午睡也取消了,急忙与阿黎、阿明在雨中坐车去画廊,给帕莫拉带去毛主席像三幅,朱总司令像一幅,贺龙像一幅。

这次来主要是为了让阿明看看我的画展。他很喜欢我后来刻的套色木刻《暮色》。临走前和阿明、阿黎在他们的母亲像《女像》之前合影留念。

终于在八点二十分看到澳洲国家"SBS电视台"播放了关于我的版画展的录像,一开头就放出《女像》(刘萍杜的像),阿黎和阿明看了很高兴。接着播放了《陕北女孩像》《饮》《林茂羊肥》等作品,还有我的面部特写镜头和我的讲话,阿黎说,一共播了有六分钟,就算很难得了。

3月20日(星期一)

阿红撇下小女捷克琳,陪我和阿明一起坐火车去了黄金海岸,用了两三天时间。

阿红租了一个星期的在水边的高级公寓,两室一厅,有厨房,有客厅,有阳台,有冰箱,有电视,这个公寓还有网球场、游泳池,还有做澳大利亚烧烤的地方,因为澳大利亚人周末最喜欢吃烧烤的食物。我和阿红各睡一房,阿明自愿睡在客厅。床被很舒服,很干净,也有空调。

第二天,阿红给我找了一个陪我打网球的人。阿红看到83岁的爸爸还能跳起来接球,很高兴。打完网球后我又和阿明到游泳池游泳。

3月22日(星期三)

又是一个好天气,有大巴接我们去了动物园,看了澳大利亚有名的袋鼠和懒熊,还看了热带植物园。

3月27日(星期一)

打开澳洲地图,在它的南端,于墨尔本城市附近有一个菲利浦海湾,这里有吸引世界游客观光的小企鹅。今天我来到这南国的天涯海角,观看了企鹅归巢,也算暮年的一种情趣和享受。我和儿子女儿从上午出发,车行一百五十公里后,来到菲利浦海湾,这里距离冰天雪地的南极不远了。中途曾看到农场的蔬菜园和农作物,这是我来澳洲第一次看到的农田,而经常看到的是牧场和草地。我们在菲利浦半岛上的一个中国饭店吃午饭。玻璃窗外就是碧绿的大海,海上有白帆飘动,引我遐想。

饭后我们来到企鹅归巢之处,女儿先在询问中心售票处买了四张参观卷,每张7元澳币(合人民币49元)。

在一个礼品商店,窗前有架于铁架上的四五架望远镜,让游客观看海岛上的企鹅。投入四角硬澳币,即可看到远处有如小山似的大礁石,上面有数不清的企鹅和海豹在活动,就是这些企鹅,待到日落时分,它们就从海上归来,在青草萋萋的岸上归巢过夜。蓝天无云,山下的大海像夜的深蓝色的天空,凝重而深沉。不见帆船,但见海岸礁石如大的煤块发着褐色的光,衬托得停在礁石上的点点海鸥和大海卷起的浪花越加显得其白似雪。

我们在木板路上走着,发现有两个中国男女青年趴在木板台阶下,不知从空隙缝儿里看什么。当我问他们时,他们说:"板下的石洞里有企鹅藏着。"于是我们也趴下往里瞧,像好奇的小孩子。果然发现有几只黑色的企鹅,在木板下的石上卧着。出于一种新奇感的驱使我们父子都越过木栏杆,钻到木板下细瞧。我要儿子把企鹅拖出来,儿子动它时就听到它呱呱地叫。儿子用力一拉,就把企鹅拖在我的脚边,肥胖如鸭。我按住它,摸它光滑的黑背。感到怪可爱的,但它呱呱地叫着不让我触动。过去我仅能从电视上看到南冰洋的企鹅,而今我竟能亲手摸到它,也是人生的一种乐趣。但女儿警告说:"快放下来,让洋人看到要被处罚的!"于是我们父子就从木板下钻出来。

从木板路上向旁边的绿草滩观看,发现到处都是企鹅的家,其中一个洞里,还有两只企鹅藏着。它们的窝是很有趣的,最上层是一种连根的绿草,下层是已枯死的干草,有如旧时江南农民的草房。这种有待企鹅归来居住的小巢,漫山遍野都是。据说有两千五百多只企鹅,入夜时分要从海上归来。但我奇怪,为什么有的企鹅藏在窝里不出海呢?难道是生病了吗?

在山上有一个大厅,既是参观企鹅的游客的休息室,也是食品部和礼品部,而同时也是一个有关企鹅的博物馆。我在这里了解到企鹅品种有很多,有大有小,而菲利浦半岛的企鹅却属于最小的,名"神仙企鹅",这名字怪有味的。但它们在海里也有险难,一不小心就成为海豹的猎物。

企鹅有个最大的特点,就是换毛时有十七天的时间不出海,也不吃不喝,躲在窝里,有如松鼠冬眠。直到这时,我才明白木板路下被我们惊动的那些不出海的企鹅,就正是在换毛哩。

黄昏时,我们来到专为游客观看企鹅归巢而建的水泥台阶上,有如观礼台。这种台共有两处,每处可坐一百多人。我们来到东边的一处,坐在台阶上等候企鹅的归来,有如"人约黄昏后"。

不久,从东方海上升起一轮圆月,使我想起唐代诗人张若虚在《春江花月夜》中的诗句:"春江潮水连海平,海上明月共潮生……"这时,观看台旁高柱上的电灯突然亮了,有声音从广播匣中传出,关照游客不得在企鹅保护区内摸动企鹅,不得用有闪光灯的相机拍照,以免伤害企鹅的眼睛……我来澳洲数月,深感澳洲是鸟类的伊甸园,不论企鹅,不论鹦鹉,以及海鸥等等,无不受到特殊的保护,因此鸟类对人也深有信任,彼此和睦为邻,像好朋友一样。

终于从海鸥栖息的海边由白浪送上一队企鹅,它们摇晃着肥胖的身子,徐徐从海鸥群中走来,在众目睽睽之下,通过沙滩向草坡前进,有的拖着肥胖的小身体落在后面。待爬沙坡时显得很吃力,于是歇息后再爬。就这样,一队队一群群从海上归来,在月光照耀下各自寻找各自的家庭。待明月当空,人们带着满足的心情逐渐走散,我们也就离开看台走上高处。我在灯光下看到木栏处的绿草山坡上已有很多企鹅,不知它们从何处爬上来的。

我们走着,再向草坡观看时,已是满山遍野的企鹅了。大都停在巢门附近不肯进巢,好像怕人知道它们的住处。

我将海上观企鹅归巢的感觉,写了一首诗,诗曰:
夜朦朦
大海森森
一轮明月海上升
沙滩一片
白鸥点点
浪送企鹅归巢
一群又一群
多少四海来客
喜看群鹅摇身
月照观景人

4月4日(星期二)

当年我在新疆伊犁工作,办版画学习班时,由韩惠民介绍认识了莉莉和卓娅两姑娘,她们是姊妹,是两位美人,走在马路上能够吸引所有行人的目光都看她们。现在作为移民来到悉尼,今天我和她们见面,并访问了她们的新家,看到家里挂着韩惠民画的油画静物花卉。走时我赠送她们诗一首留念。诗曰:

伊犁相别

雪梨重逢

少女变母亲

芙蓉两朵依旧红

往事如烟

异国难久留

行色匆匆

祝红荷永艳

附录

愿友情长存

1995年4月4日作于悉尼

在悉尼有个卡鲁姆宾野生动物园(Currumbinwildlifesanctuapy)，这个野生动物园向公众开放的只有鸟园，其他都未开放。

鸟园每天喂两次小鹦鹉，第一次是上午八点，第二次是下午四点。喂的食物是鸟园专门配制的有营养的五谷杂粮，还有葵花籽。动物园要求来客不许喂糖和面包，否则小鸟容易死掉。

园里有鸟食售货部，阿红领我和阿明参观时特从售货部买了塑料盘，把买下的鸟食放在盘子里，来吸引鸟儿从树上飞下来吃。届时，我看到成千上万的小鹦鹉在天空飞，要下来吃鸟食。它们长得非常漂亮，头是蓝色的，羽毛是绿色的，前胸是黄红色，嘴也是红的。但突然发现天空连一只小鹦鹉也没有了，非常奇怪，后来才看到是因为天空出现了一只盘旋的老鹰，吓得所有的小鹦鹉都躲藏在树林里，不敢下来吃食物了。

待老鹰飞走了，我们就把放食物的塑料盘高高托起，马上就从树上飞下来数不清的小鹦鹉站在我的头上、肩膀上来吃食物。它们不怕人，真可爱。当时和我一样托盘的游客有二三十人。我总算领会了这种难得的滋味了。阿明喂完后说："真有意思!"归来后还常常想起那些可爱的小鹦鹉。

阿明在我离开悉尼之前也回了美国。

5月初由阿黎陪我自悉尼乘飞机告别美丽的澳洲,告别我的亲人飞往香港,仍住徐悲鸿儿子徐伯阳家。一周后由阿黎送往广州,由三儿郝强乘火车接回北京。

鹦鹉的故事
——阿黎来信

我回到大陆后,阿黎来信说,有一天她听到有人在敲她晒台的玻璃门,敲完门后等她开门。先试探一下,然后终于进来了,钻到了客厅,是一对小鹦鹉一下飞到她的椅上。如此每天都会有十几对儿来光临,但不是同时来。当一对小鹦鹉吃饱她喂的食物后,在别人家晒台上等着吃的另一对儿看,谁先到谁先吃。有时别的一对看到已有小鹦鹉占领了这个地盘,就先飞到别人家的晒台去专等,免得一块儿来了要打架。

有最让我感动的镜头,当飞来一对儿时,其中一只不吃先站在晒台木杆上东张西望,上上下下,似在站岗,怕别的鸟来。等这一只吃完了,马上飞过去再倒胃吐出来,喂那只曾"站岗"的鸟。到底是老公喂老婆呢,还是老婆先吃后再吐出来喂老公呢,那就说不清了。

在一个阴雨蒙蒙的天气里,一对儿可爱的、湿淋淋的小家伙,要先梳理好自己,才来进食,我注意观察,它们每次的动作总是一样的,否则就互相梳理,有时其他一对儿看到我在晒台上就敢飞来,而且站在我头上或肩上,让我保护它们。一旦正在吃着东西的鸟,看到有别的鸟飞来了,一定飞过去赶它们走，"规矩"就是谁先到就是谁的地盘，我吃饱就走，反正还是有剩给你们的。

看它们的吃相，给它们的面包还必须用水泡软后才吃。伟平(阿黎的丈夫)看到我爱鸟，特地买了个花瓷盘子放食物，让它们在盘子中吃。

有一天早上听到啪的一声，是打碎东西的声音，明明就我一个人在家，吓坏我了。等我走出寝室到处查看，找不到原因。后来一看晒台上，它们造反了，因盘子里没放吃的东西，它们竟把盘子扒拉到地下打碎了。每只鸟的个性不一样，有的就乖乖等我起来喂它们，有的要造反。

当我出差一个星期回来一看，出了人命了，连头都找不到了，不知谁是凶手，晒台上满地是碎尸，只好我来收尸。惨案起因是一周来它们没有吃的。

我感到澳洲真是小鸟的天堂，不管大小鹦鹉都不怕人。当阿黎走进悉尼公园时，野生的大白鹦鹉就向她飞来，站在她手臂上真有趣。